SHARON G. FLAKE

THE LIFE I'M IN

IO NON MI ARRENDO

Traduzione di Marco Astolfi

Titolo originale: *The Life I'm In*

Traduzione: Marco Astolfi

Pubblicato in accordo con The Italian Literary Agency e Jennifer Lyons Literary Agency

Progetto grafico di collana: Adria Villa
Grafica di copertina: Romina Ferrari

Realizzazione editoriale: Chiara Codecà
Redazione: Barbara Gentile

www.giunti.it

Via Bolognese, 165 – 50139 Firenze – Italia
Via G. B. Pirelli, 30 – 20124 Milano – Italia

Per i sopravvissuti di tutto il mondo

UNA CORRIERA PER IL NULLA

26 giugno, ore 10.00

CAPITOLO UNO

Magari sono nata cattiva. Certa gente è così, sapete. Mi sforzo di essere buona, ma faccio cose brutte e mi succedono cose brutte. Per esempio, adesso mia sorella vuole mandarmi via. Non so bene cosa ho fatto, stavolta, perché secondo lei ne combino sempre una. Tipo prendere a pugni una professoressa, o convincere una compagna a dare fuoco alla nostra aula. Ma io non voglio andarmene. Sono nata in questa casa. Nel soggiorno, per essere precisi. È la sola casa che ho mai conosciuto. A lei non importa. Non più. Tra un paio d'ore partiamo per la stazione delle corriere Greyhound.

Mentre mi vesto al buio, ho ancora in testa la cuffia per la notte. Poi vado alla finestra per guardare sorgere il sole. Ogni giorno è di un colore diverso. Sembra quasi un sole diverso. Anch'io vorrei essere diversa, ma la vecchia Char continua a fare le solite cose che ha sempre fatto.

Ci metto un bel po' a chiudere la cerniera del mio zaino, perché è pieno. Mia sorella JuJu si arrabbierebbe parecchio, se sapesse quante cose ci ho nascosto: gin, rum, roba del genere. Avevo iniziato a mettere via i miei album e i miei pastelli, ma non ho ancora finito di usarli. JuJu aveva detto di essere pronta di mattina presto, ma quando sistemo il mio zaino e la valigia in corridoio è ancora buio e la sua porta è chiusa. Magari ha cambiato idea. Anch'io ho cambiato idea su certe cose, tipo telefonare a Maleeka Madison. È per colpa sua che mi hanno espulso dalla McClenton e io avevo deciso che non le avrei mai più rivolto la parola in vita mia.

Maleeka non è più quella di una volta, non sembra più la stessa. Ha persino cambiato modo di camminare. Adesso ha un'acconciatura afro, il rossetto al posto del lucidalabbra, il fondotinta e l'eye-liner. L'ho vista online con le sue nuove amiche. Frequenta una scuola per ragazzi in gamba, adesso. Io a scuola non ci vado più.

Mi stendo sul letto e la chiamo. «Maleeka.»

«Char?»

«Non riattaccare.»

«Non lo farei mai, Char.»

«Oh.»

Mi chiede come me la passo. È dall'anno scorso che non le parlo. In tutto questo tempo ho fatto un sacco di cose, solo che non mi viene in mente niente di bello. Quando il silenzio diventa troppo pesante, le spiego perché l'ho chiamata. «Non mi vuole più qui. Vuole cacciarmi di casa. Puoi chiedere a tua madre di parlarle?»

Maleeka sa di chi sto parlando. Mi chiede se JuJu dà ancora le sue feste in casa, ma non aspetta la risposta.

«Sei vuoi,» dice «posso farti parlare con mia madre.»

«Chiediglielo tu. A me potrebbe dire di no.»

Una volta Maleeka faceva sempre tutto quello che le dicevo. Sapeva che altrimenti l'avrei pestata. Stavolta insiste che dovrei parlare io con sua madre. «Sarebbe meglio se le parlassi direttamente, è una cosa molto importante.»

Mi metto a sedere e respiro lentamente, cercando di non arrabbiarmi. «Ti prego, Maleeka.» Lo dico in tono gentile, senza alzare la voce. In realtà vorrei mettermi a urlare.

All'inizio cede, poi, di colpo, ci ripensa. «Ho sempre fatto quello che mi chiedevi, Char, ma stavolta no.»

Sbatto un cuscino contro il muro. «Chiedeglielo e basta! È tua madre!»

«Uno, due...»

«Smettila!»

«Tre...»

«Cosa fai? Perché stai contando?»

«Ti sto dando tempo per chiedermi scusa.»

«Eh?»

Lei mi spiega che sta vedendo uno psicologo scolastico, secondo il quale quando la gente la tratta male o la offende deve mettersi a contare. «Ha detto che se non si calmano o non mi chiedono scusa entro il cinque,» continua «devo terminare la telefonata, andarmene via o chiedere aiuto.»

Ricomincia a contare. Quando arriva a quattro e mezzo la interrompo e le chiedo scusa. Di solito non lo faccio mai. Sono gli altri a chiedermi scusa. Fanno bene, se non vogliono pentirsene.

Mi dice che può passarmi sua madre, se voglio ancora parlare con lei. Le dico di no. Tanto non potrebbe aiutarmi comunque.

«Com'è che a te non succede mai niente di brutto, Maleeka?»

«Lo sai che mio padre è morto, Char. Non è abbastanza? E mia madre...» Sbadiglia, poi mi dice che sua madre non è più triste e depressa e che ha smesso di cucire per calmarsi i nervi. «Adesso lavora per una compagnia telefonica.»

«Oh. Dille che la saluto.»

«L'anno scorso ha avuto un tumore al seno, ma adesso è in fase di remissione.»

Le dico che mi dispiace. Di punto in bianco mi dice che sono una ragazza sveglia. Che forse non è tutta colpa mia se mi comporto così. «I tuoi genitori sono morti tutti e due. A te è andata molto peggio che a me.»

Io non parlo con nessuno dei miei genitori. Nemmeno con JuJu. Sto quasi per dirglielo, ma poi cambio idea. Sapevo già che sarebbe suonato male. Così vado alla mia scrivania, mi siedo per colorare una pagina che ho quasi finito. Restiamo zitte per così tanto tempo che, quando Maleeka parla di nuovo, ho colorato quasi metà del cielo.

«Dove ti manda, Char?»

«Dai miei nonni.»

«Potrebbe cambiare idea.»

«Sicuro...»

Metto giù il pastello giallo limone e prendo quello bianco. Stendo il braccio sul tavolo, poi poggio la testa sul braccio e me la prendo comoda, iniziando a riempire le nuvole. Uno psicologo ha detto che colorare mi avrebbe fatto bene. Sarebbe servito a calmarmi e rilassarmi. Adesso lo faccio perché mi piace e mi viene bene. Non l'ho detto a nessuno, ma quando coloro è come se ricevessi un massaggio su tutto il corpo.

«Char?»

«Sì, Maleeka.»

«Buon viaggio.»

«Grazie.»

«Puoi chiamarmi o scrivermi un messaggio quando arrivi. Ma se ti comporti ancora come una volta, Char, con me hai chiuso.»

Riattacca prima che possa rispondere. Metto da parte sette pastelli per la farfalla e altri quindici per i fiori del giardino. Mi piacciono i colori chiari e tenui. Tutti i miei disegni sembrano felici, mi fanno pensare alla primavera.

«Sei troppo grande per colorare» mi aveva detto una volta un'amica di JuJu.

«Lasciala in pace» le aveva gridato mia sorella. «Ci sono passatempi peggiori.»

Ci metto tempo, attenzione, e non coloro mai fuori dalle linee. Se sbagli o pasticci devi ricominciare da capo e io odio cominciare da capo.

29 giugno, ore 15.00

CAPITOLO DUE

È la seconda volta che JuJu mi porta alla stazione delle corriere, questa settimana. La prima non è andata troppo bene. Mi sono messa a piangere come una bambina. Ho strillato, dicendo che non sarei andata da nessuna parte e che lei non poteva costringermi, e qualcuno ha chiamato la polizia. Mia sorella non era affatto contenta.

JuJu è la mia tutrice da quattro anni. Io ne ho sedici, lei ventisette. Si porta sempre dietro dei documenti per dimostrare che sono sotto la sua responsabilità.

«Vede?» Li aveva già tirati fuori quando il poliziotto ci ha raggiunte.

«Char» ha detto dopo che il poliziotto le ha restituito le carte e mi ha augurato buon viaggio. «Andiamo.»

«A casa?»

Non ha risposto.

L'ho seguita fuori dalla stazione, lungo il marciapiede, fin dentro al parcheggio coperto lì a fianco. Non mi ha detto niente per tutto il viaggio fino a casa. Quella notte ero nel mio letto, con il pigiama addosso, e pensavo che ormai non mi avrebbe più mandato via, quando lei è venuta a dirmi che il viaggio era solo rimandato. Si era seduta sul bordo del letto.

«Con me hai chiuso, Char. Ne ho abbastanza.»

E adesso siamo di nuovo qui, fuori dalla stazione della Greyhound, accanto alla corriera. Io ci spero ancora. Lei dice al tizio che carica i bagagli di fare attenzione alla mia valigia. È nuova di zecca e costa un sacco, gli fa. Però non dice che il suo ex ragazzo l'ha rubata al centro commerciale.

«JuJu, posso restare? Ti prego.»

Mi volta le spalle e comincia a camminare. Quando la raggiungo è già dentro la stazione. Devo correre per starle dietro.

Sembra che tutti in città vogliano andare da qualche parte. Davanti alla biglietteria, dall'altra parte della sala, c'è una fila stralunga. Davanti alle uscite per le corriere dirette in Texas, a New York, a Boston, Philadelphia, in New Mexico e qualsiasi altra destinazione immaginabile. La gente attraversa la stazione di corsa, portandosi dietro cibo e bambini, spingendo carrozzine o sedie a rotelle. Quando mi passano accanto, alcuni mi fissano. Magari è colpa dei miei capelli; mi sono pettinata da sola, e ora ho quattro lunghe trecce nere e lucenti, due dietro e due davanti, che mi arrivano fino alla pancia, e porto una bandana gialla annodata sulla fronte. O forse guardano le mie ciglia. JuJu dice che sembrano dei bruchi pelosi.

Quando cammino alcune parti del mio corpo ballonzolano. Non lo faccio apposta, è che ho cominciato a crescere dappertutto, specialmente qua sopra, sul davanti, e in basso, sul didietro. Anche le mie gambe sono diventate belle sode e formose.

Quando ci fermiamo in mezzo alla sala sono senza fiato. Mia sorella alza sulla testa gli occhiali da sole. I suoi occhi sono ancora rossi e gonfi. «Charlese Jones, non puoi sempre averla vinta tu.»

«Lo so, mi spiace. Non metterti a gridare.» Lancio occhiate intorno per vedere chi ci sta guardando.

JuJu mi prende la mano, dicendomi che non è abituata a

vedermi così. «Buona e triste tutto il tempo.» Prende posto su una fila di sedie di plastica nera. Io mi siedo accanto a lei. Batte le palpebre un paio di volte, forse perché, in fondo, non vuole che me ne vada. O magari è per colpa di tutto il fumo che c'è sempre in casa nostra, non lo so; le feste di JuJu durano due o tre giorni. Quella di venerdì non è ancora finita. C'era puzza di tabacco e di erba, e adulti ubriachi in ogni stanza. Di certo queste cose non mi mancheranno. Ma non vuol dire che voglio andare a vivere dai nonni.

«Se mi lasci restare...»

«Non puoi.»

«Stavo per dire che lavorerò per te gratis.»

Comincia a frugare in fondo alla borsa. «Dov'è finito?»

Tiro verso il basso l'orlo dei pantaloncini. Non che serva a molto. Sono aderenti e cortissimi, come piace a me. Me li sono comprati io, con i miei soldi. Quando JuJu dà una festa, io servo le bibite e i cocktail, e a volte li preparo io stessa. La gente paga per entrare, e cibo e alcolici vengono pagati a parte. Lasciano buone mance. Le avevo già detto che non avrebbe più dovuto pagarmi. «Fammi restare con te, ti prego.» Mi ha dato la metà dei soldi che ha guadagnato finora. Le mie mance le ho lasciate a casa, per il mio ritorno. Perché tornerò, ne sono sicura.

«Ecco» JuJu sporge la mano. «Leggilo. Così ti ricordi che è solo colpa tua se adesso sei qui.»

Il foglio sul suo palmo è tutto ripiegato, grande come un pacchetto di Tic Tac. È giallo, a righe. Non sono abbastanza veloce a prenderlo, credo, così me lo fa cadere sulle ginocchia. Io incrocio le gambe. Un signore anziano accanto a noi ci sorride. Gli piacciono le mie gambe, immagino. I suoi capelli sono bianchi come neve, e pure i peli che gli escono dalle orecchie.

«Porco schifoso» dice mia sorella.

L'uomo si alza e se ne va.
«Fa' attenzione ai tipi come quello» continua lei.
Me lo dice sempre.
Apro la lettera. Le chiedo se vuole che la legga a voce alta. A volte mi toccava farlo quando gli insegnanti mandavano a casa delle note su di me.
«No, Char. Sei troppo grande.»

Gentile signora Saunders,
chiedo scusa per averle rubato l'orologgio
e per aver costretto Maleeka a dare fuoco all'aula con le minaccie.
Era una giornata storta.
Char

Non mi ha mai risposto. E non mi ha mai trattato bene come Maleeka.
Ecco perché mi hanno espulso.
Da quando sono stata cacciata dalla McClenton ho frequentato tre scuole diverse: una cattolica, una parificata e una in periferia piena di ragazzi bianchi. All'ultima JuJu ha dato un indirizzo falso per farmi ammettere. Ma tutte e tre mi hanno cacciato via. Dico a mia sorella che mi espelleranno anche in Alabama.
Strappo il foglietto, guardandola negli occhi, e poi getto per terra i pezzetti di carta. JuJu mi dice di raccoglierli. Non lo faccio. E comunque era solo una bozza; nel messaggio che ho mandato alla Saunders non c'erano errori.
«Vedi, Char, l'hai ammesso tu stessa che era colpa tua.»
Mi alzo.
Vuole sapere dove ho intenzione di andare.
Non glielo dico.
Mi limito a camminare.

JuJu mi segue, ma ultimamente continua a ripetermi che non può sempre seguirmi dappertutto. Ho fatto un casino scappando di casa e saltando la scuola. Se non fosse per quello, magari, mi permetterebbe di rimanere con lei.

In fondo alla sala ci sono due distributori automatici. Ho già tirato fuori il portafoglio dallo zaino. Davanti a me c'è una fila di quattro persone. Chiedo a JuJu come ha fatto a trovare quella lettera. Dice che stava controllando i miei cassetti. Così, per scrupolo. Per assicurarsi che non dimenticassi qualcosa che mi sarebbe potuto servire dai nonni.

«Non ho bisogno di nessuna lettera.»

«Allora come mai l'avevi conservata?»

Metto dieci quarti di dollaro nel distributore e premo il bottone della Coca. «Non so, me la sarò dimenticata.»

La bibita cade dal ripiano e rimbalza sul fondo del distributore. Mi sfrego la bottiglia ghiacciata sul braccio. Svito il tappo, bevo un sorso e lo mando giù. Ignoro mia sorella che tende la mano per averne un po'. «La Saunders avrebbe potuto darmi una seconda possibilità.»

Mia sorella mi guarda come se avessi due teste. «Di possibilità ne hai avute un sacco da quando hai lasciato la McClenton. Hai avuto un anno intero. E che cosa hai fatto? Hai saltato la scuola, picchiato chiunque ti guardasse storto e hai smesso di andare dallo psicologo.»

Ho smesso perché non mi serve nessuna terapia. È una stupidaggine. Te ne stai lì seduta a parlare di cose che vorresti dimenticare, tipo mia madre e mio padre uccisi a colpi di pistola fuori da un negozio. Così ho smesso. E ho fatto risparmiare a mia sorella tutti i soldi che ci spendeva. Solo che non le avevo detto nulla. Prendevo l'autobus per il centro, guardavo le vetrine, mi sedevo sulle panchine e attaccavo discorso con la gente, per lo più adulti. Vado più d'accordo con loro che con quelli della mia età. E mi trovo meglio con i maschi che con le femmine.

«Tieni» dico. Passo a JuJu quel che resta della Coca.

Beve un sorso, poi un altro, e poi la finisce. «L'ho chiamata al telefono.»

«Chi?»

«La signora Saunders, no? La tua ex insegnante.»

Io e JuJu non siamo mai piaciute alla Saunders. Vorrei tanto chiederle come le è venuto in mente di chiamarla, ma lei tira fuori la storia di quando sono scappata di casa. «Credevo che fossi con un ragazzo» dice. Ma non era così. Uno di quelli che veniva spesso alle feste mi ha lasciato dormire sul suo divano per due settimane. Gli avevo detto che ero scappata per colpa dei party di mia sorella. Ma era tutta la situazione, non solo le feste. Da allora JuJu non è più stata la stessa.

«Non sapevo cos'altro fare, Char. Così l'ho chiamata... L'hai detto anche tu, aveva aiutato Maleeka. Così ho pensato che...»

La interrompo. «Ti ha detto lei di cacciarmi di casa, vero?»

JuJu mi prende a braccetto e comincia a camminare. L'uscita che porta alla mia corriera è a metà della sala. Mi parla del nuovo lavoro con voce calma e pacata. Farà la cassiera in una banca. Comincia la settimana prossima. È il suo primo vero lavoro a tempo pieno.

«Lo stipendio non è granché, ma ce la posso fare,» mi ha detto l'altro giorno «basta che mi pagano anche la scuola, come hanno promesso.»

Finché non avevo passato quella notte fuori casa non le era mai interessato nulla della scuola o di trovare un lavoro vero. Dice che la festa che sta andando avanti a casa nostra è l'ultima, e che l'ha organizzata solo per darmi un po' di soldi per il viaggio.

D'istinto le stringo le braccia al collo e l'abbraccio forte. «E se non funziona? Allora posso tornare a casa?»

«Chiamami quando arrivi in un'area di sosta.» Si scioglie

dalle mie braccia e si rimette gli occhiali da sole. «Così saprò che sei sana e salva.»

Non dice arrivederci, ti voglio bene e cose del genere. Si volta per andarsene, poi si ferma. «Quasi dimenticavo.» Tira fuori dalla borsa una grossa busta e mi fa promettere che la leggerò. Come se non avessi già letto abbastanza! La prendo lo stesso e la ficco nel mio zaino. Tenendo la testa alta mi allontano, prima che sia lei a lasciarmi indietro.

CAPITOLO TRE

Quando salgo a bordo la corriera è quasi piena, ma dietro di me c'è ancora una fila di persone armate di bevande e snack. Seduto al suo posto, il conducente parla al microfono. «Gente, questa corriera si riempirà in poco tempo. Se avete delle cose nel sedile accanto al vostro, sistematele sulle ginocchia o mettetele per terra. Ho bisogno di posto per gli altri passeggeri.»

Guardo le persone alle mie spalle. «Se provate a sedervi accanto a me ve ne pentirete» dico. Vado un po' avanti, poi mi fermo in cerca del posto migliore. Il tipo a cui piacevano le mie gambe è seduto in sesta fila e indica qualcosa all'esterno. Mi chiede se conosco la persona che sta bussando al finestrino.

Eccome, se la conosco. Sta piangendo.

Io guardo dritto davanti a me e cerco di concentrarmi su qualcos'altro. È difficile, perché tutto quello a cui riesco a pensare è casa.

«Signorina!» Il conducente viene verso di me. «Non hai sentito? Siediti. Scegli un posto qualunque.» Mi supera, indicando più avanti lungo il corridoio. «Qui ce n'è uno» dice puntando il dito. «E un altro in ultima fila.»

«Accanto al gabinetto? No! Sto cercando un posto per starmene da sola, non voglio essere disturbata da nessuno.»

«Siediti dove vuoi, basta che ti siedi. Siamo al completo. Tutti devono stare accanto a qualcuno.»

Faccio qualche passo, poi mi fermo. Una mamma sulla destra mi sorride. Nel posto accanto al suo c'è una bambina che sfoglia un libro. Dalla parte opposta del corridoio, nella stessa fila, c'è un bambino che le somiglia. È seduto da solo accanto al finestrino, il mio posto preferito. Avrà sì e no cinque anni e si succhia il pollice, anche se è troppo grande per farlo.

Mia nonna mi aveva fatto perdere l'abitudine versandomi salsa piccante sulle dita.

«Miguel, *por favor*!» Credo sia la madre del ragazzino. Si batte le mani sulle cosce, poi mi sorride di nuovo. Come se fossi in vena di sorridere! Miguel mi passa davanti e le salta in grembo.

«Questa corriera è piena.» Il conducente mi squadra dall'alto. «La prossima volta prendi la limousine, se ti dà fastidio la gente.»

Prima che qualcuno si faccia venire in mente delle idee, mollo il mio zaino nel posto vuoto, mi siedo accanto al finestrino e mi copro la testa con la giacca.

«Che cos'ha che non va, mamma?»

«Shhh. È triste.»

Quando scoppio a piangere, non ha nulla a che fare con il conducente o mia sorella. È per mia madre e mio padre. Se fossero ancora vivi, sarei una studentessa con il massimo dei voti, ci scommetto. E sarei ancora a casa, felice e contenta.

CAPITOLO QUATTRO

Ho fame. Sto morendo di fame e ce l'ho con tutti i passeggeri di questa corriera che hanno un familiare o un parente seduto accanto... Come la signora dall'altra parte del corridoio o la coppia, marito e moglie, seduta dietro di me. Meglio cercare di dormire; quando sono di questo umore succedono sempre cose brutte.

Appena chiudo gli occhi ripenso a mia sorella, tornata alla sua festa. Mi chiedo se le manco almeno un po'. Lei mi manca già. Mi manca la mia casa e il mio letto. Mi manca mamma che mi massaggia la testa il sabato sera e papà che mi dice che sono carina.

E così le lacrime ricominciano. È ora di prendere il mio zaino. Ho un sacco di cose qui dentro: snack, i miei album da colorare, i pastelli, roba da bere. Tiro fuori la prima bottiglia che mi capita in mano, mi copro di nuovo la testa con la giacca di jeans, poi svito il tappo e mando giù così, senza diluire.

Ho cinque mini bottiglie: rum all'ananas, vodka lemon, gin e un buon vecchio whisky. Le ho prese prima che JuJu mettesse un nuovo lucchetto all'armadio degli alcolici, la settimana scorsa. Ha detto che glielo aveva suggerito Dio. Mi ha fatto ridere.

Anche il rum mi fa ridere, dopo un po'. È per colpa sua che la chiamo.

«Maleeka?»

«Char, ehi, come va? Scusa ma non posso parlare.» Va di fretta, dice. Sua madre l'ha iscritta a un campo estivo per ragazzi bravi in matematica e scienze e questa è l'ultima settimana. «Abbiamo costruito un robot.» Proprio ora la sua squadra si trova su un autobus diretto all'università, per far gareggiare il loro robot contro quelli costruiti da altri ragazzini. «E il vincitore sarà scelto da dei veri ingegneri.»

«Oh.»

«Non mi dici in bocca al lupo?»

Faccio come mi chiede. Lei riattacca subito dopo, senza nemmeno salutare.

Mi si chiudono gli occhi e faccio finta di essere di nuovo seduta alla mia scrivania a colorare. Mamma è al piano di sotto e sta cucinando riso con fagioli rossi. Papà è nello scantinato e picchia il martello su qualcosa che cerca di aggiustare, anche se probabilmente non ne è capace. E JuJu è andata a qualche festa, come faceva sempre quando i miei erano ancora vivi.

CAPITOLO CINQUE

Siamo in viaggio da tre ore e dormono quasi tutti, tranne me. Fisso le mucche fuori dal finestrino: ce ne sono così tante che sembrano ricoprire i prati e le colline come erbacce. Non ne avevo mai vista una dal vivo. Le più carine, marrone chiaro a chiazze bianche, sono accanto alla strada, fuori da un fienile che ha bisogno di essere riverniciato. Per un minuto penso di non mangiare più hamburger.

La corriera esce dal casello, oscillando come una barca, poi svolta in un parcheggio, passa davanti a Macy's, Penny's, Target e Burlington, e infine si ferma davanti a un locale che vende pretzel. Nell'aria c'è odore di burro. Conto le persone in attesa della corriera che credono di trovare posto: sono sei.

Il conducente apre le porte. «Ci sono un sacco di posti, gente.»

Il primo della fila siede dietro al conducente. È un ragazzo con i capelli biondi, il codino, sopracciglia così bianche che sembrano ossigenate, e la pelle di chi ha passato troppo tempo al sole. Ma è carino.

Una ragazza con una cresta viola mi passa accanto fissando il posto di fianco al mio. Io chiudo gli occhi. Di solito la gente non ti disturba se crede che stai dormendo. Peccato che qualcuno lo faccia lo stesso.

«Scusa?»

È un ragazzo.

Apro gli occhi.

«Questo posto è occupato?»

Lancio un'occhiata al sedile accanto al mio, quello con la mia roba. Poi torno a guardarlo. È così alto che deve stare un po' curvo per non sbattere la testa contro il soffitto. In più è carino. Avrà più o meno la mia età, sedici anni. Mi raddrizzo, passandomi la lingua sulle labbra. «Non si vede?» Torno a voltarmi verso il finestrino, come se fosse insignificante. Invece è un bel tipo, di quelli che piacciono a me. Come Caleb, il ragazzo che mi ha fregato Maleeka. È per questo che faccio finta di nulla; se gliela do vinta subito potrebbe approfittarsene.

«È l'ultimo posto libero» dice.

Incrocio le braccia e chiudo gli occhi, ignorando lui e i suoi bagagli: porta una borsa a tracolla, un'altra in mano e tra le gambe ha una valigia nera con le ruote.

«Ehi tu! Perché non ti siedi?» gli urla il conducente.

«Ci sto provando, ma...»

«È lei che non lo fa sedere» dice l'uomo dietro di me. È un vecchio, bianco, con chiazze rosse sulle guance. «Il biglietto vale un posto solo, signorina. Togli le tue cose dal sedile, così possiamo ripartire.»

Gli dico di stare zitto. Il conducente risale il corridoio pestando i piedi, come faceva mio padre quando saliva le scale con la cintura in mano, pronto a picchiarci. Solo che non ci picchiava mai. Voleva solo spaventarci per farci comportare bene, tutto qui.

Quando sarò madre userò direttamente la cintura.

Il conducente si ferma davanti a me. Metto le mani sul mio zaino, per impedirgli di spostarlo. «Domani vado in pensione. Questo è il mio ultimo viaggio» dice. La gente applaude. «Sai cosa significa?»

«Non m'interessa.»

«Esatto. Vuol dire che non interessa niente neanche a me. E ti farò scendere da questa corriera alla prima piazzola in autostrada, se continui a crearmi problemi. Ci siamo capiti, signorina?»

Se gli rispondo, di sicuro non gli dico nulla di carino, così me ne sto zitta.

Il conducente prende in mano il mio zaino. Quando gli dico di lasciarlo stare lo molla a terra, mancando di poco i miei piedi.

Stringo i pugni, pronta a colpire quella sua grassa, stupida faccia, quando sento la voce di mia sorella dire: «Perché combini sempre casini, Char?».

Mi risistemo sul sedile. Non per merito del conducente, ma di JuJu. Se mi comporto bene magari mi lascerà tornare a casa.

CAPITOLO SEI

«Devi badare a te stessa.» È una delle frasi che JuJu dice più spesso. Prima che i nostri genitori morissero, dalla sua bocca non erano mai uscite parole del genere. Prendersi cura di noi era compito loro, avrebbero detto mia madre e mio padre. «Voi dovete solo andare a scuola e avere una buona istruzione.»

All'inizio anche mia sorella la pensava così. Poi loro sono morti. Dopo tre mesi JuJu ha smesso di svegliarmi per farmi andare a scuola e di prepararmi la colazione. Un giorno è entrata in camera mia fumando erba. Ha tirato su la tapparella e si è seduta ai piedi del letto. «Sei abbastanza grande da arrangiarti da sola per certe cose.» Ha inalato il fumo e, quando non ce l'ha più fatta a tenerlo dentro, l'ha soffiato fuori. «Vuoi provare?»

Non mi è mai piaciuto l'odore dell'erba, così ho rifiutato. Comunque mamma e papà non fumavano e non permettevano a nessuno di fumare in casa nostra.

Mi sono messa a sedere, puntando l'indice contro mia sorella. «JuJu, ti metterai nei guai.»

«Non sei una bambina. E anche se lo fossi, non ho tempo di aspettare che impari a camminare. Se non ci mettiamo a correre finisce che ci mettono sotto, Char.» Ha fatto per passarmi il mozzicone.

Io ho nascosto la testa sotto le lenzuola.

«Ieri ho lasciato la scuola» ha detto. Frequentava il primo hanno di un istituto professionale. Mamma ci aveva messo tre anni per convincerla a iscriversi. Prima JuJu aveva lavorato al negozio di alimentari e al distributore di benzina dall'altra parte della città. Non aveva mai abbastanza ore, diceva, e non poteva permettersi di comprare le cose che le piacevano.

Rubava anche allora, solo che mamma e papà non lo sapevano.

«Abbiamo bisogno di soldi, Char. Ci siamo ridotte a tre uova e un pezzo di pollo.»

«Non rubare, JuJu. Mamma non sarebbe contenta.»

Ha detto che forse avremmo dovuto fare cose che mamma e papà non avevano mai fatto. Ha tirato fuori l'affitto, la bolletta dell'acqua e dell'elettricità. Tutte scadute. La televisione via cavo ce l'avevano già tagliata.

Sono uscita da sotto le lenzuola piangendo. Lei mi ha messo lo spinello tra le labbra. «Provalo.»

Mi è bastato un tiro solo. Da quella volta non l'ho più fatto.

JuJu ha attraversato la stanza con lo spinello in bocca. «Sono io a fare le regole, adesso.» Sulla porta, prima di andarsene, ha aggiunto: «La prima è questa: non dire mai a nessuno quello che succede in questa casa».

JuJu faceva dei buoni affari con i party che dava a casa nostra, più i vestiti che rubava e rivendeva. Da quando aveva cominciato non ci avevano più tagliato niente. E l'affitto era sempre pagato con tre mesi di anticipo.

«Se accetti quel lavoro in banca rischi di finire sulla strada» le avevo detto.

«Può darsi» aveva risposto lei, come se la cosa non la preoccupasse. «Ma devo fare qualcosa di diverso, altrimenti non cambierà nulla.»

Quelli della scuola si presentavano regolarmente a casa nostra perché saltavo spesso le lezioni. La gente si lamentava che l'erba del nostro giardino era troppo alta e chiamava il comune. Un vicino – credo la signora Kim – mi aveva segnalato al dipartimento per la protezione dei bambini e della famiglia. Avevano fatto un sopralluogo per controllare se andava tutto bene, ma poi non erano più tornati. Magari JuJu è stanca di vivere così. Magari è stata la Saunders a farle cambiare idea o a dirle che sarebbe stata meglio senza di me. È quel tipo di persona.

CAPITOLO SETTE

Ma come fanno a dormire in questa corriera così fredda? Dai finestrini appannati, caldi fuori e freddi dentro, gocciola condensa. Una ragazza avvolta in una sciarpa rosa starnutisce lungo tutto il tragitto dal gabinetto al proprio posto. La signora dall'altra parte del corridoio si è messa un maglione sopra le gambe e ha coperto i suoi bambini con una trapunta.

JuJu l'aveva detto che avrei sentito freddo. Ma cosa avrei dovuto fare, secondo lei? Vestirmi come una vecchia?

«Conducente...» prima che gli dica di spegnere l'aria condizionata, lui prende il microfono. «Lo so che fa freddo e mi scuso per il disagio, ma una corriera calda può provocare sonnolenza» dice. «E io voglio portarvi tutti quanti sani e salvi a destinazione.»

«Ho la pelle d'oca sulle braccia e sulle gambe» gli dico, infilando una manica della giacca. «Potrebbe almeno spegnere l'aria condizionata.»

Mentre mi dirigo davanti perdo l'equilibrio e mi reggo al corrimano per non cadere. Il vecchio di prima mi squadra dalla testa ai piedi e sorride. Gli uomini lo fanno sempre. Una volta mi metteva a disagio, specialmente durante le feste di JuJu. La giacca dell'esercito di mio padre mi è stata un po' d'aiuto. La indossavo mentre servivo birra e drink, svuotavo posacenere e raccoglievo soldi per prendermi un panino per cena. Ma i maschi hanno la vista a raggi X, come Clark Kent. Mi vedono comunque, e mi vedono attraverso. Ormai ci sono abituata, gli uomini mi guardano come se fossi l'ultima bottiglia di birra della festa. Immagino che essere carina mi tornerà utile quando sarò in Alabama.

La corriera prende la curva troppo velocemente. «Ehi...» Il vecchio mi afferra per i fianchi dopo che, per poco, non gli sono caduta sulle ginocchia. Gli piacciono i miei pantaloncini, dice. E anche il mio top. Allontano con forza le sue mani e mi rialzo.

Il conducente mi osserva nello specchietto retrovisore. Ha una grossa pancia, come mio padre. La pelle scura come quella di Maleeka.

«Tutto a posto?» mi chiede.

Tiro giù l'orlo dei pantaloncini. Non che serva a molto. «Sì.»

«Sicura?»

Sto per dirgli che so badare a me stessa, ma quello che viene fuori è: «Sto bene».

Mi fermo dietro la striscia gialla dipinta sul pavimento perché la gente non si avvicini troppo al conducente. «Fa proprio freddo, là infondo.» Mi stringo addosso la giacca. «E alcuni di noi non si sono portati dietro delle coperte.»

Suona il clacson per impedire a un camion pieno di pecore di venirci addosso. «E va bene, ma voi, gente, non siete mai contenti. Tra dieci minuti qualcuno mi chiederà di nuovo l'aria condizionata.» Suona ancora il clacson. «Ma in giro è rimasto qualcuno che sa guidare?» Poi mi guarda di nuovo nello specchietto. «Vai a sederti.»

La corriera crede ancora di essere una barca in mare. Mentre torno al mio posto devo reggermi ai sedili di entrambi i lati del corridoio. Un paio di volte mi giro a guardare il conducente. Ha gli occhi sulla strada, non su di me. «Conducente, lei ha dei figli?» gli chiede qualcuno.

«Due. Femmine... Gemelle. Vent'anni il mese prossimo. Mi hanno fatto venire i capelli grigi. Dio avrebbe dovuto mandarmi dei maschi. Sono più facili.»

Mio padre diceva le stesse cose.

Torno al mio posto e mi metto a guardare gli alberi fuori dal finestrino. Vedo ogni sfumatura di verde della mia scatola di pastelli. Il conducente ci dice il nome del fiume alla nostra destra. Aggiunge che gliel'hanno dato i nativi americani e che lui non lo sa pronunciare come si deve. «Non ci provo nemmeno!» Ci dice che oggi il fiume è calmo perché non c'è vento. «Ma se guardate con attenzione potrete vedere dov'è straripato lo scorso inverno, spazzando via tre fattorie.» La gente si alza in piedi nel corridoio per vedere meglio. Se sei sveglio e stai al finestrino, guardi fuori. Senza dire una parola.

«Una persona è morta in quell'inondazione» aggiunge il conducente. Io penso alle mucche e alle pecore. A loro chi ci pensa, quando l'acqua si alza?

Quando lo guardo, il ragazzo accanto a me si è addormentato di nuovo. Ha un nome tatuato sulla nuca: Jason. Spero che sia il suo e non quello del suo ragazzo. Avrei perso un'occasione.

Per non pensare troppo a lui e al suo stupido collo prendo il mio zaino e finalmente faccio quello che mi ha chiesto mia sorella. Quando prendo la lettera mi accorgo che JuJu ha scritto un messaggio sull'esterno della busta. Piego le gambe sotto il sedere e mi metto a leggere, comoda.

Cara Char,
la lettera all'interno te l'ha scritta la signora Saunders. So che la odi, ma leggila lo stesso. E non una volta sola, ma tutte le volte che ti servono per capire che in questo mondo

c'è qualcuno a cui importa di me e di te. Te l'avrei letta in stazione, ma sapevo che me l'avresti strappata davanti agli occhi. Ce l'ha spedita un anno fa, ma ero troppo arrabbiata con lei per dartela. Non è così cattiva come pensa la gente, Char. Adesso lo so. Quando sei tornata dopo essere scappata di casa, mi ha chiamato. Mi ha chiesto se ci potevamo incontrare per pranzo da Mr. Dan's, sulla quinta. Offriva lei. Mi ha chiesto di te. Ma più che altro voleva sapere come me la stavo cavando. Da quando mamma e papà sono morti non me l'aveva mai chiesto nessuno. Avevo ventitré anni quando se ne sono andati. Troppo grande per aver bisogno di una madre. E, sì, la signora Saunders non ha figli, ma mi ha dato dei buoni consigli. Scegli tu se leggere la sua lettera, ma smetti di avercela con lei, con me e con tutto il mondo, perché non riporterà indietro mamma e papà e non migliorerà le cose a scuola.

JuJu ha scelto la Saunders, l'ha preferita a me. È dalla sua parte, adesso. Continuo a leggere, fermandomi alla parte in cui scrive che mi lascia il numero di telefono di quella lì, in caso voglia chiamarla. Apro la busta, tiro fuori la lettera e la strappo.

La corriera è quasi silenziosa quando decido di non andare in Alabama. I miei nonni sono brave persone, ma sono pur sempre della famiglia, e JuJu mi ha dimostrato che non ti puoi fidare nemmeno della tua famiglia. Devi arrangiarti da sola, prenderti cura di te stessa meglio che puoi, perché non lo farà nessun altro.

Miguel si toglie il pollice dalla bocca. «Non essere triste» mi dice.

«Non sono triste» mento. «Torna a dormire, okay?»

Il ragazzo accanto a me si mette a sedere dritto. «Eh? Come?»

Sono stanca della gente che si fa gli affari miei. «Sei gay?» gli chiedo. «Perché lo sembri.»

Tiene le gambe incrociate alle ginocchia e alle caviglie. «Al cento per cento – e con orgoglio!» Tira fuori dal suo zaino una giacca verde pisello e la usa per coprirsi la testa.

Comincio a piangere. L'uomo dietro di me si alza in piedi. «Ti senti bene? Conducente...»

«Lasciatemi in pace!»

Jason, o come si chiama, agita un fazzoletto di carta nella mia direzione. «Tieni» dice. «Stavo piangendo anch'io prima di montare sulla corriera. Ho visto il mio ex mentre venivo qui.»

Prendo il fazzoletto, mi soffio il naso e vorrei tanto essere morta. La madre di Miguel mi offre del succo di mela. Faccio di no con la testa. Il ragazzo accanto mi pesta un piede mentre si alza per andare in bagno. La madre di Miguel si siede al suo posto.

«Shhh. Shhh. Va tutto bene. A volte hai solo bisogno di una mamma» dice.

Mi accarezza la schiena con una mano, piano. Le dico che mia madre e mio padre sono morti.

«Lo so» mi dice. «L'avevo immaginato.» Poi mi abbraccia stretta come se fosse mamma, papà e JuJu tutti assieme. Non so cosa dice quando mi parla all'orecchio in spagnolo in tono calmo e pacato, ma mi piace.

CAPITOLO OTTO

«Come ti chiami?» Il mio vicino di posto è tornato.

Sto fissando una caccola sotto il finestrino accanto a me. Secondo me ce l'ha lasciata Miguel.

Il ragazzo dice di non avere più sonno. Tanto vale chiacchierare con me, allora. È magro, con polsi che sembrano sottili come quelli di Miguel e ciglia più lunghe delle mie. Prima non avevo notato la sua maglietta: giallo limone con su un giocatore di polo. I suoi mocassini hanno una doppia cucitura sulla suola.

Si chiama WK. Sono le iniziali del suo vero nome, mi dice. Quello che gli ha dato sua madre per vendicarsi di suo padre, solo che lui non lo usa quasi mai, perché suona come una ripicca. Mi viene da ridere ma mi trattengo. Non sono montata su questa corriera per chiacchierare.

«Che schifo!» È la voce di Miguel. «Cos'è quest'odore?» chiede.

«Maiali» dice l'uomo dietro di me.

All'improvviso la corriera puzza come se qualcuno ci avesse svuotato dentro un bagno chimico. Miguel e sua sorella corrono avanti e indietro per il corridoio grugnendo come maiali. Un sacco di gente, me compresa, si tappa il naso. WK tira fuori una bomboletta di deodorante e lo spruzza in aria, poi si passa del disinfettante sulle mani come se quei maiali li avesse toccati per davvero.

Io tiro fuori i miei album da colorare e i pastelli. Lui capisce che non voglio essere disturbata e si mette a parlare con la mamma di Miguel. È la signora Rodriguez. Tira fuori dalla tasca delle gomme da masticare e le dà ai suoi due bambini quando passano. WK si sposta due file più indietro. Va a chiacchierare con la ragazza dalla cresta viola. Lei gli racconta di essere diretta in Arizona. «Anch'io» fa lui.

Ho sentito parlare di quel posto: caldo secco, sabbia e animali selvaggi. La mia maestra della quarta elementare l'aveva mostrato sulla mappa alla classe; aveva detto che un giorno si sarebbe trasferita lì.

Io avevo detto: «Magari potrei andare a vivere lì e fare l'insegnante anche io».

«L'insegnante?» aveva sorriso la signora Gamble. «Charlese, non immaginavo che aspirassi all'insegnamento.»

Io le avevo chiesto cosa significava "aspirare", e lei era stata la sola a non mettersi a ridere.

Mentre WK si dirige verso il fronte della corriera io frugo nel mio zaino in cerca del pezzetto di carta su cui ho scritto quella parola. *Aspirare: tendere, perseguire, far accadere*, dice la definizione. L'ho trovata da sola, lunedì scorso, in biblioteca. Non ho nemmeno chiesto aiuto alla bibliotecaria, perché la gente pensa che sei stupida, se non sai fare da sola. *Io aspiro a fare un po' di cose.* L'ho scritto accanto alla parola. I miei compagni a scuola riderebbero di me, se vedessero questa frase. Sei mesi fa avrei riso anch'io. Ma le cose stanno cambiando anche per me, non solo per JuJu.

Adesso aspiro a essere qualcuno che piace alla gente.

WK parla un sacco. Adesso è accanto al conducente, e tutta la corriera può sentire quello che dice. «Mi hanno operato.» Non so perché gli viene in mente di sollevare la maglietta

– come può uno guidare e allo stesso tempo guardare la tua pancia tagliata e ricucita? Il conducente sembra essere d'accordo perché gli dice la stessa cosa. «Mio fratello è stato in dialisi per dieci anni. I miei genitori hanno continuato a dire che ero troppo giovane per donargli un rene fino allo scorso marzo, quando è quasi morto.» Si tiene a una sbarra per reggersi in piedi. «Io ne avevo due, quindi perché no?» Lascia ricadere l'orlo della maglietta.

Quando torna a sedersi accanto a me sta ancora parlando di reni. Mi chiede se so quante persone di colore muoiono perché i membri della loro famiglia o gli amici non vogliono donarne uno.

«Io i miei voglio portarmeli tutti e due nella tomba.» Metto via il foglietto di carta con la mia parola.

«I donatori di organi...»

«Voglio essere sepolta con tutto quello che avevo alla nascita.»

«Ma che te ne fai da morta?»

«Il mio corpo non è un self-service dove puoi prendere quello che vuoi.»

Non dice più niente. Tutta la corriera rimane in silenzio. Credo che quello che ho detto non sia piaciuto a nessuno.

WK prende una bottiglia d'acqua da una delle sue borse. Gli chiedo se ha intenzione di bersela tutta.

«Certo, perché?»

«Be', posso averne un sorso?»

È una di quelle piccole. La apro, mi verso un po' di acqua in bocca e ingoio. Poi ne verso un altro po' sul fazzoletto che mi ha dato e gli restituisco la bottiglia. «Grazie.» Chiudo un occhio e tolgo la caccola da sotto il finestrino. Quando butto a terra il fazzoletto dico a WK che non è un problema, c'è della gente pagata per pulire alla stazione delle corriere. Ma lui è come Caleb, e raccoglie il fazzoletto assieme ai pezzi della lettera che ho strappato. Poi riattacca a parlare di reni. Per fargli cambiare discorso gli chiedo chi è Jason.

«Nessuno.» Si alza la maglietta e passa le dita sulle sue cicatrici. I dottori lo hanno aperto dall'ombelico al centro della schiena.

«Hai sentito male?»

«A mio fratello è andata peggio. Al centro per la dialisi ti ficcano nelle braccia degli aghi grossi come quelli per i cavalli» dice. «E ti pompano dentro delle sostanze chimiche per depurare il tuo sangue dalla roba tossica. Uccidono e curano allo stesso tempo» sussurra.

Gli chiedo se sono stati i suoi genitori a convincerlo a donare il rene. Giura che è stata un'idea sua. A che cosa rinuncerei io per JuJu? Di sicuro non a un rene.

Vuole sapere se ho un ragazzo.

«No.»

«Una ragazza?»

«No.»

«Tutti e due?»

Scoppio a ridere. «No.»

Torna al suo argomento di conversazione preferito: se stesso. Mi dice che sta andando ad Atlanta perché ci girano un sacco di film.

«Credevo che volessi...»

«Sì, prima devo tenere delle conferenze sulla donazione dei reni nelle chiese e nei centri sociali e di promozione culturale. Poi vado ad Atlanta. La famiglia del ragazzo di mia sorella vive lì. Mi hanno detto che posso stare da loro per un po'... e frequentare una scuola online.» Dice che devo ricordarmi la sua faccia perché un giorno la vedrò dappertutto.

Ha il naso lungo, con una piccola gobba nel mezzo, grandi occhi tondi che mi ricordano quelli di una ragazza, ora che ci faccio caso. Sono tristi, dolci e sexy al tempo stesso. Ha una fossetta sul mento e un orecchino con una croce che gli pende dal lobo.

«Non lo sopporto quando un ragazzo è più carino di me» gli dico.

D'improvviso butta lì: «Io lo amavo, ma...».

«Ma a volte esser solo carini non basta, sai?» continuo. Sto pensando a Caleb. Anche lui era carino, e io sono bella. Perché non mi ha voluta?

WK mi dà un bacio sulla guancia. «Non ti preoccupare. Passerà.»

«Che cosa?»

«Qualsiasi cosa ti abbia reso triste o fatto arrabbiare.»

«No, non credo.»

Mi prende la mano e la mette sulla sua cicatrice. «Ci sono cose peggiori. Per esempio, il tuo ragazzo potrebbe rompere con te in ospedale il giorno dopo che ti sei fatto operare per salvare tuo fratello.»

«Wow!»

«E scaricarti altre due volte dopo quella.»

«Cavolo!» Lo guardo. «E tu lo ami ancora.»

«Già. Lo so che non dovrei.» Il nuovo ragazzo del suo ex è al terzo anno di università. «Una mia copia in 3D.»

«Cioè?»

«È come quando compri un paio di jeans. Se ti stanno bene e ti fanno sembrare favoloso te ne prendi un altro paio uguale, solo di un altro colore. Il mio ex ha fatto proprio così» dice. «Si è preso un altro me, di un colore diverso: bianco.» Si rigira l'anello sul dito medio della mano sinistra. «Come se potesse sostituirmi.»

Batte le palpebre e agita le mani davanti alla faccia, come se stesse per piangere. Gli dico che non può mettersi a frignare, poi cerco nel mio zaino. «Vuoi giocare?» Tiro fuori un mazzo di carte. Mi chiede se so giocare a Tonk. Io i giochi li conosco tutti: Blackjack, Poker, Cinquecento eccetera. Quando JuJu non si fidava di nessun altro nella stanza, ero io a dare le carte.

Apro un mazzo nuovo e lo mescolo. «Mia sorella mi ha cacciato di casa, ma non ho intenzione di andare dove vuole mandarmi.»

Lui si disinfetta e poi sfrega le mani. Gli faccio alzare le carte prima di distribuirle.

«Hai un coltello?» mi chiede.

«No.»

«Dovresti averne uno. La gente è pazza, sai? Non vorrei sentir parlare di te al notiziario.»

La madre delle gemelle una volta ha detto che sono il tipo di persona che finisce in cronaca. È vero. È la fine che fanno le ragazze come me.

29 giugno, ore 20.00

CAPITOLO NOVE

Quando mi sveglio la corriera è vuota, parcheggiata in un'area di sosta proprio davanti al punto di ristoro. Rimango seduta chiedendomi come mai nessuno mi ha svegliato e mi ha avvertito della sosta.

Scendendo vedo una corriera diretta a Jacksonville, in Florida. Ho una zia che vive lì. Per poco non finivamo a stare da lei quando siamo rimaste sole, ma poi ha perso il bambino che stava aspettando e nostra nonna ha detto: «Lasciate che se ne stia un po' sola con il suo dolore». Immagino che non si sia più ripresa e che sia ancora triste, perché con me e JuJu non si è più fatta viva.

Appena entro divento triste anch'io, perché tutti gli altri hanno qualcuno con cui stare.

La signora Rodriguez ha trovato posto accanto alla vetrina sul davanti. Siede a un tavolo con i suoi due bambini. Ha sistemato una tovaglia di plastica rossa, ha messo il cibo su dei piatti di carta rosa e appoggiato i tovaglioli sulle ginocchia dei ragazzini.

La coppia che sedeva dietro di me – lui ha un aspetto da contadino – mangia una pizza bianca con le posate.

WK non mi nota. È troppo impegnato a fissare il ragazzo con il codino.

Nella sala ci sono Amish con cappelli di paglia, intere famiglie riunite con magliette fatte apposta per l'occasione, indiani e bianchi con stivali da cowboy. Tutti mangiano e ridono e sembra che stiano bene assieme ai loro compagni di tavolo.

Io vorrei tanto essere a casa.

Passo a fianco a un distributore di riviste gratuite e corro in bagno. Non appena entro nel cubicolo per i disabili, tiro fuori una bottiglietta e me la scolo tutta. Sento bruciare l'alcol come fuoco mentre scende in gola. È sempre così con il bourbon.

Bourbon con ghiaccio era la bevanda preferita di Mr. Bobbie. Alle feste di JuJu se lo faceva preparare da me, ma non mentre stavo da lui. Ogni mattina preparava uova strapazzate per colazione, buone quasi quanto quelle di papà. Non mi permetteva di cucinare o fare le pulizie per lui, ripetendomi sempre: «Sei ancora una bambina». Mi lasciava restare da lui perché aveva paura che andassi a finire in un posto peggiore. Prima che me ne andassi da casa sua mi aveva messo in mano un biglietto da cinquanta dollari. «Se torni di nuovo chiamo la polizia» aveva detto. Ogni tanto gli telefono. Lui non risponde mai. Me l'aveva detto, che non avrebbe risposto. «Perché tu sei una ragazzina e io un adulto, e le nostre strade non si incrociano. Ricordalo, Char: anche se loro ti dicessero il contrario, non hai niente a che spartire con gli uomini adulti.»

In realtà non è proprio vero. Mr. Bobbie giocava a dama e guardava i vecchi film. Proprio come me e mio padre. Ed era bravo a fare la torta al cioccolato, come mamma. Solo che lui ci metteva anche le noci. Mamma non ce le aveva mai messe. Se potessi, andrei a vivere con lui.

L'alcol non ci mette molto a fare effetto. Mi sento calda e felice. Schiocco le dita e muovo i fianchi al ritmo di una musica che non c'è. Esco dal cubicolo ballando, poi faccio il dito medio alla ragazza con la cresta viola. Mi siedo su un lavandino e chiamo Mr. Bobbie. Voglio che mi dica cosa fare, se devo tornare a casa da mia sorella, prendere la corriera per l'Alabama, o trovarmi un posto per conto mio come ho intenzione di fare. Una volta aveva la segreteria telefonica. Credo che l'abbia disattivata per colpa mia.

Mia sorella mi ha comprato questo telefono. È buono solo per ricevere o fare chiamate. Nient'altro. Ne avevo uno che era costato ottocento dollari: a parte volare, faceva tutto. Ma JuJu se l'è preso e mi ha dato questo. Ha detto che era la mia punizione per essere scappata di casa. «E per esserti fatta espellere da scuola.»

Provo un'ultima volta a chiamare Mr. Bobbie. Spero che risponda, ma non lo fa. Non ho nessun altro da chiamare tranne Maleeka, ma adesso lei sembra parlare solo di se stessa. Così mi chiudo in un altro cubicolo per bermi l'ultima bottiglia.

Mentre digito il *suo* numero, rido.

«Signora Saunders! È ancora orribile?»

«Charlese Jones, sei tu?»

«Lo sa che sono io.» Sto ridendo così forte che mi faccio un po' di pipì nei pantaloni.

A scuola non stava mai zitta, ma adesso tace. Aspetto che riattacchi.

«Mi fa piacere sentirti.»

Non ricordo che sia mai stata gentile con me. Mi strillava sempre dietro. «Charlese, smettila di nasconderti nel bagno delle ragazze! Charlese Jones, finiscila di sbaciucchiarti nei corridoi!»

«So che hai passato un periodo difficile dopo la McClenton» dice.

Immagino che gli insegnanti ti trattano meglio quando sanno che non tornerai più.

Sa pure delle tre scuole in cui sono stata da allora e della mia fuga da casa. Mi dice che gli insegnanti e gli scolari della McClenton avevano distribuito volantini chiedendo alla gente di telefonare a JuJu se sapevano dove fossi.

«Non ero scappata.»

«Tua sorella mi ha detto...»

«Io sapevo dov'ero. Era *JuJu* a non saperlo, tutto qui. E poi perché diavolo si mette a parlare di me con mia sorella? Io non frequento più la sua scuola.»

La stanza comincia a girare. Appoggio la fronte contro la porta e chiudo gli occhi.

«Come stai, Charlese?»

Sono ubriaca, vorrei dirle. Poi mi siedo per terra, sporgendomi in fretta sul water. Fisso l'acqua con le braccia attorno alla tazza e mi chiedo quando vomiterò.

«Signora Saunders.»

«Sì, Charlese?»

Ho un conato. «Devo andare.»

Mi dice che è contenta che ho telefonato. Che posso chiamarla quando voglio... giorno o notte. «Magari adesso ti sembra impossibile, Charlese, ma la tua vita non sarà sempre com'è adesso.»

Per poco non manco il water quando vomito.

CAPITOLO DIECI

La prima persona che vedo quando esco dal bagno è lui. «Non è che hai una gomma da masticare? Ne ho davvero bisogno.»

«No, ma possiamo andare a comprarle assieme.» È il vecchio della corriera. «Ti compro tutto quello che vuoi.»

Un pacchetto di sigarette mi farebbe comodo. «Proprio tutto?» dico, ma cambio subito idea. «Nah.» Gli tendo la mano. «Voglio solo una gomma o una mentina. Ce l'hai o no?»

Si lecca le labbra come se avessero un sapore dolce. Dice che forse, dopo tutto, deve avere qualcosa. Come per magia tira fuori dalla tasca della camicia una caramella. È rossa, alla cannella, di quelle che piacciono a me. Quando la prendo la sua mano è tutta calda e sudaticcia.

«Grazie.»

Posso chiamarlo Wilbert, mi dice. Quando si avvicina per parlarmi all'orecchio, rido. Il fiato gli puzza di salame all'aglio. Glielo dico, e lui si copre la bocca con la mano. «Andiamo a fare una passeggiata» mi dice.

La madre di Miguel, dall'altra parte della sala, mi fa un cenno con la mano. Lui le volta le spalle. «Cosa dici?» Tira fuori il suo portafoglio... un oggetto da vecchio, gonfio, marrone, scucito in più punti. «Ci stai per venti dollari?»

Io scoppio a ridergli in faccia e dico che valgo molto di più. La signora Rodriguez si alza e mi chiama «Charlese.»

«Va bene, trenta allora.» Il vecchio guarda fuori dalla vetrina, nello spazio dove parcheggiano i camion. «Possiamo essere di nuovo sulla corriera tra dieci minuti.»

«Ho bisogno di sedermi.»

Mi dice che fuori ci sono dei tavoli con degli ombrelloni. Che se vado con lui andrà tutto bene. Io fisso i suoi piedi da vecchio e rispondo: «Le tue scarpe non mi piacciono».

«Che cosa?» Abbassa gli occhi anche lui.

«Guarda, i tacchi sono tutti consumati.» Rutto.

JuJu dice che puoi capire molto dalle scarpe di una persona. I poveracci non si prendono la briga di pulirle o farle sistemare. Ti dicono che ti lasciano la mancia ma poi non lo fanno. Pretendono di avere un contorno extra ma cercano di pagarlo meno di quello che costa.

Quando alzo lo sguardo su di lui mi fanno male gli occhi. «Vattene via» gli dico.

La madre di Miguel ha le mani sui fianchi, proprio come faceva mamma quando ci mettevo troppo a rientrare a casa dopo che si erano accesi i lampioni in strada.

«Vuole che vada da lei» gli dico.

«Ma...»

«Ho cambiato idea. Si può cambiare idea, sai!» Parlo a voce alta. Me l'ha insegnato JuJu. «È così che devi fare, se stai cercando di tirarti fuori dai guai o interrompere qualcosa, anche se sei stata tu a cominciare e poi hai cambiato idea a metà strada.»

Lui si guarda intorno, schiarendosi la gola. «Abbassa la voce.» Infila il portafoglio nella tasca posteriore, ma non così facilmente come ne era uscito. «Magari ci vediamo dopo.»

Mentre esco, lo vedo andare verso la ragazza con la cresta viola che era in corriera con noi.

CAPITOLO UNDICI

All'uomo seduto dietro di me non piaccio. Ma non mi conosce. Sa che sono ubriaca, però. Credo lo sappia tutta la corriera. La signora Rodriguez gli sussurra di non giudicarmi troppo duramente.

«La vita è difficile per i giovani» sento che gli dice. «Il mondo è *loco*.»

Lui non è d'accordo. Crede che il conducente avrebbe dovuto cacciarmi dalla corriera. Ma che cosa gli ho fatto, io? Non ricordo niente, tranne che mi sono addormentata con la testa sulla spalla di WK e che lui mi ha coperto le gambe con la sua giacca. Per quanto tempo ho dormito così? Fuori c'era ancora luce quando sono salita sulla corriera. Tra poco spunterà la luna.

WK mi asciuga con il pollice un po' di saliva dal labbro inferiore.

«Sei sempre così gentile con gli altri?» gli chiedo.

«Credo di sì.»

«Alla scuola dove andavo se eri gentile ti pestavano» gli dico. Con la testa sulle sue gambe gli racconto di Maleeka, di come i bulli della classe si approfittavano di lei, costringendola a fare quello che volevano. Non gli dico che il più delle volte ero io a farlo.

Prende una bottiglia d'acqua dalla sua borsa e me la porge. «Quando si beve troppo alcol bisogna mantenersi idratati» dice. Mi scolo la bottiglia tutta d'un fiato. Poi mi dà una gomma da masticare.

«Per l'alito.» ridiamo entrambi.

Chiudo gli occhi. Cerco di ricordarmi cos'è successo dopo che quel vecchio ci ha provato con me. Sono uscita dall'edificio, questo lo so. Sono salita sulla corriera e mi sono seduta per terra. WK dice che ho vomitato fuori dalla corriera. Mentre mi accarezza l'orecchio mi chiede se voglio un altro buco. No, ne ho già tre per parte, più uno sul naso.

«Io faccio piercing.» Tira fuori la lingua. «Questo me lo sono fatto da solo, ma...»

Quando mi racconta che quella volta la sua lingua si è gonfiata ed è diventata blu mi metto a ridere. Il dottore ha dovuto togliere il piercing e drenare il pus. Lui e il suo ragazzo se l'erano fatti assieme e anche all'altro era successa la stessa cosa, perché è venuto fuori che l'ago che avevano usato era arrugginito.

«Forse ho capito perché ti ha lasciato.»

Ride. Poi si fa serio. «Non fare stupidaggini, ragazza ubriaca, o ti capiterà qualcosa di brutto.»

«Lo so.»

Fa le labbra da pesce e schiocca le dita. «E io sono troppo carino per fare a pugni.»

«Lo so» dico. E lo penso davvero.

Mentre sto per riaddormentarmi, sento Miguel che chiede a sua madre quando potrà venire a colorare con me. Avevo promesso a lui e a sua sorella che avremmo disegnato insieme. So già quale pagina coloreremo e tutto. Ma in questo momento non ne ho voglia. Prima di scivolare nel sonno chiedo a WK del ragazzo che era seduto al tavolo con lui.

«Si chiama Blaine. Ne parliamo più tardi.»

«Ehi» mi rizzo a sedere, allungando le braccia in aria per stiracchiarmi. «Cosa mi sono persa?»

So che mi sono persa qualcosa, perché il ragazzo con il codino prima era seduto davanti, subito dietro al conducente, e adesso è a tre file da noi, sempre dall'altra parte del corridoio.

WK mi soffia il suo fiato in faccia. «Di cosa sa? Mi sono passato lo spazzolino sulla lingua in gabinetto, mentre dormivi. Ti rendi conto di quanto hai dormito?» Non mi dà il tempo di rispondere. «Tre ore, ragazza. Ci siamo fermati di nuovo. Guarda!»

«Che cosa?»

«I sedili vuoti.»

Lo stomaco mi brucia e brontola. Prometto che non berrò mai più. «L'hai baciato o qualcosa di peggio?» gli chiedo.

Mi dà un piccolo schiaffo sulla mano. «Ma cosa dici?» Mi giura che hanno solo parlato. «Per me è ancora troppo presto per fare qualsiasi altra cosa.» Si tira giù la giacca per raddrizzare le pieghe. «E poi io sono più da relazioni serie, anche se non è sempre una bella idea.»

«Lo so.»

«Se vedi che lo abbraccio o gli sto seduto troppo vicino, vienimi a prendere» dice.

«Già, sicuro!»

«Dico sul serio.»

«Va bene.»

«Perché ho altre cose per la testa: avviare la mia associazione non-profit, tenere conferenze in giro per il paese per convincere la gente a iscriversi alle liste di donatori di organi, fare attivismo. La maggior parte dei miei coetanei non lo capisce.» Si alza. «E sono stanco di provare a convincerli.» Si regge al portabagagli sopra di noi mentre va dal ragazzo. «Torno subito. Gli faccio solo una visitina.»

Anche Miguel mi fa una visitina. Appena WK se ne va, viene a sedersi al suo posto, e poi sulle mie ginocchia. Si mette il pollice in bocca e canticchia. Io lo abbraccio stretto e gli racconto una storia con dei pastelli che si comportano come persone. Il tizio seduto dietro di me si stupisce perché ci so fare con i bambini. Io non sono affatto stupita. Facevo la babysitter alle feste di JuJu. Trovavo libri nell'immondizia e li mettevo via. Non si sa mai. Quando avrò dei figli saprò già come prenderli.

Chiedo a Miguel come vuole chiamare il pastello rosso. Lui dice Rita. È il nome di sua madre. Quello nero lo chiama Cielo. Quando gli chiedo perché, indica fuori dal finestrino. «Perché a volte è di quel colore.»

Se la signora Rodriguez fosse un altro tipo di madre non mi permetterebbe di stare con suo figlio. Miguel rimane con me tutto il tempo che vuole. Quando si stufa, sua madre, che stava leggendo un libro alla sorellina, prende il suo posto. Non mi fa la predica ma mi dice che, se bevo di nuovo durante il viaggio, non permetterà più ai suoi figli di venire da me. Mi prende il mento tra le dita perché la guardi in faccia. «Lo so che adesso non sei felice, ma le cose miglioreranno.» È quello che mi ha detto anche la Saunders. «Devi credere.» Con il dito indica verso l'alto, verso il soffitto della corriera, ma so cosa vuol dire.

CAPITOLO DODICI

Quando vado al gabinetto c'è una nuova ragazza seduta nell'ultima fila della corriera. Io ho un po' di nausea, so che potrei vomitare di nuovo, ecco perché sono tornata qui. Entro, vomito, mi sciacquo la bocca con l'acqua del lavandino ed esco. La nuova arrivata tiene una bimba in braccio. Credo che sia salita a bordo mentre dormivo. Ora è lei a dormire.

Mi avvicino abbastanza da sentire l'alito da bambino della piccola. «Ehi.» Lei mi afferra un dito. Le faccio il solletico sul palmo della mano. «Sei forte eh? Come ti chiami?» Ha gambe e piedi grassocci e scalcia forte. Quando ride scuote le mani come sonagli. Se fossi sua madre non potrei mai dormire su una corriera, avrei paura che qualcuno potesse portarmela via.

La bambina è bellissima. Di sicuro c'è un po' di tutto, nella sua famiglia; nero e bianco mescolato con cinese, giapponese o filippino. Lo si vede dalla forma degli occhi. Vorrei averli così anch'io, grigio chiaro con delle pagliuzze marroni. È il colore che preferisco tra tutti i miei pastelli: terra di Siena.

Hanno entrambe folti capelli neri. Quelli della madre sono lunghissimi, veri. Il colore della pelle, però, è diverso. La madre è bianca, ma non esattamente il bianco della gente bianca.

Per un attimo mi chiedo come mai non ci sono diversi toni di bianco nella mia scatola di pastelli.

Prima di scappare di casa mi ero ripromessa di avere un bambino se non fossi tornata a scuola o se non avessi avuto niente di meglio da fare. Prendo il ciuccio dalla copertina verde e glielo metto in bocca. La bambina lo succhia come un biberon e la madre apre gli occhi.

«Scusa. Io...»

Lei guarda me, poi il fronte della corriera, poi di nuovo me. Si lascia scappare uno sbadiglio e abbassa gli occhi sulla bambina. «Fa niente. La gente gioca con lei tutto il tempo. Non mi dà fastidio.» Sbadiglia di nuovo, poi abbassa le palpebre e tiene gli occhi chiusi. «Non dirmi che ne vuoi uno anche tu! Nemmeno te l'immagini.»

Gli chiedo quanti anni ha.

«Tanti, davvero tanti.»

Non è vero. Scommetto che ha la mia età, forse meno. Ma deve averne passate parecchie, anche peggio di me; si vede dalla pelle. Come i segni del tempo su un vecchio tappeto. E il fondotinta che porta non copre quello che tenta di nascondere: cerchi scuri attorno agli occhi e un taglio sulla guancia destra.

Mi chiede dove sono diretta.

«Da nessuna parte.»

Ride. Si mette a sedere dritta. È lei a vedere per prima il vecchio. Non so se sta venendo da questa parte per me o per andare in bagno. Le racconto in fretta quello che è successo alla stazione di servizio. Il vecchio sorride e ci fa l'occhiolino, afferrando la maniglia della porta. Lei si solleva la maglietta mostrandogli il seno per un secondo.

«Quanto?» gli chiede.

Quello si lecca le labbra, lancia un'occhiata al davanti della corriera e le dice che ha venti dollari per lei se lo raggiunge in bagno mentre gli altri dormono.

Lei sporge la mano. «Ci sto» dice.

Lui ripete quello che ha già detto.

«Conducente!»grida lei.

Io mi alzo in piedi. «Conducente!» chiamo anch'io.

Quello tira fuori i soldi più veloce di un poliziotto con la sua pistola e fa piovere su di noi una pioggia di banconote. Io le raccolgo e ce le spartiamo. Quando il vecchio torna al suo posto, lei dice: «Se puoi, fagliela pagare quando si comportano da porci».

CAPITOLO TREDICI

Piove. Sembra quasi che il finestrino stia piangendo, da quanto forte viene giù. Il conducente dice che smetterà presto. Siedo di nuovo al mio posto, tutta sola, e spero che duri un bel po'. Piangere mentre fuori piove mi ricorda casa. E anche colorare. Ed è proprio questo che sto facendo: piango e coloro con la testa nascosta sotto la giacca. Non so com'è cominciato. Forse è per quello che mi ha detto quella ragazza, April. «Quei bambini sono fortunati. Sembra una buona madre.»

Stava parlando della signora Rodriguez. Allora ho pensato alla mia JuJu. È l'unica madre che ho, adesso. E, che ti abbia messo al mondo o meno, è davvero brutto quando tua madre non ti vuole. Ti toglie ogni speranza.

30 giugno, ore 00.00

CAPITOLO QUATTORDICI

Ho un lavoro. WK mi paga dieci dollari per assicurarmi che scenda da questa corriera senza aver scambiato saliva con il tipo con il codino.

Gli dico che restare seduto al suo posto, accanto a me, gli costerebbe di meno. Lui si alza lo stesso e se ne va tutto sorridente. Quindi immagino che mi toccherà fare la persona seria, adesso.

Quando WK solleva il gomito dal bracciolo e si sporge troppo verso Blaine, mi alzo in piedi e strillo: «Ehi! Guarda che ti tengo d'occhio». Per un attimo tutta la corriera ha gli occhi su di lui. Io scoppio a ridere. Ripeto la scena per tre volte, più che altro perché mi sto annoiando. Funziona, WK cambia posto: speravo che tornasse da me, invece rimane nella stessa fila, sedendosi solo dall'altra parte del corridoio. Tanto lo sanno tutti che non durerà a lungo.

«Guarda!» esclama il contadino dietro di me. «Laggiù.» Picchia col dito sul finestrino. «Non ne vedrai molte altre, ora che il sole è tramontato. Per fortuna che c'è la luna piena!»

Non ho mai visto così tante vacche in una volta. Il contadino dice che saranno settanta, forse anche ottanta. Per un po' mi racconta della sua fattoria. Dice che suo nipote ha l'abitudine di dare un nome alle vacche, purtroppo.

«Perché un giorno non ci saranno più, giusto?»

«Perché poi le portano al mattatoio.»

«Mattatoio?»

«Santo cielo. Dovresti conoscere il significato di questa parola. Cosa t'insegnano a...»

Sua moglie lo interrompe, impedendogli di continuare. Bene, perché comunque io non avevo voglia di starlo a sentire. Che cosa ne sa lui di me, della mia scuola e di quello che imparo? Niente. Proprio come io non so niente di come si manda avanti una fattoria o di come si mungono le vacche. Però so che non è giusto il modo in cui le trattano, povere vecchie vacche. Sembrano sporche e tristi, annoiate e stanche. Proprio come certe persone. Ora che ci penso...

«Com'è che il latte viene fuori bianco, se l'erba è verde?» chiedo.

Il contadino si mette a parlare come se fosse un professore di scienze. Dice qualcosa sulle proteine, l'intestino, la clorofilla. Passano quindici minuti ed è ancora lì che spiega. *Bla, bla, bla*. Io smetto di ascoltarlo. Quando gli dico di stare zitto si arrabbia. Mi volto a guardarlo, mettendomi in ginocchio sul sedile. «Dico solo quello che la gente pensa ma non ha il coraggio di dire.»

Sua moglie sorride. «Caro, lascia in pace la ragazzina.»

«Ma se le interessano le vacche e l'allevamento, che male faccio a educarla un po'?»

«Non sono stupida.»

Abbozza delle scuse, ma non è molto convinto. Io mi rimetto a sedere e prendo una rivista dallo zaino. È di mia sorella. Una volta leggeva solo giornali sulle star del cinema e le coppie infedeli. Adesso invece compra questa roba con articoli su come avere successo, esprimersi meglio, comportarsi meglio, volere di più. Immagino gliel'abbia detto la Saunders. «So leggere, vedi?» Faccio penzolare le braccia oltre il poggiatesta e picchietto con le dita la guancia dell'attrice sulla copertina.

«Non mi è mai piaciuta» dice lui, colpendo la rivista con una mano. «È solo un'attaccabrighe.»

«Shhh» fa sua moglie.

«Perché devo starmene zitto? Dillo a lei, di chiudere il becco.»

Il conducente prega cortesemente la gente sul retro di portare rispetto agli altri. Io sfoglio la rivista fino a trovare le pagine con le ricette. È il numero uscito per il Ringraziamento, anche se il Ringraziamento è stato un sacco di tempo fa. Dove sono i maccheroni al formaggio? Mi chiedo. Lo stufato di intestini di maiale, le verdure col lardo? Mia madre cucinava così. E così cucina pure JuJu. Una volta la Saunders ha detto che questo tipo di cibo non è sano, ma si sbaglia. Si sbaglia su un sacco di cose. Quando mi sposerò i miei figli mangeranno quello che ho sempre mangiato io.

«Ehi.» Busso sul finestrino. «Signore. Lei ha dei nipoti?»

Lui mi mostra tre dita. «Perché?» chiede.

«Così, tanto per sapere.»

«Oh.»

«Ce n'è qualcuno come me? Con la pelle un po' scura, intendo.»

«Gesummaria, ma che domanda è?»

«Parla di coppie miste, caro.»

Anche senza vederlo so che il collo gli è diventato tutto rosso. «No!»

«Oh.»

Mi chiede perché lo voglio sapere. Non c'è un motivo preciso. Penso a quella bambina in fondo alla corriera.

«Forse un giorno lo avrà.»

«Che cosa?»

«Un nipote come me.»

«Santo cielo.»

«Magari non proprio dello stesso colore, ma comunque nero.»

Il contadino si alza, si risiede, sbatte le ginocchia su qualcosa appoggiato al mio sedile. La moglie gli dice di stare calmo e di pensare alla pressione.

Io metto via la rivista e tiro fuori i miei album da colorare. Mi piacciono le principesse, perché mio padre mi chiamava così, la sua «piccola principessa». Comincio con la corona. Ha trenta pietre preziose, così tiro fuori trenta pastelli. E coloro lenta e precisa, come certe donne quando si passano lo smalto sulle unghie. Perfetto. È l'unica cosa che so fare bene.

CAPITOLO QUINDICI

Quando mi sveglio April è seduta accanto a me con la sua bambina. Mi dice che non ha ancora capito come si fa a essere una brava madre.

«Non riuscivo a farla smettere di piangere. Ho camminato un sacco di tempo avanti e indietro per il corridoio, poi, quando mi sono seduta accanto a te, si è calmata.» Me la dà. «Le piaci.» Lancia un'occhiata a una donna che ci passa accanto.

«Ehi, piccolina» dico. «Ti sei comportata male mentre stavo dormendo? Non fare i capricci.» Cricket fa un po' di bavetta, così le asciugo le labbra con il colletto della mia giacca. «No!» faccio quando cerca di metterselo in bocca. «Questo non si mangia.» Scalcia e si agita tutta. April chiude gli occhi e mi chiede se ho qualcosa da mangiare.

«Prendi quello che vuoi dal mio zaino. Ce n'è in abbondanza.»

Fruga dentro e mi mostra un pacchetto di patatine al mais. «Posso?»

«Certo.»

«E questi?» Ora ha in mano due barrette di cioccolata ripiene al cocco.

«Ci sono anche noccioline caramellate e cracker al burro

di arachidi» le dico. Non se lo fa ripetere due volte. Si rovescia tutto il contenuto dello zaino sulle ginocchia, sceglie quello che vuole. Apre un pacchetto di salatini e fa un sandwich a tre strati con sottilette e fette di prosciutto. Fa volare un sacco di briciole mentre mi spiega con la bocca piena che Cricket beve tantissimo latte. «Non avevo idea di quanto può mangiare un bambino.» Per questo non si è portata dietro abbastanza latte artificiale o abbastanza soldi quando ha cominciato il viaggio. Bacia Cricket sulla fronte. S'infila in bocca una fetta di prosciutto, la mastica, poi si china su di lei sporgendo fuori la lingua. La usa come un cucchiaio. Sulla punta ha un pochino di cibo sminuzzato. Cricket è abituata a mangiare così, credo, perché spalanca la bocca e, prima che me l'aspetti, la lingua è dentro e la bambina sta masticando, o almeno ci prova.

La signora Rodriguez dice che Cricket è ancora troppo piccola per quel tipo di cibo. April prende da terra la sua borsa e la riempie con tutti gli snack. Dice che ha finito gli omogeneizzati e che ha ancora una cucchiaiata di latte in polvere nel barattolo. «Me n'ero fatta dare un po' da una donna nella corriera prima di questa.»

«Gesù, questi giovani!» commenta il contadino.

Sono pronta a dargli un pugno, quando la moglie si alza e chiede a voce alta: «C'è qualcuno che ha del latte in polvere?».

Non sono affari suoi, ma sono contenta che l'abbia fatto. Io non ci avevo nemmeno pensato. «Già» dico. «Abbiamo bisogno di latte. La bambina ha fame.»

Il conducente dice che mancano un paio d'ore alla prossima sosta. Cricket sta già scalciando e facendo smorfie, con la bocca spalancata come il becco di un uccellino. April guarda la signora Rodriguez, mastica un cracker e ficca la punta della lingua nella bocca della bambina.

Cricket fa schioccare le labbra, muove la bocca e si sforza

di ingoiare. Poi sentiamo il rutto più forte di tutti i tempi e una scoreggia. La cacca riempie il pannolino, scaldandomi le gambe.

«Hai degli altri pannolini, vero?»

«Uno.»

«Conducente!» Passo Cricket a sua madre. «Possiamo fermarci da qualche parte, per favore? È un'emergenza.»

Il vecchio che ci ha provato con me dice che alla prossima sosta dovrebbero lasciarmi lì, perché non hanno avuto pace da quando sono salita a bordo. Un po' di gente applaude, non so bene chi.

«Andate al diavolo!» Alzo la voce. «Scommetto che passate tutte le domeniche in chiesa, ma a quanto pare un neonato affamato non è un problema.»

Il conducente ha gli occhi su di me invece di guardare la strada. «Vedete che razza di vita mi tocca fare, guidando la corriera? Gente egoista che rende le cose difficili per tutti.»

Non mi aspettavo che dicesse qualcosa del genere, ma rimango in piedi. E per una volta resto in silenzio, perché JuJu mi ha detto che a volte devi sapere quando tacere e lasciar marinare quello che hai già detto.

Venti minuti dopo la corriera si ferma in un'area di sosta.

«Gesù» commenta l'uomo dietro di me. «Questa ragazzina ottiene sempre quello che vuole!»

Sento la moglie che risponde: «La bambina ha bisogno di latte. E pannolini».

Una donna in piedi in corridoio tiene delle banconote in mano. «Posso darvi tre dollari.»

La signora Rodriguez apre il suo borsellino e rovescia delle monete in un cappello. Poi cammina per il corridoio e chiede alla gente di dare quel che può parlando in inglese e in spagnolo.

Le porte della corriera si aprono. La signora Rodriguez mette il cappello da baseball di Miguel sulle ginocchia di April.

«Per me?» chiede lei, commossa.

«Adesso,» dice la Rodriguez «io e te andiamo dentro e compriamo quello che ti serve.»

I suoi bambini dormono raggomitolati ai loro posti. Io tengo Cricket stretta a me.

Il contadino chiede a sua moglie se April restituirà i soldi che non ha speso.

«Conducente» dico quando April è scesa. «Vuole tenere la bambina in braccio?»

«Andrò in pensione tra qualche ora, se voi tutti non mi farete licenziare prima. Quindi no, non voglio tenere in braccio nessun neonato. Ma qualcuno può darmi qualcosa per il mal di testa?»

CAPITOLO SEDICI

Giochiamo a *Obbligo o verità*. L'idea è venuta ad April e adesso noi quattro stiamo giocando in fondo alla corriera. Non vale chiedere di palpeggiare la gente o di togliersi i vestiti.

Occupiamo tre posti nelle ultime due file. La bambina è sulle mie ginocchia, WK è davanti a me, dall'altra parte del corridoio, e Blaine è al mio fianco. April, con la sua borsa sulle gambe, è seduta a terra, rivolta nella direzione di marcia. Dice che deve sempre vedere cosa le sta davanti.

WK guarda Blaine, ma punta un dito su di me. «Quanti anni avevi quando hai dato il primo bacio?»

Io appoggio Cricket contro la mia spalla e le faccio fare il ruttino.

«Dieci» rispondo. «Dopo le lezioni, nel cortile della scuola con Caleb. L'ho costretto io.»

Ridono tutti.

«April, tocca a te» dico. «Quante ragazze hai baciato?»

Lei non spettegola su queste cose, dice. Quindi accetta di pagare pegno. Posso solo dire che deve averne baciate molte. La sfido a baciare la ragazza seduta davanti, quella con la cresta viola. April la raggiunge con molta calma. Gli altri dormono quasi tutti. Scoppiamo a ridere quando sfiora con le labbra la testa della ragazza addormentata, che non se ne accorge nemmeno. Non si muove e non si sveglia. Ma quello stupido del conducente ha visto tutto e dice ad April di avvicinarsi. Le parla a voce bassa mentre ci guarda nello specchietto retrovisore. «Sissignore» sentiamo rispondere April. «Nossignore, non voglio esser cacciata via.» Poi torna di corsa da noi ridendo e dice che era da un sacco di tempo che non si divertiva così. Riprende a giocare, ma continua a guardarsi intorno. Le chiedo se sta cercando qualcosa e come mai fissa le persone a quel modo. Lei sorride, volta la testa, guarda la signora Rodriguez che ci passa accanto.

«Per nessun motivo» dice. Ma so che non è vero.

Nell'ora successiva più che giocare chiacchieriamo, scoprendo un sacco di cose gli uni sugli altri. WK fa parte del programma educativo per ragazzi dotati, è un atleta, corre i 400 e i 200 metri, e porta ancora l'anello del suo ex.

Blaine frequenta una scuola privata e non ha mai avuto un ragazzo. L'estate scorsa l'ha passata in Francia da sua zia.

«Come mai viaggi su questa corriera?» gli chiedo.

Gli piace viaggiare. Ha intenzione di visitare tutti gli Stati del paese, anche le Hawaii, prima di compiere ventitré anni. Gli chiedo quanti ne ha visitati finora. «Venticinque, se consideriamo anche Porto Rico.» L'estate scorsa ha fatto 2500 chilometri in bicicletta per raccogliere soldi per i bambini con la leucemia.

«Vuoi un po' di compagnia la prossima volta che vai in Francia?» gli chiede WK battendo le palpebre.

Blaine risponde senza smettere di giocare con i peli delle sopracciglia. Lo fa spesso. «Non credo che mia zia avrà qualcosa in contrario.»

WK salta in piedi, viene da me per darmi il cinque e fa cadere per sbaglio la borsa di April. Si inginocchia in fretta per raccogliere un lucidalabbra, un orecchino d'argento, delle penne, il telefono e un flacone di pillole che lei gli strappa subito di mano. Poi, mentre mette via le proprie cose, April ci racconta di alcuni posti in cui è stata: il Messico, San Diego, Los Angeles, Atlanta, Washington, Erie in Pennsylvania e l'Ohio. Le chiedo qual è il posto che le è piaciuto di più. Lei fa un sorriso finto, di quelli a denti stretti, con gli occhi spenti. «Ero molto piccola, non ricordo.» Aggiunge che vorrebbe lavorare su una nave da crociera e girare il mondo. Io guardo Cricket ma non le chiedo che intenzioni ha con lei.

Mi squilla il cellulare. È mia sorella. Si era raccomandata di chiamarla da ogni area di sosta. Io l'avrei anche accontentata, ma mi avrebbe fatto un sacco di domande a cui non potevo rispondere. Tipo a che ora dovevano venirmi a prendere i miei nonni. Chi avevo conosciuto in corriera. Se avevo fatto quello che mi aveva suggerito, e cioè riferire al conducente del vecchio che ci aveva provato con me. JuJu sapeva che sarebbe successo. Va sempre a finire così. Ma non puoi mica fare la spia tutte le volte che qualcuno cerca di approfittarsi di te. Devi imparare a cavartela da sola, perché certe volte non hai nessun altro. Alla fine l'ha imparato anche Maleeka. Deve ringraziare me, per questo. «Vero, Cricket?» La sollevo in aria e mi metto a ridere quando la sua saliva mi sgocciola sul naso, vischiosa come sciroppo.

WK è finito sulle ginocchia di Blaine. «Pegno o verità, Char. Quanti anni avevi quando hai fatto sesso per la prima volta? E non mentire.»

La faccia di Blaine diventa rossa.

Io scelgo pegno perché se dicessi che non l'ho mai fatto non ci crederebbe nessuno. Non certo quel vecchio delle prime file, e neppure i ragazzi a scuola. Così, quando mi dicono che devo masticare e ingoiare dieci fogli di carta igienica bagnata, lo faccio. Anche se non mi piace.

CAPITOLO DICIASSETTE

Quando mi sveglio April è sparita, e Cricket con lei. WK è tornato al suo posto, come se non si fosse mai spostato. «Dov'è andata?» Mi alzo.

«April? È al gabinetto.» Scarta un lecca-lecca all'arancia e se lo ficca in bocca. «Scommetto che si droga. Che si fa di pillole.»

La signora Rodriguez si volta verso di noi. «Forse dovremmo avvertire il conducente.» La figlia è sveglia e le siede di traverso sulle ginocchia, scalciando. «Quarantacinque minuti sono un sacco di tempo per restare chiusi là dentro.»

Non vorrei mettermi a correre, ma è esattamente quello che faccio. Non vorrei picchiare contro la porta, come se io fossi un poliziotto e lei avesse rubato qualcosa, ma lo faccio lo stesso. Riesco a pensare solo ai programmi che ogni tanto guardo in tv. A volte le ragazze madri gettano i lori bambini nel water e tirano l'acqua.

Parlo tenendo le labbra vicino al punto in cui la porta si chiude: «Puoi dare Cricket a me, sono sveglia adesso. Ed è così stretto lì dentro, lo so. Si riesce a malapena a lavarsi le mani, figuriamoci a fare i propri bisogni tenendo un neonato». Nella mente vedo quella bella bambina che sguazza nell'acqua. O forse è già affogata. Al telegiornale dicono che succede spesso.

«April!» Stavolta uso tutti e due i pugni.

La voce del conducente non sembra affatto contenta quando risuona dall'altoparlante. Chiede se qualcuno si è sentito male. Il contadino risponde che c'è una drogata che si sta facendo a bordo.

Per la prima volta il conducente impreca. La porta del gabinetto si apre proprio quando lui sta prendendo il telefono per chiamare la polizia. Sembra che tutti gli occhi nella corriera siano puntati su di April.

«Cosa c'è?» chiede lei sbattendo la porta dietro di sé. «Una non si può nemmeno cambiare, adesso?» Era entrata con dei jeans e ora porta dei leggings neri. Anche il sopra è diverso: ora indossa una felpa a maniche lunghe, tagliata sopra l'ombelico come la mia.

Mi siedo con lei in ultima fila.

«La tengo io» le dico allungando le braccia.

Lei stringe Cricket a sé come se la volessi rapire. Rimaniamo così per un po', senza parlare, guardando dritto davanti a noi. Sbadiglio, poi sussurro: «Questa è la mia parte preferita».

«Quale?»

«Una notte di luna piena con il cielo troppo limpido per essere vero.»

Mi chiede se sono mai stata su una nave. No, mai. Perché se ci fossi stata, dice, non penserei che questo piccolo pezzo di cielo sia chissà cosa.

Si sistema Cricket a pancia in giù sulle ginocchia e inizia a frugare nella borsa. Alla fine trova quello che stava cercando: un portafoglio Gucci. D'imitazione, probabilmente. Lo apre e me lo porge.

«Vedi?» È la foto di un nave sull'oceano di notte, sotto un mare di stelle. La foto successiva è del tutto diversa.

«Sei tu, questa?»

«Sì, a tre anni, a casa... era la vigilia di Natale.»

Tira fuori altre foto. Le tiene in mano come un mazzo di carte e me le mostra una alla volta. Lei seduta sulla banchina di un fiume. Lei sulle spalle di un ragazzo che cammina a piedi nudi sulla strada. Non le chiedo se è il padre di Cricket. Però la fermo all'ultima foto. Lei sopra una coperta, in un vicolo, mentre fuma uno spinello con un gruppo di ragazzi. Sembrano sporchi, hanno l'aria di puzzare. Le chiedo per quanto tempo ha vissuto sulla strada. April tira su le maniche della felpa.

Indico i tatuaggi sul suo braccio destro. C'è un'intera fila di numeri, uno sotto l'altro, dalla spalla giù fino al gomito. Nessuno della stessa grandezza o stile. «Li hai fatti tu?»

«Con una gomma da cancellare» risponde.

Dice che sei è il numero di fratelli e sorelle nella sua famiglia, lei compresa. Tre sono gli anni in cui hanno vissuto in un furgone dopo che i suoi genitori avevano perso la casa. Suo padre è un veterano dell'esercito. Mi racconta che ha un disturbo da stress post-traumatico. Sua madre ha il diabete e le medicine costano un sacco. I dottori, poi, costano ancora di più. «A volte perdi la casa cercando di pagare le tasse. E perdi il lavoro perché ti prendi troppi giorni di assenza perché tuo marito è malato. Fuori di testa, intendo.»

Faccio scorrere un dito sul numero quattro: è un po' in rilievo sulla pelle, come tutti gli altri che si è tatuata da sola.

«E questo cosa significa?»

«Sono gli anni in cui ho vissuto sulla strada da sola.» Prosegue lungo la fila di numeri. «Questo è il numero di famiglie a cui sono stata data in affidamento temporaneo: diciassette.» Quando arriva al numero uno le viene un nodo alla gola.

«Basta una persona sola,» dice, schiarendosi la voce «per mettere le cose a posto.»

Dà un buffetto al mento di Cricket. «Per me quella persona è zia Helen. Cricket andrà a vivere con lei.»

April si china a baciare la bambina sulla fronte. Pagherà sua zia perché si prenda cura di lei. Le manderà vestiti da tutto il mondo. «E aiuterò anche i miei.»

«Sono ancora...»

I suoi genitori abitano da qualche parte in California, i suoi fratelli e le sue sorelle sono stati dati in affido a famiglie diverse, chissà dove.

«Una volta gli scrivevo delle lettere quando potevo.» Sta pensando alla sua famiglia, a casa sua. Lo si capisce dagli occhi.

«April?»

«Un giorno te ne accorgerai.»

«Di cosa?»

«Di quanto sei stata fortunata con tua sorella.»

Mi metto a sedere dritta e poso i piedi a terra. «Una sorella può cercare di farti da madre» dico. «Ma non sarà mai tua madre. Mai.»

«Tornatene a casa, Char. Se stai là fuori per troppo tempo ti capiterà qualcosa di brutto.»

ore 4.00

CAPITOLO DICIOTTO

«Gente!» La voce del conducente esplode dall'interfono. «Questa è l'ultima sosta prima di separarci. Alcuni di voi prenderanno altre corriere, altri raggiungeranno le loro famiglie. Grazie a Dio!»

Prima che me ne renda conto, Miguel e sua sorella passano davanti a WK e mi si siedono in braccio. Miguel si succhia il pollice. Gli tolgo il dito dalla bocca e gliela copro con una mano. «Che alito!» gli dico. Lui copre la mia. «Puzza anche il mio, eh?» Gli stampo un grosso bacio sulla guancia destra. Sua sorella ne riceve uno sul naso.

«Tu!» il conducente si rivolge a me. «Voglio parlarti un minuto.»

Mentre lo raggiungo, WK mi fa delle smorfie da pagliaccio. «Quello crede di essere tuo padre» dice.

Io oltrepasso la linea gialla. «Cosa c'è?»

Non mi risponde. Mi lascia lì impalata mentre parcheggia in un posto stretto, poi spegne il motore. «Ecco cosa faremo» dice. Tira il freno a mano e smonta dalla corriera prima di me e di tutti gli altri. «La signora Rodriguez ti accompagnerà dove hai bisogno di andare. In bagno, a bere un po' d'acqua, ma assolutamente in nessun negozio. Dice che ci pensa lei a darti da mangiare.»

Gli dico che quello che sta facendo è contro la legge.

«Vuoi che chiami la polizia?» mi chiede. «C'è una stazione un po' più avanti.»

La maggior parte della gente nella corriera sta ancora dormendo. Un paio di persone, scendendo, mi guardano e poi scuotono la testa. Quando chiedo al conducente perché mi sta facendo questo, lui risponde: «I passeggeri parlano. Alcuni fanno anche delle foto con il telefono. Se sei minorenne il consumo di alcol è vietato dalla legge, sai?».

WK scende dalla corriera insieme a Blaine. «Tutto bene, Char?»

Penso alla polizia. A me ubriaca a bordo della corriera. E se mi arrestano? Se chiamano JuJu?

E se mi impediscono di tornare a bordo?

«Tutto a posto» rispondo.

I due ragazzi si allontanano tenendosi a braccetto. Miguel e sua sorella saltano giù dalla corriera e mi prendono per mano. «Vieni con noi» mi dice la signora Rodriguez.

April smonta per ultima lasciandosi dietro una scia di profumo.

«Dov'è Cricket?» I miei occhi scrutano un finestrino dopo l'altro per poi tornare su di lei.

«Un tipo e sua moglie hanno detto che la guarderanno loro.»

«L'avrei fatto io se me l'avessi chiesto.»

Mi supera e attraversa la piazzola di sosta, passando davanti ai lampioni accesi nella notte. Si toglie le scarpe con i tacchi e cammina sull'erba, poi si mette a correre sulla ghiaia, fermandosi solo quando ha raggiunto i camion fermi nel parcheggio dall'altra parte della strada. Ci sono un sacco di tir e camion a rimorchio, con immagini di cibo sulle fiancate: hamburger e patatine fritte, bottiglie di latte, cracker e ortaggi.

Attorno ai camion sostano degli uomini, fermi e in attesa come vacche al pascolo.

CAPITOLO DICIANNOVE

Sediamo insieme allo stesso tavolo, quello accanto alla vetrata. L'ho scelto perché da qui si può vedere il parcheggio dei camion. Ho deciso: se April ci mette troppo, vado a cercarla. WK mi chiede se sono impazzita. Dice che ci saranno una ventina di camion laggiù, non c'è modo di sapere su quale può essere salita. Poi, per la prima volta, dice una cattiveria. «Magari è quel tipo di madre che dovrebbe stare alla larga dai figli.»

Guardo la mano con cui stringe quella di Blaine, sul tavolo, e gli rispondo anch'io con una cattiveria. «Credevo che volessi stare alla larga dai ragazzi.»

«Certo, alla larga da nuovi fidanzati. Ma non da amici carini che sanno baciare bene.» Strizza l'occhio a Blaine, poi gli chiede di fargli un favore e andare a prendere un latte macchiato con panna al bar mentre lui va in bagno.

Quando se ne sono andati, la signora Rodriguez si alza in piedi. «Char, puoi restare qui ad aspettare le ordinazioni mentre porto i bambini a lavarsi le mani?»

«Io?» punto l'indice su di me.

«Sì, tu.»

«Ma non abbiamo tempo.»

«Grazie mille.»

Le bibite sono già arrivate quando vedo entrare il contadino con Cricket in braccio. Prima che la porta si richiuda dietro a lui e a sua moglie, sono già davanti a loro con le braccia tese. «La prendo io» dico.

«Non credo proprio» risponde lui superandomi. «Vedi una guardia? Un agente della polizia?» Cricket tiene la testa poggiata sulla sua spalla. Lui la regge con una mano sotto il sedere. «Deve esserci qualcuno. Dov'è il conducente? Lui lo saprà di sicuro.» Mentre parla continua a guardarsi attorno.

«Non sono affari nostri, tesoro» gli dice sua moglie raggiungendolo.

Lui si volta così di scatto che lei gli va a sbattere contro.

«L'ha abbandonata sul pavimento del bagno. Come se fosse immondizia.»

«Chi? Cricket?» chiedo.

«Avrà pensato che chiudendola lì dentro non l'avrebbe sentita nessuno» continua lui.

«Ma lui ha problemi alla prostata» sussurra sua moglie, e aggiunge qualcosa sui pannolini per adulti.

Se gli occhi potessero fulminare, a quest'ora suo marito l'avrebbe già fatta tacere. «Stiamo parlando di quella sgualdrina, adesso, non di me.»

«William! Non usare quella parola!»

Lui riprende a camminare mentre Cricket si dimena. Io gli corro dietro, voltandomi a guardare la vetrata di tanto in tanto.

Il contadino chiede di nuovo notizie del conducente. «È in bagno?» Dice che consegnerà la bambina a lui, se non c'è un rappresentante della legge nei paraggi. Sua moglie e io cerchiamo di stargli dietro, ma il tipo ha le gambe lunghe ed è pieno di rabbia.

«April non se la sta passando bene» dico. «A lei non è mai capitato di attraversare un periodo difficile?»

Quando si ferma per rispondermi è ormai al centro della sala. «Chi non ha la vita dura, di tanto in tanto? E ce l'avrà pure questa bambina, se qualcuno non fa qualcosa.»

Ci fissano tutti. Cricket piange, strilla, scalcia. Il contadino guarda sua moglie e fa per passargliela, ma io sono più veloce. La stringo forte a me e faccio qualche passo indietro. Gli dico che se prova a prendermela mi metto a urlare. «Anche delle cose cattive.»

Poi gli volto le spalle e carezzo la testa di Cricket. «Shhh! Buona, che la tua mamma torna presto.» Guardo fuori dalla vetrata che dà sui camion. «I vitellini delle fattorie» dico. «Dove sono le loro madri?»

«Che cosa?»

«I vitelli delle fattorie che abbiamo visto dalla corriera.»

Il contadino si asciuga la fronte con un tovagliolo di carta preso da uno dei tavoli. «Dammela, su, che la consegno a...»

«Crede che potrebbero essere in uno dei camion là fuori? Pronte per essere fatte a pezzi, trasformate in scarpe e bistecche?»

Lo sento a malapena quando dice: «La vita è difficile».

Stringo Cricket a me come se l'avessi messa io al mondo, come JuJu mi aveva stretta certe notti dopo la morte dei nostri genitori. «Scommetto che quei vitelli vorrebbero indietro le loro madri, anche se magari sono state madri cattive.»

«Io sono stata adottata» dice la moglie del contadino tenendo gli occhi a terra.

Il marito le dice di non ricominciare con questa storia. «Non c'entra niente con quella sgualdrina che ha abbandonato la figlia sul pavimento sporco di una corriera.» S'infila le mani nelle tasche dei pantaloni. «Ti ho detto quello che avrei fatto, Pat, e ho intenzione di farlo.»

«Lascia perdere, William.»

«No, io...»

«Se sua madre non torna prenderemo provvedimenti. Per il momento limitiamoci a quello che dice la Bibbia: fai agli altri ciò che vorresti fosse fatto a te stesso.»

Il contadino lascia ciondolare la testa. Da come parla sembra lui, quello che porta i pantaloni in famiglia, ma ho appena capito che in realtà comanda lei.

«Dov'è il caffè? Ho bisogno di un caffè. Nero.»

Quando il marito ci lascia, la moglie mi dà il ciuccio di Cricket. «Il suo posto è nella spazzatura,» dice «perché l'ho trovato per terra.» Indica uno dei negozi e comincia a camminare. «Vado a comprare un po' di cose per lei. È il minimo che posso fare.»

«È arrabbiata con sua madre per averla data via?»

Lei si ferma di colpo. «Arrabbiata? No. Le sono grata. Sinceramente e profondamente grata. Aveva quattordici anni. Non ha mai finito le superiori. Dove sarei adesso se lei non avesse aperto gli occhi?»

Quando se ne va chiamo JuJu.

«Char, ti ho detto di...»

«Ti voglio bene. Tutto a posto. Non devi preoccuparti per me» dico. E poi riattacco subito.

CAPITOLO VENTI

April sale sulla corriera tenendo una scarpa in mano. Tiene la testa bassa e si sta pulendo il rossetto con un fazzoletto di carta.

«Dio vede i tuoi peccati» le dice una donna delle prime file a voce alta, così tutti la possono sentire.

Un grassone che era stato gentile con me non è per niente gentile con April e la insulta. Il conducente si arrabbia e gli ordina di chiedere scusa, ma l'altro si limita a fissare April in silenzio, anche dopo che lo ha superato. Gli altri passeggeri fanno lo stesso.

Solo quando è vicina mi accorgo che la scarpa che ha in mano è senza tacco e che la sua guancia destra è rossa. Vorrei chiederle se qualcuno l'ha picchiata, ma si vede benissimo che non è in vena di domande.

«La tengo io» mi dice sedendosi e dà un pizzicotto affettuoso alla nuca paffuta di Cricket. «Ehi, piccola. Ti è mancata la tua mamma?»

Cricket è così piccola. Il suo primo istinto è andare da sua madre. Fa i capricci, piange, cerca di divincolarsi. Solo che non ci può andare, perché io non glielo permetto. Tengo le braccia strette attorno al suo pancino. «È stanca. La riavrai indietro dopo il suo sonnellino.»

«Che cosa?»

«Lasciala riposare! Si era quasi addormentata prima che arrivassi.»

Per colpa di April siamo in ritardo di dieci minuti. Il conducente non voleva partire senza di lei. «Anch'io ho delle figlie» aveva ripetuto per la centesima volta. Camminava avanti e indietro fuori della corriera. «È il mio ultimo giorno» l'abbiamo sentito dire. «Che cosa mi possono fare?» Ha tirato fuori una sigaretta e se l'è messa in bocca. Non sapevo che fumasse.

Stava risalendo in corriera quando qualcuno ha esclamato: «Eccola lì!».

Cerco di rigirare Cricket sulla pancia ma lei non vuole. Punta le gambe, dure come bastoni, e si rifiuta di stendersi.

April infila le mani sotto le braccia della bimba e, prima che me ne renda conto, se la mette in grembo. «Sono io sua madre, non tu.» Chiude gli occhi e posa la guancia sulla fronte di Cricket.

«L'hai lasciata sul pavimento.»

«E secondo te cosa dovevo fare? Assumere una babysitter?»

Stringo a pugno la mano che non può vedere, pronta a scattare come una molla. Conto mentalmente, cercando di fare quello che mi ha detto JuJu prima di mettermi su questa corriera, e cioè non prendermela con tutto il mondo quando ho una giornata storta.

«Volevo solo dire che... Non c'era bisogno di lasciarla lì così. Cricket mi piace e non mi pesa darle un'occhiata. L'hai cresciuta bene, April.» È un modo per chiederle scusa. Di solito non sono il tipo che si scusa, ma qualche volta è necessario per ottenere quello che vuoi. E io voglio che Cricket stia bene. Perché so cosa significa avere bisogno di tua madre quando tua madre non c'è. «Hai il diritto di fare tutto quello che vuoi con la tua bambina.»

«Le persone giudicano ma non sanno niente. Secondo loro come dovrei fare per comprare da mangiare? Per comprare latte e pannolini?» dice. «Se non faccio... lascia stare.»

Guardo fuori dal finestrino. Vedo delle vacche lungo la strada. April mette Cricket a pancia in giù sulle ginocchia e le fa girare i piedini come ruote. «Ho solo... Ho venduto qualche pasticca, tutto qui.»

L'uomo dietro di noi ride.

April alza la voce per assicurarsi che la sentano tutti. «Sto per iniziare un nuovo lavoro, con gratifiche e tutto.» Mi guarda. «Voglio essere una buona madre, ma in questo momento non ce la faccio.» Coccola Cricket, affondando il naso nel cespuglio dei suoi capelli. «Se resta con me... lasciamo perdere.»

Le chiedo del lavoro.

«È su una nave.»

«Una nave?»

«Da crociera.»

«Di quelle da cui ogni tanto spingono la gente in mare?»

Ride. «Di quelle dove avrò una cabina tutta mia senza pagare e pasti *all you can eat*. Ci sarà gente che viene da tutto il mondo e parla lingue diverse. Potrò anche frequentare dei corsi universitari.»

Ha compilato il formulario online e mandato dei soldi. «Trecentocinquanta dollari» dice.

«Per cosa?»

«Per il lavoro.»

«Devi pagare per lavorare? Credevo che fossero loro a pagare te.»

Lei dice che i lavori buoni costano, e che quando verranno a prenderla dovrà versare il resto della cifra pattuita.

«I camionisti guidano tutta la notte» dice. «A volte anche per venti ore di seguito, anche se non dovrebbero.» Fruga nella sua borsetta e tira fuori un flacone di pillole. Ne saranno rimaste cinque o sei. «Devo riuscire a racimolare altri settantacinque dollari, altrimenti...»

«Non ti daranno il lavoro?»

Scuote la testa.

La ragazza con la cresta viola si alza. «Spegnete quella luce. Non vedete che c'è gente che dorme? Conducente!»

Non ho mai visto così tanti spioni in vita mia. Premo l'interruttore. Adesso la corriera è al buio. Le uniche luci sono i fanali delle auto e la luna.

«April?»

«Sì.»

«Quando cominci a lavorare?»

«Domani.»

«Domani?»

Sua zia verrà a prendere la bambina alla stazione. All'arrivo April troverà una persona della compagnia che la porterà in Florida. «Devo salire su quella nave.» Si china a prendere una copertina gialla dalla borsa e copre Cricket dalla testa ai piedi. «Indosserò un'uniforme e tutto il resto.»

«Che genere di lavoro sarebbe?»

«Ancora non lo so bene. Dicono che hanno diversi ruoli disponibili. Mi faranno scegliere, credo.»

«Oh.»

Chiude gli occhi. «Capisci? Dovevo vendere quelle pillole. Per fare tutto quello che devo fare, altrimenti le cose per me e Cricket non cambieranno mai.»

Ci penso un po' su e poi me ne torno al mio posto. Mi addormento subito e sogno di essere a casa, a sognare nel mio letto.

30 giugno, ore 5.00

CAPITOLO VENTUNO

Il sole è quasi spuntato quando il conducente si mette a cantare. È una canzone romantica che non ho mai sentito prima. Tengo le dita sulla mensola del finestrino e il naso premuto contro il vetro mentre quello sveglia i passeggeri con la sua canzone. Nessuno gli dice di stare zitto. Forse perché la sua voce va giù liscia come il Jack Daniel's che JuJu tira fuori alle sue feste quando si presenta gente che sembra avere soldi da buttare.

A quanto pare anche il contadino conosce la canzone. La canticchia a bocca chiusa unendosi al conducente. La signora Rodriguez la canta a voce bassa, tra sé. Quasi tutti quelli che sono svegli e conoscono le parole fanno lo stesso.

Se credi che me ne sia andato
Allora devi essere, pazza, piccola, perché
Andato è solo una parola che qualcuno si è inventato
Per tenerci lontani, ma, ma, ma
Io non ti lascerò mai, non sarò mai lontano da te
Perché sei lettere non possono mettersi tra me e te, te, te

Sono di nuovo triste. Un po' per la canzone, un po' perché ho passato dei bei momenti su questa corriera, e adesso è finita. Da qui in poi mi devo arrangiare da sola.

«Gente!» Il conducente si immette nel casello dell'autostrada. «Tra pochissimo arriveremo al capolinea.»

Un paio di idioti applaudono.

«È stato un piacere essere il vostro conducente.»

Questa volta applaudo anch'io, non so nemmeno perché.

«Grazie per aver reso il mio ultimo viaggio un'avventura divertente e indimenticabile.»

I figli della signora Rodriguez la seguono in fondo alla corriera. Il conducente continua a parlare dandoci delle istruzioni. «I passeggeri diretti in altre città troveranno sul biglietto i dettagli per proseguire il loro viaggio» dice. «Se avete bagagli dovete aspettare sul marciapiede che vengano scaricati dagli addetti. Se avete un paio d'ore libere prima della partenza della prossima corriera, potete comprare bevande, cibo, libri e biglietti della lotteria all'interno della stazione.» Si immette nella strada. Dice a tutti di rimanere seduti ai propri posti fino a quando non avremo raggiunto la stazione, ma la gente fa quello che vuole.

WK prende la sua borsa da sotto il sedile. L'uomo dietro di me dice alla moglie di lasciarlo passare per recuperare le loro cose dal portapacchi sopra i sedili. Ora la voce del conducente non è più gentile. «Vi ho detto di rimanere seduti, gente. Potrete prendere le vostre cose quando avrò parcheggiato alla stazione.»

Miguel si allunga sul posto di WK. «Char.» In mano ha un cappello pieno di monete e banconote. «Stiamo raccogliendo dei soldi per il conducente, perché è stato gentile. Tu ne hai?»

Se devo cavarmela da sola mi servono tutti i soldi che ho, ma frugo lo stesso nel mio zaino e lascio cadere nel cappello una barretta di cioccolato.

«Charlese, no!» La signora Rodriguez crede di essere mia madre. «Uno spirito generoso riceve generosamente. Un pugno stretto...»

«Sa difendersi quando serve» chiudo una mano a pugno.

Lei stringe le labbra e incrocia le braccia. Può fare quello che vuole, ma io non ho nessuna intenzione di dare via i miei soldi per il conducente o chiunque altro.

«Ecco» è la voce del contadino. «Dieci dollari.»

«Ma lei ha già dato» fa la signora Rodriguez.

Alzo lo sguardo e vedo che mi sta fissando. «Questi sono da parte della ragazza.» Lascia cadere due biglietti da cinque nel cappello.

«Non c'è bisogno che...»

«Sei stata brava con quella bambina» continua lui. «Migliore di sua madre.»

È raro che la gente mi dica che sono brava a fare qualcosa. Faccio casini. Rovino tutto. Sono troppo volgare. Litigo con tutti. Ma questo non significa che non abbia dei sentimenti o che non voglia quello che vogliono tutti gli altri. Chi lo sa, magari posso diventare una maestra all'asilo nido. O frequentare la scuola per infermiere e lavorare con i neonati. O aprire un asilo tutto mio. Prendo un pezzo di carta e scrivo tutte le cose che so già fare: cucinare, fare le pulizie, cambiare i pannolini, far ridere i bambini, leggere loro le storie. Poi mi faccio una promessa: non importa quanto le cose si faranno difficili, io non mollerò mai, non mi arrenderò e non smetterò mai di credere che posso essere qualcuno di cui mia madre e mio padre andrebbero fieri. Prendo il mio telefono e per poco non chiamo JuJu per dirglielo. Solo che so cosa mi direbbe. «Char, hai ripetuto la seconda media per tre anni di seguito. Perché non pensi a finire la scuola, prima?»

CAPITOLO VENTIDUE

Alla stazione c'è il caos. La gente tira e spinge e chiede aiuto per prendere i bagagli. Hanno paura di perdere la coincidenza. Io non devo andare da nessuna parte. Rimango seduta al mio posto sperando che April mi lasci scendere con Cricket.

«Charlese!» WK mi schiocca un grosso bacio sulla guancia. «Quasi dimenticavo.» Si siede accanto a me.

«Che cosa?»

«Di dirti come mi chiamo veramente. Weldon Kingston Kennedy. Mia madre mi ha voluto chiamare come il suo primo ragazzo. È una lunga storia. Mio padre suona il sax. Era partito per una tournée quando mia madre era incinta di nove mesi. Si è perso il giorno della mia nascita e tutto. Ma poi è tornato e da quella volta non ha più lasciato la città quando lei stava per partorire.»

Rido. Ci abbracciamo come due fidanzati.

«Un momento» gli faccio quando si alza. «Non è che sei andato a baciare Blaine di nascosto mentre stavo dormendo?» L'avrei chiesto a Blaine se non fosse già smontato. «Perché se l'hai fatto, mi devi dieci dollari.»

Mi dà altri due baci senza sfiorarmi la faccia. «Be', magari gli ho dato un bacetto. O forse tre.»

Io sporgo la mano. «Scuci.»

Lui risponde che donerà i dieci dollari alla Fondazione nazionale per il trapianto dei reni a nome mio. Sulla scaletta, quando è quasi sceso dalla corriera, mi dice la verità. «E va bene. Gli ho dato solo un bacio molto lungo. Niente lingua. Solo labbra contro labbra.»

«L'avrei fatto anch'io» gli grido dietro.

Quando April si avvicina alla mia fila, mi alzo in piedi e tendo le braccia. Lei scuote la testa. Ha due borse a tracolla su una spalla, una in mano, la bambina nel marsupio porta bebè. Dice che ha fretta di raggiungere la zia. «Ci vediamo dentro» mi dice.

Cavolo, se sa come usare la gente! Mi siedo e per un po' sono arrabbiata con lei.

Sono l'ultima a scendere. Cerco di ignorare il conducente, ma quello non mi molla.

«Grazie» dice, prendendo qualcosa dalla sua tasca. «Ma non posso mangiarla. Ho il diabete.»

Come fa a sapere che sono stata io a mettere la barretta di cioccolata nel cappello?

«Grazie comunque per aver pensato a me.» Mi stringe la mano.

«Okay. Allora, posso andare adesso?»

«Solo un minuto.» Si sbottona la giacca dell'uniforme e prende qualcosa dal taschino della camicia. «Volevo darti questo.»

Guardo il pezzetto di carta nella sua mano. «Perché?»

Organizza viaggi privati in corriera, affitta pulmini e furgoncini personalizzati e porta la gente dove vuole andare, dice. «È un biglietto da visita.» Mi chiede se so cosa sono.

No, perché dovrei? Ma mento e gli dico di sì. Lo prendo perché altrimenti non mi lascia più in pace. C'è il suo nome, il suo numero di telefono e il nome della sua ditta. Storco le labbra. «Ha una ditta? Pensavo che lavorasse per la Greyhound.»

«Ho due figlie. Hanno bisogno di cose. La retta universitaria, tanto per cominciare.» Ride. «Un lavoro solo non basta.»

«Oh.» Prendo la mia valigia per il manico e m'incammino verso la stazione. Ma lui è come un pezzo di carta attaccato alla scarpa. Qualsiasi cosa faccia non riesco a spiccicarmelo di dosso. Così smetto di camminare e mi volto verso di lui. «Perché mi viene dietro? Mi sta dando fastidio.»

Indietreggia tanto che fra noi si potrebbe piazzare una sedia. «Vedo così tante ragazze giovani come te.» Lancia uno sguardo veloce a destra e a sinistra, poi torna a posare gli occhi su di me. «I pezzi grossi della ditta dicono sempre: "Guida e basta, tieni gli occhi sulla strada, non farti coinvolgere nella vita delle altre persone".» Sorride. «E io ho sempre fatto come dicevano loro ma... be', questo è il mio ultimo viaggio, così... Stavolta ho fatto quello che mi sentivo di fare.»

«Mike!» È un suo collega. Si mette subito in mezzo e gli dà una pacca sulla spalla. «Nello spogliatoio c'è una festa con torta e punch che ti aspetta» gli dice. «E un sacco di battute pazzesche su come non farai niente dalla mattina alla sera ora che ti metti in pensione. Dai, amico. Vieni dentro.» E va ad aprirgli la porta.

Mr. Mike prende la mia valigia. «Vieni?»

Io guardo il suo biglietto da visita e me lo metto in tasca. Una volta dentro mi allontano da lui il più in fretta possibile.

ABBANDONATA

CAPITOLO VENTITRÉ

In questa stazione stiamo pigiati come sardine in scatola. In queste condizioni è difficile trovare April o vedere se la signora Rodriguez è ancora qui.

Non è una stazione grande, ma nemmeno piccola. Ci sono dieci accessi, il che vuol dire che ci sono sempre fino a dieci corriere in partenza o in arrivo. Vedo il tipo che mi ha offerto dei soldi. Tiene per mano una donna. Scommetto che è sua moglie. Sta cercando di comportarsi da gentiluomo, adesso. Lo guardo mentre le apre la porta, facendola passare per prima. La coppia che sedeva dietro di me è in fila per prendere la corriera diretta a Charlotte. Lui beve da una bottiglia d'acqua, lei sorseggia quello che mi sembra succo d'uva. Sono i primi della fila.

Non vedo April da nessuna parte.

Faccio qualche passo, poi mi fermo. Mollo a terra il bagaglio e mi sgranchisco le dita. Questa valigia è più pesante di quello che pensavo. Ma stare ferma in un punto della sala è un buon modo per cercare April. Così mi metto a girare su me stessa, lenta come la lancetta dei minuti di un orologio, per vedere dove può essere. Magari è andata in bagno a cambiare Cricket. Prendo la valigia e comincio a camminare, senza fermarmi a chiedere scusa quando urto contro il ginocchio di una signora o calpesto il piede di un uomo. Ho fretta, proprio come loro. Quando sono gli altri a venirmi addosso, io tengo la bocca chiusa e continuo per la mia strada. Quando con le rotelle passo sopra i piedi di una ragazza, però, quella mi dice che le sue scarpe da ginnastica sono nuove, che le ha comprate il giorno prima. Mi si avvicina e mi mette le mani addosso, quindi sono costretta a darle un pugno. Quella ha il coraggio di restituirmelo e così devo dargliene un altro. Più forte.

«Ehi, voi due!»

Un cane può essere pulito quanto vuoi, ma puzza sempre. E così sento l'odore del pastore tedesco ancora prima di vedere il poliziotto. Fiuta me e l'altra dappertutto, piedi, ginocchia, parti intime e cosce. Gratta il pavimento con le zampe grandi come una mano intera. La grossa catena che lo tiene luccica e mette paura, come i suoi denti viscidi di saliva.

«'sera, ragazze.» Con degli strattoni alla catena il poliziotto fa sedere il cane al suo fianco. «Nessun problema qui, vero?»

L'altra risponde prima di me. «Nossignore, stavamo solo...»

«Parlando. Lei strilla sempre.» Mando giù un po' di saliva. «La gente crede che stia litigando anche quando dice solo ciao.»

Ho la punta del naso sudata. Lei è nervosa quanto me. Le sue mani si aprono e si chiudono, si aprono e si chiudono. «Posso andare?» chiede, senza guardare né l'agente, né il cane. Tiene gli occhi bassi, fissando il pavimento e i suoi piedi. «La mia corriera parte tra cinque minuti.»

Effettivamente hanno annunciato che una corriera sta per partire, ma non so se sia la sua.

L'agente ci chiede di vedere i nostri biglietti. Qualche minuto dopo ci dice che possiamo andare. Ci dice che lui e il suo collega faranno dei controlli tra i passeggeri, quindi è probabile che lo vedremo di nuovo.

Mi allontano il più possibile da lui, vado al bancone del bar e ordino più di quanto posso mangiare. Perché sono nervosa, immagino. «Una cioccolata calda con un sacco di marshmallow» dico al cassiere. Quello mi squadra dall'alto in basso. Mi dice che una volta ha visto quel cane strappare via a morsi il ginocchio a un uomo. Io ordino altro cibo: due hot dog con cipolla e senape, un pacco di ciambelle con la glassa, un intero cetriolo sottaceto, più una bibita gassata e delle patatine di mais. Mi costano diciotto dollari. Non che mi abbia sfiorato la mente l'idea di non pagare. Se lo faccio divento immediatamente cibo per cani.

30 giugno, ore 7.30

CAPITOLO VENTIQUATTRO

Mangio con tutta calma. Tanto, cos'altro potrei fare, a parte cercare di capire dove voglio andare? A un certo punto dovrò anche cambiare il biglietto, ma prima devo decidere la mia destinazione. Di certo non l'Alabama. Di questo sono sicura.

Mi fermo a guardare le città dov'è diretta la gente. Mi basta osservare le persone in fila per decidere quali città evitare. Perché viaggiare indossando vestiti vecchi? Chi è che viaggia con i bigodini in testa? O senza denti, come quel tipo? Ma la maggior parte dei viaggiatori sta con qualcun altro, mentre io sono da sola.

Il cane mi ha visto, mi fissa, mi mette paura. Così gli do le spalle, comincio a camminare e non mi fermo fino a quando non sono uscita dalla porta principale. Cerco di scroccare una sigaretta in un angolo. È in quel momento che vedo April. È al telefono, sul marciapiede, e regge Cricket sul fianco. Sono sorpresa di trovarla ancora qui, ormai siamo arrivati da un po'.

Non devo nemmeno chiederle di prendere la bambina, è lei a darmela. «L'ho chiamata quattro volte, ma non risponde. Sono venuta qui fuori ad aspettarla.»

Guarda con disprezzo tutti quelli che ci passano accanto: un uomo in sedia a rotelle con mezza gamba amputata, una bambina che non vuole essere tenuta per mano da sua madre, un tizio che non riesce a staccarle gli occhi di dosso e il poliziotto con il cane. Lo guardo mentre monta sul furgone della polizia.

April prova di nuovo a chiamare sua zia. Cricket comincia a piangere.

April strilla: «Sta' zitta! Lasciami pensare».

La gente intorno ci fissa. Vorrei mostrare a tutti il dito medio, cacciarli via a forza d'insulti. Ma JuJu dice che riesco sempre a peggiorare le cose, a trasformare un giorno di vento in un uragano, e mi trattengo. Comunque, vedendo quant'è agitata April, mi rendo conto che fare una scenata non l'aiuterebbe di certo. Così rientriamo in stazione. È una mia idea. Mentre camminiamo April è ancora al telefono. «Ehi, Zuccherino.» Un tipo la prende per il braccio. «A queste ci penso io.» Le porta tutte le borse. Nessuno aiuta me.

Io e April ci sediamo una di fianco all'altra. Lancio un'occhiataccia alla ragazza seduta di fronte a noi. Sta spettegolando su April con l'amica accanto, ne sono sicura. Non riesco a sentire quello che dicono, ma a me queste cose non sfuggono. Come quando si china verso l'altra mostrandole il telefono, così quella può leggere qualcosa sullo schermo. Se fossi a scuola le scatenerei contro le gemelle. Come quando ho detto a Daphne di pestare Maleeka. Ma adesso devo affrontare queste situazioni in modo diverso, altrimenti le cose continueranno ad andarmi storte. Dico ad April che dobbiamo farci venire in mente un po' di idee. A scuola la Saunders ci aveva insegnato come fare.

Prendo il mio quaderno dei temi, strappo una pagina per me e una per April.

«Dobbiamo fare una lista di tutte le idee che ci vengono in mente» le dico. «Anche le peggiori.» Secondo la professoressa Saunders da una cattiva idea ne può venire fuori una buona, e da questa un'altra migliore.

Lista di Char
Portare Cricket a casa della zia.
Dare la bambina in affidamento.
Chiedere al padre di essere presente.
Lasciare Cricket ai nonni paterni.
Trovare un lavoro e prendersi cura da sola della bambina.

La Saunders diceva che nessuna idea è davvero cattiva. Non è vero. Sono sicura che nella mia lista ce ne sono di pessime. L'affidamento? Non la cancello, però. Passo il foglio ad April e lei mi dà il suo. Indico una riga che non mi aspettavo: *Lasciare Cricket in ospedale.*

«Negli ospedali accettano il tuo bambino senza fare domande» mi dice. «Anche nelle stazioni dei pompieri. Ne ho vista una qui all'angolo.»

«Non saresti preoccupata per lei... per il resto della tua vita... se non potessi più vederla?»

Mi ha sentito, lo so, ma non risponde. Si riprende la bambina. «Voglio una vita nuova.» Sorride. «Questa qui è troppo usata. Ridotta male. Uno straccio. E voglio una vita diversa per lei.»

Cricket sorride. Naturalmente non ha idea di quello che sta dicendo sua madre.

«E quindi... non hai intenzione di tornare a riprenderla?»

April guarda fuori dalla vetrata. Miguel corre verso di me, e io mi alzo in fretta, lo prendo al volo e lo faccio girare in aria. «Credevo che ve ne foste andati da un pezzo.»

«Avevamo tre ore di attesa prima della coincidenza» dice la signora Rodriguez. «Così siamo andati al ristorante.» Sono appena tornati. «Siamo venuti a salutarti» aggiunge.

Miguel salta giù. Guardo sua sorella: «E tu, Gabriella, non mi vuoi salutare?» le dico con le braccia ancora aperte. Lei viene da me e mi stringe forte. Poi sua madre fa lo stesso.

«Char» dice la signora Rodriguez. «Per dopo.»

Mi dà un sacchetto di salatini. Ne offre uno anche ad April, ma lei lo rifiuta.

Mi chiede di accompagnarli alla loro uscita. Miguel mi prende la mano, succhiandosi il pollice. Gabriella mi tiene l'altra mano, dondolando il braccio come una corda.

«Sei una brava ragazza, Char. Non dimenticartelo.»

«Sì, proprio!»

La signora Rodriguez mi fa promettere di non dirlo mai più. Prometto, ma non so quanto ne sono convinta. Quando mi abbraccia per l'ultima volta ricambio stringendola forte.

«Rendi orgogliosa tua madre» dice. «E anche tuo padre.»

È quello che voglio. Davvero. Ma non so come.

30 giugno, ore 12.00

CAPITOLO VENTICINQUE

Siamo nel bagno della stazione, nel cubicolo per cambiare i neonati. Cricket si è infilata un pugno in bocca e ci sta sbavando sopra. Scalcia e ride quando la stendo sul fasciatoio. Mi chiedo se ha capito che la sua vita sta per cambiare. Che quando si sveglierà, domani mattina, e non troverà sua madre, piangerà fino a non avere più lacrime. Piangerà ancora di più quando April sarà via per due giorni di fila, e poi un mese intero. Quand'è che i bambini smettono di sperare di rivedere la loro madre? Io ci ho messo un sacco di tempo a non guardare più fuori dalla porta o dalla finestra sperando che i miei genitori tornassero. Non m'importava quel che diceva JuJu. Non m'importava se erano ormai sepolti, se li avevo visti nelle bare. Sarebbero tornati a casa, avrebbero trovato un modo per tornare da me. «Ma non è così che funziona.» Bacio Cricket sulla sua boccuccia rosa. «Almeno io sapevo che i miei erano morti.» Apro il pannolino. «Tu non smetterai mai di sentire la sua mancanza. Mi dispiace molto per te.»

Sono veloce a cambiare pannolini. Se ci fosse una gara in tv per chi li cambia più in fretta, vincerei di sicuro. Quando ho finito tengo le sue dita minuscole sotto l'acqua del rubinetto e gliele lavo. Sembra che le piaccia la cacca, trova sempre un modo per sporcarsi le mani. A volte anche la bocca.

Quando non riesco a lavare via quella che ha sotto le unghie mi metto le sue manine in bocca e le succhio la punta delle dita. «Adesso sei tutta pulita.»

Prima che riesca a spalancare la porta e uscire, una donna entra dentro e mi dice: «Tieni, è gratis».

Lo prendo prima di sapere cos'è. «Ehi, un momento. Non mi serve questa roba.»

È una saponetta con un numero telefonico che inizia per 800.

«Se ti capita di trovarti nei guai, trattenuta contro la tua volontà, oggetto di traffico, o se hai bisogno di parlare con qualcuno senza che ti facciano troppe domande, questo è il numero da chiamare» mi dice la signora.

Io le restituisco la saponetta. «So badare a me stessa.»

Apro la porta con l'anca. La gente ci squadra, me e Cricket. *Sì, è mia* vorrei dire. Ma non puoi avere pretese su quello che non ti appartiene. Io l'ho fatto con Caleb e non ha funzionato.

Ho convinto April a richiamare sua zia. Le ho detto che avrei tenuto io Cricket mentre ci provava. Me la sono portata in giro per tutto l'edificio e siamo finite fuori. April aveva ragione. Un pompiere mi ha detto che puoi lasciare un bambino alla loro stazione, se non vuoi più tenerlo. Mi ha chiesto se avevo intenzione di abbandonare Cricket. Sono scappata via come se avessi i capelli in fiamme. Ed è così che siamo finite in bagno. Solo dopo essermi calmata mi sono accorta che Cricket aveva bisogno di essere cambiata. A quanto pare ai bambini capita spesso.

«Ha risposto? Che cosa ha detto?» chiedo ad April sedendomi accanto a lei.

«No.» Scuote la testa quando faccio per restituirle Cricket. Dice che tra un'ora quelli delle crociere saranno qui e vorranno i loro soldi. Mi chiedo come farà con la bambina.

April asciuga un po' di bava dalle labbra di Cricket. «Per certa gente la vita non gira mai bene, eh?»

Gioco un po' a batti batti le manine. «Magari posso chiamarla io.»

«Chiamare chi?»

«Tua zia. Da un altro numero, no?»

Non c'è bisogno che le passi Cricket. Me la prende lei dalle braccia come se fosse un regalo che non vede l'ora di scartare. Mentre attraverso la sala cerco di ricordarmi il numero. Lo ripeto a voce alta. Incrocio le dita e chiamo la zia, sperando che non abbia cambiato idea.

«Pronto. Pronto. Ah, per fortuna ha risposto.» Be', non sembra una voce di donna, ma almeno qualcuno l'ha fatto. «Sto cercando la signora Johnson, la zia di April... Come? Ma... Un momento, non riattacchi! Va bene... Non volevo gridare. È solo che... April ha la bambina qui con sé... Sua moglie aveva detto che... Ma April ha un lavoro. Ha pagato... Come? Sì, l'hanno fatta pagare per lavorare... Eh? Be', questo non lo so. Ma comunque l'hanno assunta. E stanno arrivando per portarla in Florida. Su una nave da crociera, sì. Per favore. Be'... che cosa dovrebbe fare con Cricket? Non può portarsi la bambina sulla nave. Lo so che è sua, ma... Pronto? Pronto? Idiota!»

Quando torno a sedermi e riprendo Cricket, April non ha bisogno di chiedermi cos'è successo. Scommetto che me lo si vede in faccia, evidente come uno sbaffo di rossetto. È stato suo zio a riattaccare. Dice che sua moglie lavora a tempo pieno e ha già i suoi figli con cui combattere ogni giorno e non può farsi carico anche dei problemi degli altri. Sto per riferirle tutto ma quello che esce fuori è un'altra delle cose che ha detto suo zio. «Dice che uno non paga per avere un lavoro. Sono quelli che ti hanno assunto che ti devono pagare.»

Lei risponde che un sacco di lavori importanti richiedono una sorta di anticipo prima di cominciare. «Mio zio non ne capisce niente. È arrivato solo alla terza media.»

«E tu? Fino a dove sei arrivata? A scuola, intendo.»

Si scosta i capelli dal viso e si mette a gridare «Che c'entra, questo? Io ne so più di te e mio zio messi assieme!»

Salto in piedi. «Ecco. È tua. Prenditela.» Le metto Cricket sulle ginocchia, prendo la mia valigia e mi incammino. Senza voltarmi, perché se lo facessi potrei vedere il faccino triste di Cricket e capire che ha bisogno di me. E in questo momento è a me stessa che devo pensare.

CAPITOLO VENTISEI

È per caso che finisco a sedermi accanto a lui. Ma non me ne pento. È carino. E io sono stanca. Da quando sono qui non mi sono divertita nemmeno un po'. Così gli sorrido, incrocio le gambe e lo saluto. I suoi occhi viaggiano sul mio corpo senza cercare di nascondere i posti in cui si fermano. Che me ne importa? Non ho nulla di meglio da fare.

Sorride sollevando solo un angolo della bocca.

«Mi chiamo Anthony. E tu sei...?»

«Char.»

«Oh.» Controlla il suo orologio, poi si guarda intorno come se stesse aspettando qualcuno. «Sono nei guai, credo.»

JuJu mi ha detto di fare attenzione ai tipi strambi e ai maniaci. «Non dire mai che viaggi da sola» si è raccomandata. «Siediti per conto tuo. E mettiti a gridare se qualche vecchio ci prova con te.»

Anthony non è vecchio. Ha gli occhi color nocciola. Lenti a contatto, probabilmente. Gambe e braccia lunghe, di uno che è abituato a correre sulla pista di atletica e a fare tiri liberi in campo. I suoi vestiti sembrano chic. Anche le scarpe. Ha un aspetto professionale. Porta una camicia a quadretti e una cravatta.

«Che scuola frequenti?» mi chiede.

«La McClenton» mento.

Anche lui mente quando dice che va all'università e che sta lavorando al suo dottorato di ricerca. Gli studenti universitari non possono permettersi scarpe da ottocento dollari. E non hanno nemmeno soldi per comprarsi dei jeans da quattrocento. JuJu mi ha insegnato a riconoscere dei vestiti di qualità. E anche gli accessori. Come l'orologio Fenix che ha al polso. Allora perché è qui? La maggior parte di noi è senza soldi. Altrimenti viaggeremmo tutti in aereo.

Controlla di nuovo il suo orologio. Ormai è la seconda o terza volta. «Devi andare da qualche parte?» gli chiedo. «Perché io non ho niente da fare.»

Sorride, sfoggiando denti bianchi e dritti come una staccionata. Quando non è impegnato a fissare me o a guardare l'orologio lancia occhiate alla porta principale, davanti a noi, osservando con attenzione le persone che entrano, escono, e che ci camminano intorno. April faceva lo stesso.

Mi chiede dove sono diretta. Gli racconto la mia storia. La versione di due minuti. Gli dico che non so ancora bene dove voglio andare, ma che nel frattempo ho intenzione di godermi il viaggio. Una donna che passa lo squadra, poi guarda me con aria delusa.

«Forse dovrei cambiare posto» dice lui, con il braccio appoggiato sul bracciolo tra noi due.

«Perché? Non hai mica fatto niente!» Guardo la donna che non può fare a meno di fissarci. «Scommetto che è una madre. Secondo me sei un tipo che piace alle mamme.»

«Non lo so. Una ragazza come te significa guai» sussurra. «Me lo sento.» Mi strizza l'occhio.

Per qualche motivo mi ricorda mio padre. Anche lui portava i baffi. Mia madre non li sopportava. Ogni tanto papà se li tagliava per farla contenta. «L'amore è così» mi aveva detto lei una volta. «Sei ami qualcuno sei disposto a sacrificare qualcosa.»

Mi schiarisco la voce e mi metto a sedere dritta. «Forse dovresti davvero cambiare posto.»

Lo sa che non l'ho detto sul serio. Si sporge verso di me per bisbigliarmi nell'orecchio. «Forse... Io voglio finire in una spiaggia della California, non in una prigione.» Prende un biglietto da visita dal suo portafoglio e me lo dà. «Chiamami, se vuoi...»

«Che cosa?»

«Tutto. Bei vestiti. Gioielli. Anche una bella casa.»

Una donna con un bambino in braccio ci passa accanto. La seguo con lo sguardo finché non entra in bagno. «Non dirmi che vuoi veramente un bambino!» dice Anthony. «Ti rovina la linea.» Eccolo che mi fissa di nuovo.

«E a te che importa?»

Per la prima volta sembra che stia dicendo la verità. Gli ricordo una ragazzina con cui è cresciuto. È morta giovane. Di leucemia. «Potresti essere la sua gemella.»

«Perché la gente deve morire?» Per un attimo divento triste. «Rovina tutto quanto.» Ripenso a casa mia. C'era sempre profumo di torte e dei biscotti che preparava mia madre. E l'odore dei sigari di mio padre.

«Capisco» mi dice dopo che gli ho raccontato di loro. «Non ci si riprende più da quel tipo di perdita.»

Penso a Mr. Bobbie. Penso a mia sorella. Non mi piace essere triste. Anche per questo sono felice che Anthony sia qui. Sono talmente concentrata su di lui che non faccio attenzione al resto come dovrei. Così, quando arriva Mr. Mike, il conducente, non me ne accorgo subito.

«Signorina. Sei ancora qui?» mi dice.

Anthony si alza.

«Ignoralo. Non è mio padre. È solo un conducente a cui

piacciono le ragazze.» Incrocio le braccia e guardo da un'altra parte. E, prima che me l'aspetti, quello imbocca di nuovo l'uscita. Prendo il suo biglietto da visita, lo fisso, poi lo strappo. Che stupido! Tanto il numero è già scolpito nella mia memoria.

Anthony è ancora in piedi. Mi dice che ha delle faccende da sbrigare. Ma se cambio idea posso comunque chiamarlo. «Sempre, giorno e notte. Magari posso trovarti un lavoro o qualcosa del genere» mi dice. Gli racconto di April. Non di Cricket, però. Gli racconto la sua storia, in una frase sola. Ci metto un po' della sua vita vera, ma non troppa, come un pizzico di zucchero, per non esagerare.

Lui mi sorride. «È karma.»

«Che cosa?»

«Era destino che c'incontrassimo, io e te.» Si guarda attorno. «Dov'è?»

«Credo che sia fuori. Vado a prenderla.»

A volte Dio ci viene in aiuto. Ultimamente JuJu lo diceva spesso. Non che andasse in chiesa o alla moschea. Credo che fosse la Saunders a metterle queste idee in testa.

Raggiungo April col fiatone. È fuori dalla stazione con il telefono all'orecchio. «Senti... c'è un tizio... ha un lavoro per te.» Le porgo le braccia per prendere Cricket e poi le spiego tutto cullandomi la bambina sul fianco. Potrebbe rimanere in questa città con sua figlia. «E pure io.»

«Oh.»

«Non era quello che volevi?»

«Quello che voglio non lo posso avere.» Apre la porta. «Dov'è? Di che lavoro si tratta?»

«Un buon lavoro.»

Non le dico che Anthony è quel tipo di persona che fa affari loschi. Tipo, assumere gente in nero, mentire alle ragazze e farla franca se quelle sono ingenue come Maleeka. Ma io e

April siamo diverse. April ha vissuto sulla strada e sa riconoscere una truffa, quando la vede. Se Anthony non fa attenzione può ritrovarsi a comprare pillole da lei.

April prende il lucidalabbra dalla borsa e si rifà le labbra. Poi tocca al deodorante. Si infila il braccio sotto la camicia e se lo passa sulle ascelle. Poi soffia dei baci in direzione di Cricket. «E non venire a cercarmi. Con lei, voglio dire. Vi troverò io.» Dà un'occhiata ai suoi vestiti. Si era cambiata quando era arrivata in stazione. Ha una camicia bianca abbottonata fino al collo, una gonna nera stretta che le arriva sotto le ginocchia e delle scarpe senza tacco. «Come sto?»

«Sembri una signora.» April si allontana in fretta.

Sollevo Cricket in aria e le dico: «Non ti preoccupare, tua madre è come me. Quello lì non riuscirà a fregarla». Guardo April attraverso la porta a vetri. Lei si volta dalla nostra parte e i suoi occhi dicono qualcosa che da qui non riesco a capire. Sorrido e la saluto con la mano.

Bacio Cricket sulla bocca. I dottori dicono di non farlo perché in questo modo si potrebbero trasmettere delle malattie ai bambini.

«Tua madre ti vuole bene, non dimenticarlo mai.» Me l'ha detto la mia maestra quando sono tornata a scuola il giorno dopo il funerale. È quello che dico a Cricket. La guardo negli occhi e glielo ripeto a voce alta. Sorride come se avesse capito. Spero che sia così. La vita non è granché se non sai che c'è qualcuno a cui importa di te.

30 giugno, ore 14.00

CAPITOLO VENTISETTE

Ero così preoccupata per April e la sua vita che mi sono dimenticata di fare dei piani per la mia. Comincio una nuova lista mentre Cricket gioca con i suoi giocattoli.

Andare in Alabama.
Finire la scuola, prima o poi.
Trovarmi un posto dove stare e un buon lavoro.
Trovare un posto dove vivere assieme ad April.
Dividere le spese.

Guardo la lista, poi cancello le prime tre righe con una croce. Come avevo fatto a non pensarci prima? Se April ottiene il lavoro noi tre potremo vivere assieme e aiutarci a vicenda. Io lavorerò di notte in un bar o un ristorante, o magari farò le pulizie in un hotel, e mentre April sarà al lavoro di giorno, farò da babysitter a Cricket. E con due lavori guadagneremo abbastanza per stare tranquille.

CAPITOLO VENTOTTO

Dopo oltre un'ora vado a cercarla. La trovo che se ne sta tutta sola in un angolo, ma ha qualcosa di diverso. Mi sembra che stia piangendo, ma non ne sono sicura perché ci dà le spalle.

«Allora?» chiedo stringendo a me Cricket.

«Pagherà la somma che devo a quelli del lavoro, se...»

Lo sapevo. Me lo sentivo. «È un viscido schifoso, vero?»

«Qualcosa del genere. Ma...» Si avvicina a qualcuno che non conosce e chiede una sigaretta. Quando torna da noi l'ha già accesa. Ha le guance rigate di lacrime. Le chiedo cosa c'è che non va.

«Una volta ballavo» dice. Ora Anthony vuole che balli sulla nave da crociera.

«E Cricket? Cosa farai con lei?»

«Lo sai che non posso portarla con me.» Comincia a camminare. È difficile starle dietro, ma riesco a tenere il passo.

April gira l'angolo. Alla svolta successiva ha già finito la sigaretta. Adesso è sull'asfalto, ancora accesa. La stazione dei pompieri è dall'altra parte della strada. April prende Cricket dalle mie braccia, preme il bottone del semaforo per chiamare il verde e parla dell'Oceano Atlantico. Sa perfino quant'è profondo.

«E se ti sta mentendo?»

«E anche se fosse? Tutti mentono. Ho bisogno di un posto dove stare» dice. «E di un lavoro. E Anthony può procurarmeli.»

Attraversiamo in fretta la strada. Le dico della mia lista.

Cricket si rimette a piangere. «Smettila!» April la solleva e la scuote con forza.

«Toccala di nuovo... picchiala, scuotila, e giuro che...» Il mio pugno sfiora il suo mento.

La sua faccia è solo lacrime e naso che cola. Dice parole che all'inizio non riesco a capire.

«Ho pregato per quel lavoro. Ho pregato perché mia zia potesse prendersi cura di lei, così tutte e due avremmo potuto avere una vita decente.»

Ora sono io a piangere. «Ce la possiamo fare. Non hai bisogno di quello lì.»

April si rimette a camminare. «Magari verrà adottata da una brava persona.»

«Torniamo alla stazione delle corriere. C'inventeremo qualcosa.»

Si ferma. «Tipo cosa?»

«Tipo... Magari... Non so, magari mia sorella può prendersi cura di lei.»

«Se JuJu non ha voluto te perché mai dovrebbe volere una bambina piccola?» Bacia Cricket sulla fronte, sulle guance, sulle mani, lasciando tracce di rossetto e lucidalabbra dappertutto. «Le troveranno una bella casa.»

Sembra che ci mettiamo un sacco per arrivare alla porta. «A mamma dispiace tanto, tesoro» dice. Ha già la mano sulla maniglia e sta per girarla quando una sirena si mette a squillare. Indietreggiamo tutte e due.

I pompieri montano sul camion, mettendosi giacche e caschi. Altri li raggiungono di corsa. Magari è destino, o karma. Ma non ci sarà nessuno qui a prendersi la bambina. April lo sa, glielo leggo in faccia. Mi volto così lei non vede la mia, bagnata di lacrime.

CAPITOLO VENTINOVE

April mi racconta come si guadagnava da vivere quand'era sulla strada. Non vendeva pillole. Poi si scusa con me e con se stessa, perché avrebbe dovuto saperlo, prima di pagare per il lavoro, che c'era qualcosa sotto. «Sono in questo giro da troppo tempo per farmi fregare così.»

A volte JuJu mi dice che non riesco a vedere al di là del mio stesso naso. «Per le strade della nostra città puoi passare per una tosta, Char. Ma il mondo è molto più grande del nostro isolato. Va molto più veloce. E in giro succedono più cose di quanto tu possa immaginare.»

«Un giorno,» aveva detto «finirai su un'autostrada senza uscite. E allora li vedrai, i serpenti in agguato. Aspettano solo te.»

April vuole parlare con Anthony. Dirgli che ha cambiato idea. Lui le aveva fatto il colloquio nella sua auto, parcheggiata in strada. Mi dice che tornerà da lui e di aspettarla all'interno della stazione, verrà a cercarmi dopo. Quando ritorna io sono al bancone del bar. Ha buone notizie: rimarrà qui e si troverà un lavoro. Anthony è stato comprensivo, non ha fatto tante storie. Ma lei deve comunque pagare la somma che doveva alla compagnia. Tutto quello che ha sono quelle pillole. Anthony conosce bene la zona, così l'aiuterà a disfarsene. April dice che sarà di ritorno fra un po'.

Prende la sua valigia e la trascina per il manico. La lascerà nel portabagagli di Anthony, così io posso andarmene in giro più libera con la bambina.

«Prendi anche questo.» Le do il porta bebè. «Non mi va di portarmelo in giro con Cricket e tutto il resto.» Lei lo prende, anche se si capisce che non ne ha molta voglia. Va verso l'uscita, ma a metà strada torna indietro. «Lei ti piace, vero?» mi chiede.

«I bambini mi piacciono tutti. Di tutti i colori e di tutti i tipi. Normali o difficili, per me non fa nessuna differenza.»

April stringe sia me sia Cricket in un abbraccio, poi si allontana. Appena se n'è andata penso al tipo di tende che avremo nel nostro appartamento. Chissà se c'è un negozio di seconda mano, qui vicino. Ho un po' di soldi, potremmo cominciare subito a scegliere quello che ci serve per la nostra nuova casa. A JuJu non piace fare acquisti in posti del genere, e in fondo neanche a me, ma in attesa di tempi migliori ci si deve arrangiare come si può.

Ore 17.30

Sono già uscita un paio di volte per guardare il traffico, portare in giro Cricket, chiedere una sigaretta. Quando torno dentro chiamo Maleeka.

Praticamente devo strillare per far sentire la mia voce sopra la gente che parla e ride e la musica che suona.

«Maleeka, che state facendo?»

«Char! Char! Abbiamo vinto...»

«Oh.»

«... il primo posto! Sai cosa vuol dire? Che andiamo in

California! In California, Char! Non sono mai stata così lontana da casa in tutta la mia vita!»

«Ah, che bello!»

«Smettetela! Non vedete che sto parlando?»

I suoi nuovi amici stanno cercando di convincerla ad andare con loro in un ristorante lì accanto. Tutta la squadra ci va, mi spiega Maleeka. A loro risponde che li raggiungerà dopo. «Com'è andato il viaggio in corriera, Char?»

«Tutto okay.»

«Una volta ho viaggiato in corriera fino al New Jersey. A me è piaciuto. A mamma no.»

Glielo ripeto. «È stato okay.» Poi le racconto di WK.

Si mette a ridere. «Ma che razza di nome è?» Poi le vengono in mente le gemelle, Raina e Raise. «Ora che ci penso anche loro hanno dei nomi strambi.»

Maleeka rimane a parlare con me per una decina di minuti, anche se si capisce benissimo che avrebbe di meglio da fare. Quando non può più restare al telefono promette che mi richiamerà.

Non so perché, ma saperlo mi fa sentire meglio. Come se non tutto andasse sempre storto.

«Grazie, Maleeka.»

«Non c'è bisogno di ringraziarmi, Char. Una volta eravamo amiche. Adesso saremo un tipo diverso di amiche, vero?»

«Hai ragione.»

Come aveva già fatto l'ultima volta, mi dice anche che se la tratto male non parlerà più con me.

«Perché continui a ripetermelo?» Adesso la mia voce non è più così gentile.

«Così non te lo dimentichi, e nemmeno io. Altrimenti...» Qualcuno la chiama. «Devo andare.»

«Anch'io.»

Ore 21.30

Cricket comincia a piangere senza un motivo. Le metto il biberon in bocca, prima che diventi troppo molesta, ma succhia solo aria perché non ho più latte. Dovevo tenere troppe cose in mano, il barattolo di latte artificiale mi è caduto per terra e la polvere si è sparsa dappertutto.

Quando chiedo a un dipendente della Greyhound, mi dice che c'è un negozio dietro l'angolo. Pago sei dollari per lasciare tutte le mie cose in un deposito. Poi vado a cercare il negozio. Scopro che è a quattro isolati dalla stazione, non due. Oltre al latte compro anche una grande bottiglia di acqua pura. Ma non posso portarmi tutto dietro assieme a Cricket, così compro anche dei biberon nuovi e li riempio. Tutti e sei. Poi chiedo alla commessa di farmi un favore e di scaldarmeli al microonde. No, non vuole. Non può, dice.

Allora vado in una panetteria lì vicino dove puoi scaldare le cose. «Di sicuro non saranno contenti, Cricket, ma non ci rimane altro da fare.» Compro un rotolo alla cannella, anche se non mi piace buttare via i miei soldi a questo modo, e poi metto nel microonde le bottiglie invece del rotolo. Dopo averlo acceso mi ci sistemo davanti per bloccare la vista, e spero che non mi becchi nessuno.

Ore 22.33

Pulisco il naso a Cricket usando un tovagliolo, mentre la tengo stretta con un braccio attorno alla vita, costringendola a restare seduta sulle mie ginocchia, quando tutto quello che vuole fare è dimenarsi, scalciare e strillare. Le faccio fare cavalluccio sulle mie gambe. «Va tutto bene. Vedrai che la mamma adesso torna.» Immagino sia stanca di stare qui. Lo sono anch'io. «È solo un po' in ritardo. Tutto qui.» Ma è una bugia. Aveva detto che ci avrebbe messo un paio d'ore a vendere le pillole. Ne sono passate almeno altrettante. «Ti darò un altro biberon tra...» guardo l'orologio della signora accanto a me «... venti minuti.» Cricket ha sempre fame. Vuole mangiare ogni ora. Ma non può ruotare sempre tutto attorno a lei.

Ore 23.48

«Che carina.» Una donna si siede nel posto di fronte al mio. «Stai badando a tua sorella fino a quando non torna la mamma?»

Potrei rispondere, ma quello che direi non le piacerebbe. Così, invece di essere scortese, me ne sto zitta. Lego Cricket a me usando una lunga sciarpa di tessuto spesso che ho comprato quando siamo uscite dal panificio. Lei si dimena tutta e oppone resistenza, ma alla fine si calma. Impilo la sua borsa e il mio zaino sopra la valigia e comincio a camminare, trascinandomeli dietro, in cerca di un altro posto per sedermi, furibonda perché sto passando la serata badando alla bambina di qualcun altro.

Mi sono appena seduta quando Cricket ricomincia ad agitarsi. «Va tutto bene.» La stendo di schiena sulle mie ginocchia. «Vuoi giocare a batti batti le manine?» Forse si è stancata anche di questo, perché inizia a strillare. «Buona! Conosco anche altri giochi.» Le canto quella canzone del bambino che viene punito dopo che ha rotto qualcosa, ma poi smetto, perché non mi ricordo più le parole. E comunque non le piace nemmeno questa. O magari ha di nuovo fame. Frugo nel fondo della sua borsa, trovo un altro biberon e glielo do. Poi, mentre lo succhia, ci addormentiamo tutte e due.

1° Luglio, ore 0.30

«Quanto sei stupida, Char! Stupida! Stupida! Quella non torna più.» Mi colpisco la fronte con una mano, poi mi guardo intorno per controllare se mi ha visto qualcuno. Sì, c'è gente che mi fissa. Una donna mi chiede se c'è qualcosa che non va. Le dico che mi sono dimenticata le cuffiette. Lei si rimette a leggere sul suo iPad. Mi sposto di nuovo con Cricket tra la gente in movimento. Mi fermo accanto a una ragazza che sta dormendo sdraiata a terra. Trovo un posto per noi. Tiro fuori le copertine di Cricket e le sistemo a terra, così possiamo metterci comode. Solo che non rimango lì per molto.

«Signorina.»

«Eh?» mi metto a sedere stropicciandomi gli occhi.

Questo qui non ha un cane, solo un sorriso sulla faccia. Ma io non mi fido lo stesso di un poliziotto. Se faccio un passo falso potrebbe spararmi, lo so. JuJu non ha tirato su una stupida. Mi alzo in piedi e gli porgo la mano, sorridendo. «Salve, agente.» Cerco di farmi venire in mente un parolone per impressionarlo. «Giornata davvero incantevole, vero?»

Mi dice che ho una stretta decisa. Me l'ha insegnato JuJu a fare così quando incontro un poliziotto. Anche se l'ultima volta che ci è capitato sembrava quasi che lei se la stesse facendo addosso.

«Che bella bambina. È tua?»

Lancio un'occhiata a Cricket e mento. Gli dico che nella famiglia di mia cugina i bambini sono tutti carini. Poi sollevo Cricket e faccio finta di parlare tra me invece che con lui. «Perché è sempre in ritardo? Arriva in stazione, si dimentica della roba, cambia i biglietti e torna a casa a prendere quello che ha dimenticato. E adesso ci tocca aspettare qui fino a domani mattina.»

Vuole sapere la mia età. Gli dico che ho diciotto anni. Con il mio corpo potrebbe anche essere vero. Quando mi dice che vuole vedere la mia carta d'identità, mi sento gelare i piedi. «La carta d'identità?» Spiega di essere un agente comunale. Di tanto in tanto passano per la stazione a dare un'occhiata. Ultimamente c'è stato qualche problema, gente che entrava di corsa e rubava le cose dal bancone e «creava scompiglio», dice. La stazione non ha delle guardie di servizio, così loro danno una mano. Immagino sia per questo che l'altro poliziotto era qui.

Non riesco a prendere il mio portafoglio con lei in braccio. Il poliziotto si offre di tenerla. E un paio di minuti dopo gli mostro la mia carta d'identità finta. È stata una mia idea, un mio piano, non di JuJu. Me l'ero fatta fare l'estate scorsa, quando volevo entrare in un locale per maggiorenni.

«Okay. Va bene, se hai bisogno di qualcosa, io sono qui. Buon viaggio.» Mi restituisce Cricket. Io la metto a sedere e rimaniamo lì per un'altra ora, non distanti da lui. È l'unico motivo per cui decido di telefonare a JuJu. Be', veramente c'è anche un altro motivo: finalmente ho capito quello che anche uno stupido avrebbe capito da un pezzo: April mi ha incastrato.

CAPITOLO TRENTA

Come fai a dire a tua sorella che qualcuno ti ha mollato la sua bambina e tu non sai nemmeno il suo cognome, dove vive e tutto il resto?

Non glielo dici e basta.

Sono seduta per terra con le gambe incrociate. Le chiedo come sta. È già arrabbiata perché a quest'ora dovrei essere a casa dei nonni e invece sono ancora qui. L'ascolto in silenzio, poi mento. «Abbiamo avuto un guasto alla corriera. Due volte. Siamo appena arrivati.»

«Avresti dovuto chiamare. La Greyhound avrebbe dovuto avvisarmi. Sanno che sei solo una ragazzina.»

Mi chiede a che ora arriverà in Alabama la prossima corriera, poi mi dice di lasciar perdere, che ci penserà lei a chiamarli. La supplico di non farlo. «Come faccio a crescere se tu continui a trattarmi come una bambina?»

Lei mi dice che le sembro già più matura. Stiamo tutt'e due zitte per un attimo. Anche in stazione c'è silenzio. Poi Cricket si sveglia piangendo. «È un bambino quello che sento?»

«È della signora accanto» mento.

«Be', dille di farlo stare buono. Chi è che vuole sentire una lagna del genere a quest'ora di notte?» Mi dice di restare in linea mentre sbriga delle faccende.

Quando torna mi dice che c'è una sorpresa che mi aspetta quando arrivo in Alabama. «Non volevo dirtelo adesso, ma ti ho iscritto a una scuola cattolica. Pagherò la retta con i soldi dei party.» Mi promette che quello che darà questo fine settimana sarà l'ultimo, ma aveva detto la stessa cosa di quello della settimana scorsa.

«È un nuovo inizio. L'opportunità di farti una vita migliore.»

«Grazie JuJu, ma lo sai che io e la scuola siamo come l'acqua e l'olio. Ti conviene farti ridare i soldi.»

Dice che sono più sveglia di lei. Che, se solo mi applicassi, potrei andare all'università, e un giorno avere un buon lavoro.

«Smettila di usare le sue parole. Di pensare che io e te siamo come lei o chiunque altro.»

«Possiamo diventare persone migliori. Io ci sto provando. Tutto è possibile.»

Tutto è possibile? Mia sorella non ha mai parlato così. Sono frasi che userebbe la Saunders. Per dispetto le dico: «Ho un bambino».

«Che cosa?»

Stendo Cricket sulla sua copertina, sul pavimento, e racconto a JuJu tutta la storia.

«Sei impazzita? Ti ho forse cresciuta per farti incastrare così?»

«Tornerà indietro.»

«Sì, dalla tomba!»

Lancio un'occhiata al poliziotto che mi sta guardando dall'altra parte della sala. C'è più gente rispetto a prima, ma la stazione è ancora abbastanza vuota perché riesca a tenermi d'occhio. «Devo andare» dico.

«In che stazione ti trovi? Adesso li chiamo. La denuncio alla polizia e mi assicuro che ti mettano su una corriera.»

«Ma che cosa succederà a Cricket?»

«Verrà affidata a qualcuno, Char. È così che finiscono sempre i bambini come lei.»

«E sua madre? Come farà a ritrovarla?»

«PERCHÉ T'INTERESSA TANTO?»

Cricket mi guarda sorridendo. «Perché... Perché non ha nessuno, proprio come me e te. Anche noi non abbiamo nessuno.»

«Avevamo l'un l'altra.»

«Sì, ma niente mamma e papà.»

«Sto cercando di darti una vita migliore.»

«Ma io non te l'ho mai chiesta.»

«Non permetti mai a nessuno di aiutarti, Char. Adesso me ne rendo conto. Sei un tornado che travolge e distrugge tutto, compresa la tua vita. La signora Saunders ha detto che...»

Mi metto a urlare. Le dico che la Saunders non ha mai fatto niente per me. Ha aiutato Maleeka, certo, ma non me. Stavo affogando proprio davanti ai suoi occhi e lei mi ha guardato andare giù senza muovere un dito.

Riattacco e poi chiamo Mr. Bobbie. *Rispondi, ti prego!* Ma tanto so già che non lo farà.

Il poliziotto sta venendo verso di me. Prendo su le mie cose più in fretta che posso. Cammino tra file di sedie vuote e code di persone che dormono in piedi. Mi volto indietro a guardare, stringendo Cricket a me. Quasi mi metto a correre. Ho troppe cose in mano per aprire la porta, così una vecchietta gentile la apre per me.

Mi fermo davanti al primo taxi che vedo davanti alla stazione. «Ho bisogno di un hotel. Un posto in cui stare. Da pochi soldi.»

Mi chiede come mi chiamo. Dice che è venuto a prendere qualcun altro. Tiro fuori due biglietti da venti dollari. Gli dico che sono suoi, oltre a quello che gli devo per il viaggio. Quando monto nell'auto aggiungo: «Sono minorenne. Quindi dev'essere un hotel gestito da persone che non badano a queste cose».

IL MOTEL ALL'ANGOLO

CAPITOLO TRENTUNO

Il mondo è pieno di ladri e truffatori, e la metà sono adulti. Il tassista mi ha scucito altri trenta dollari. Ha tenuto gli sportelli chiusi finché non l'ho pagato. La guardia fuori dal motel ne ha voluti quaranta. Ha detto che non potevo entrare se prima non glieli davo. Questo quartiere è come il mio: non si fanno favori agli estranei di notte. E adesso sono alla reception e questo tipo mi dice che non affitta camere ai minori.

«Ma la guardia...»

«Quale guardia?»

Potrei anche raccontargli tutto, ma a cosa servirebbe? Mi hanno truffato. Di nuovo. Avrei dovuto saperlo. Avrei dovuto aspettarmelo. «Signore.» Abbasso gli occhi su Cricket, che ha dormito tutto il tempo. «Non sono di queste parti e non ho un posto dove stare.»

«Non sai quante volte ho sentito questa storia!» dice. «È quel genere di quartiere, capisci?»

Capisco benissimo. È proprio come il mio, solo in una città diversa. Sono le due passate. Il tassista ha tirato su altri clienti e li ha portati da qualche parte, e poi l'ha fatto altre due volte prima di fermarsi davanti al motel. Quando sono smontata dall'auto il locale a fianco stava facendo uscire i clienti per la chiusura. La gente chiacchierava del prossimo party ammassandosi sul marciapiede e sul bordo della strada, come macchine parcheggiate. Sui muri ci sono manifesti che pubblicizzano biglietti della lotteria e auto usate. Vecchie e ragazzine della mia età si avvicinano alle auto e salgono a bordo sperando di venire pagate. È una scena che ho visto troppe volte per provare pena per loro.

L'uomo dietro al bancone dice che il motel è suo. «Chi posso chiamare?» fa, quando mi avvicino.

Completa una parola del suo cruciverba e la guarda sorridendo: "snobismo". Gli mostro la mia carta d'identità. Alza gli occhi dal giornale, mi guarda, poi ripete la domanda: «Ripeto, chi posso chiamare?».

«Non ho nessuno. Sono sola.»

Mi dice di sloggiare, tornando al suo cruciverba.

È capace di chiamare la polizia. Non gli interessa niente se io finisco dentro e Cricket in affidamento. È solo per questo che mi incammino verso l'uscita. Ma poi, quando me la trovo davanti, mi fermo, come costretta da un semaforo rosso. Per la prima volta in tutta la giornata non so quello che devo fare.

«Te ne vai o no?»

Se potessi lo farei.

«Ehi? Tutto a posto?»

Il bancone ha un pannello mobile al centro che permette ai dipendenti di uscire senza fare il giro. Quando lo sento cigolare so che il portiere sta arrivando, ma continuo lo stesso a piangere e singhiozzare come una bambina di cinque anni.

«Gesù.» Si mette tra la porta e me. «Su, coraggio, prendi questo.» Mi mette in mano un fazzoletto di carta. «Questi ragazzini che piangono sempre. Vogliono tanto fare gli adulti, ma poi scoppiano in lacrime al minimo incidente.»

È sovrappeso. Basso. Con un completo che gli va appena giusto e che mi sembra macchiato di sugo.

Mi prende per un gomito e mi fa sedere su una panca

davanti a una parete con un televisore a schermo piatto. «Mettiti qui» dice. Va a prendere la mia valigia e la lascia accanto a me. «Ecco qua.» Poi torna dietro al bancone, prende il primo dei bicchieri di carta impilati sopra il distributore di acqua. È così pieno che ne spande un po' a terra tornando in fretta da me. «Bevi questo.» Mi si siede accanto. «Adesso va meglio, no?» Si alza, appoggiandosi contro il muro e guarda Cricket sdraiata di pancia sulle mie ginocchia. «Ah, benedette ragazze...» Scuote la testa. «Non so proprio cosa dire.» Starnutisce sei volte di fila. «Allergia» dice, ma non è vero. In questo posto è permesso fumare, dove vuoi e quando vuoi. Si capisce subito. Dalla puzza di fumo, dagli occhi che bruciano e dalle bruciature di sigaretta sulla moquette.

«Hai solo questa?» mi chiede.

Faccio di sì con la testa.

«Be', vedi di non farne altri. Magari ti rimane qualche speranza di farcela nella vita.»

Io non ho parole. Non ho niente da dire. Ieri mi sono messa in viaggio per l'Alabama e oggi mi ritrovo con una bambina di pochi mesi. E se April cambia idea e mi denuncia per rapimento? «Signore... La prego.» Di solito non mi metto a supplicare la gente, ma adesso non ho scelta. Non ci succederà nulla di buono se stanotte torno là fuori.

I suoi occhi scrutano dentro i miei. Mi guarda come io guardavo la gente alle feste di JuJu. Abbasso lo sguardo a terra, perché a volte gli occhi possono tradirti.

Alla fine mi dice che posso rimanere per la notte. Ma non vuole avere la polizia tra i piedi, quindi devo andarmene entro la mattina. Prendo il mio portafoglio e gli mostro metà del denaro che ho. «Quanti giorni posso restare con questi?»

Fissa i soldi leccandosi le labbra violacee. «Be', adesso, così, non saprei. La polizia...» Si avvicina alla porta e guarda fuori.

«Quelle ragazze richiamano uomini da tutta la città, sai, anche ragazzi dell'università. E naturalmente attirano l'attenzione della giustizia.» Tiene le mani dietro la schiena. «A volte mi chiedono di stare qui. Ma io non posso permetterlo.»

«Non sentirà il minimo rumore da parte mia. O della bambina. Glielo prometto.»

Ritorna da me, prende il denaro e lo conta due volte. «Altri cinquanta e puoi restare tre settimane intere. Dopodiché, paghi di venerdì, ogni settimana, a cominciare dal quindici. Il letto te lo rifai da sola. Noi puliamo per terra, ti diamo carta igienica, lenzuola pulite e asciugamani. Ci sono costi aggiuntivi se i tuoi ospiti fanno i loro bisogni dove non devono.»

«Va... bene.»

«Niente maschi in camera. Altrimenti...»

Ma chi vuole che conosca? Nessuno. A quest'ora JuJu avrà rinunciato a cercarmi. Così prometto e giuro: «Nessun visitatore, né maschi né femmine».

«Quasi dimenticavo.» Devo ancora bere il primo sorso che lui è già dietro il bancone, dall'altra parte della sala. «Ti do la mia stanza migliore.»

Lo fisso.

«Be', magari non è la migliore. Ma è pulita.»

Io batto le palpebre, mi stropiccio l'occhio destro e tiro su con il naso. Sa già di che si tratta, credo. E mi dice quello che avevo già capito. «Non abbiamo camere per non fumatori. Qui i clienti sono liberi di fare quello che vogliono, purché non diano fuoco alla baracca o attirino la polizia.»

Parla come mia sorella JuJu. E sembra che anche a lui piacciano le piante. C'è una pianta ragno sul bancone e delle lingue di suocera accanto alla porta che si allungano come dita dai loro vasi sul pavimento. Devono essere qui da un bel po'. Anni, scommetto. Alcune sono alte come me. Un paio hanno delle ragnatele. «Grazie, signore.»

Lascia cadere la chiave nella mia mano. La mia camera ha un sacco di comfort, dice. Sono contenta che mi spieghi cosa significa. «Un piano cottura, un frigorifero, due piatti di plastica, qualche tazza, vaschette per il ghiaccio, una scrivania, il letto, una cassettiera e una tv.» Mi dice che avrebbe voluto rimodernare l'edificio, ma che ha una malattia al cuore. «E i miei figli, a cui ho pagato l'università, preferiscono lavorare a Los Angeles che qui.» Scuote la testa e fa una specie di risata. «Oh, l'ascensore è rotto. Usa le scale.»

La mia camera è al secondo piano, dice, non lontano dall'ascensore guasto. «Fa' attenzione alle scale.»

«Può tenermi la bambina, almeno? Non posso portare su lei e i bagagli tutti in una volta.»

Mi prende Cricket dalle braccia, poi dice che ha subito un intervento a cuore aperto e che non può sollevare più di cinque chili. Io attraverso la sala trascinandomi dietro la valigia, svolto a sinistra e prendo le scale. Maledizione, niente luce!

CAPITOLO TRENTADUE

Infilo la chiave nella serratura e la giro, ma non entro subito in camera. Rimango fuori, la mano sulla maniglia e gli occhi chiusi, e ricordo quello che mi ero detta prima di arrivare alla stazione delle corriere. «La gente non ti conosce, Char. Sei più furba di quello che pensano.»

Lascio la valigia all'ingresso, vicino alla porta. Premo l'interruttore per accendere la luce. Quella principale non funziona ma le lampade sui comodini ai lati del letto matrimoniale sì, ed è già qualcosa. Non posso sedermi o sdraiarmi sul letto. Prima devo disfarlo e lavare le lenzuola. Altrimenti potrei beccarmi qualcosa da quelli che ci hanno dormito prima.

Penso a tutto quello che posso fare qui. A quanto ci divertiremo io e Cricket. Poi apro il frigorifero e vedo delle formiche che si fanno un giro nello scomparto delle verdure. Le schiaccio con il pollice e mi lavo le mani con l'acqua fredda. In bagno comincio a compilare mentalmente una lista di tutte le cose che mi servono: detersivo, ammoniaca, sgrassatore, sapone in polvere, candeggina… Perché se quell'uomo pensa che me ne vado, si sbaglia di grosso.

È quando guardo nell'armadietto delle medicine, che me ne rendo davvero conto. Ho un posto tutto per me. Comando io, qui. Finalmente sono responsabile di me stessa. Le gemelle, John-John e Maleeka sono a casa a prendere ordini dalle loro madri, mentre io ho chiuso con la gente che mi dice quello che devo fare.

Con una sigaretta accesa tra le dita, scosto le tende e tiro su la tapparella della camera da letto. «Wow, un asilo nido!» Mi chiedo quanto potrà costare iscriverci Cricket. A volte si basano sul reddito. Faccio un altro tiro e rido. «Credo che prima dovrò procurarmi un reddito.»

Sulla facciata dell'edificio sono dipinte figure e lettere in colori pastello: blu come l'alieno di *Chicken Little*, rosso pomodoro, verde pisello e viola melanzana. Li userò per insegnare a Cricket l'alfabeto e i colori. L'asilo si chiama *Il Mondo dei Bambini*. Due porte più avanti c'è una lavanderia automatica. Bene. È aperta ventiquattr'ore al giorno. E tra la lavanderia e l'angolo ci sono un sacco di negozi: un cinese per asporto, un banco dei pegni, un negozio tutto a un dollaro, un rivenditore di alcolici con dei ragazzini davanti all'ingresso, un supermercato, due negozi con le porte sprangate e un rigattiere illuminato come un albero di natale, con vecchi mobili in vendita sul marciapiede.

Guardo le ragazze all'angolo, dall'altro lato della strada. Le auto accostano, quelle si avvicinano e salgono a bordo. Un tizio che fuma erba alza gli occhi e mi vede. Abbasso subito la tapparella, tiro le tende e rimango dove sono fino a quando non ho finito la mia sigaretta. Non sarò ancora maggiorenne, ma in questo momento mi sento un'adulta.

Quando apro la valigia sono ormai le tre e mezza del mattino. Tiro fuori i miei sei paia di jeans e li sistemo nel cassetto di mezzo del comò che ho appena pulito. Poi ci metto sopra la copertina rosa di Cricket, quella spessa. E infine lei.

I bambini bisognerebbe lavarli prima di metterli a letto, ma non voglio svegliarla perché poi ho paura di non riuscire a farla riaddormentare. Così la lascio dormire nei vestiti che ha avuto indosso tutto il giorno, sperando che il pannolino non sia bagnato. Io dormirò seduta sulla sedia della scrivania al centro della stanza. Domani mattina andrò a vedere se il negozio tutto a un dollaro ha delle lenzuola, il latte artificiale e altre cose che ci servono. Mentre me ne sto qui in piedi accanto a lei, la guardo dormire sdraiata sulla schiena mentre stringe i suoi minuscoli pugnetti. Per un momento mi chiedo cosa starà sognando. Sua madre? Il latte? Giocare in una culla?

Spero che sogni cose belle.

Non ho intenzione di andare a dormire ancora per un bel po'. Ho dei soldi da contare. Piani da fare. Mi siedo alla scrivania, poi svuoto il portafoglio e il borsellino. Con tutte queste monete sembra quasi che sia ricca. Invece ho solo troppi penny e centesimi e non abbastanza dollari o banconote. Conto tutto due volte. «Duecento e...» metto giù l'ultima banconota «... dieci dollari.» Li conto di nuovo, per sicurezza. Poi vado alla finestra e guardo fuori. «Quant'è che costa il latte?» Guardo di nuovo il cartello nella vetrina del supermercato. «E sarebbe in offerta speciale?» Tra le cose pubblicizzate dal supermercato trovo anche degli omogeneizzati. Finora Cricket non ne ha mai mangiati, ma magari adesso è pronta. E comunque ho bisogno che cominci, così il suo pancino resterà pieno più a lungo e lei non dovrà bere tutto il tempo il latte artificiale, che costa troppo.

1° luglio, ore 7.10

CAPITOLO TRENTATRÉ

Si è svegliata piangendo e non dà segno di voler smettere. Stavo dormendo così profondamente che mi sono svegliata sul pavimento e non so neppure come ci sono finita. Tutto quello che so è che Cricket ha la faccia rossa come un peperone e il muco che le esce a bolle dal naso ogni volta che strilla.

Le pulisco il naso e le guance con l'unica salvietta che ho. Vorrà dire che stamattina io farò senza.

«Va bene così» le dico. Mi chino sul suo letto e la bacio sulle guance. «Ne compreremo degli altri.» Scommetto che è più facile rubare con un neonato che da soli. «Ma tu non fare nulla del genere quando sarai grande.» Le faccio il solletico sul pancino. «Sei bagnata?» Pesco l'accendino dalla mia tasca posteriore, poi recupero il mozzicone di sigaretta della notte prima dal davanzale della finestra e lo accendo. Devo cavarmela con quello che ho finché non posso permettermi di comprare della roba nuova. Lo stesso vale per i pannolini, solo che quelli non li puoi riutilizzare. Be', magari sì, se Cricket non li sporca troppo.

Chiudo gli occhi e le infilo le dita nel pannolino. È fradicio e tiepido, come la sua copertina e due paia dei miei jeans migliori. Con la sigaretta all'angolo della bocca la informo che le rimangono solo cinque pannolini. «Quindi vacci piano con la pipì, signorina.»

Starnutisce e poi si mette a tossire, così tanto che devo tirarla su e darle dei colpetti sulla schiena. «Non è che ti stai ammalando?» Le metto la mano sulla fronte. «Non posso mica portarti dal medico. Quelli vogliono documenti. Certificati di nascita, documenti dell'assicurazione. E se non ce li hai ti portano via il bambino.» Credo, almeno.

La cullo portandola in giro per la stanza, cercando di calmarla. Mentre la tengo in braccio, risistemo i jeans: ora quelli bagnati stanno sotto e quelli puliti sopra. Ci sistemo Cricket e le spiego come sarà la nostra giornata. I suoi occhi mi seguono ogni volta che mi muovo. Si mette a piangere se mi sposto dall'altra parte della stanza e non riesce a vedermi. Mentre sono in bagno a mettere a mollo la sua copertina in acqua calda e detersivo per i piatti, comincio a cantare per lei. È una canzone inventata, ma riesce a calmarla. «JuJu dice che la mia voce fa pena. Ma cosa vuoi che ne sappia?»

Quando ho finito di sciacquare la copertina la stendo ad asciugare sulla porta del bagno. Poi faccio una lista mentale di tutte le cose che servono a Cricket: vaselina, shampoo per bambini, salviettine umidificate, tagliaunghie, biscotti, vestiti. Mi siedo alla scrivania e svuoto la testa sulle pagine del mio quaderno dei temi. Alla fine ci sono quaranta cose. Non che a Cricket importi. Sta piangendo di nuovo, più forte ogni minuto che passa. Ma io non ci penso nemmeno a correre da lei, devo lavare altre cose, per esempio la mia biancheria. Mi asciugo il sudore dalla fronte e continuo a sbadigliare. Poi, non so bene come, mi addormento in piedi.

CAPITOLO TRENTAQUATTRO

Quando sei in un nuovo quartiere devi imparare a orientarti. Metti che ti tocchi scappare in fretta. O denunciare qualcuno alla polizia. «Ricordati i nomi delle strade, i numeri civici, i punti di riferimento e i vicoli buoni per nascondersi» dico a Cricket.

So che è ancora piccola, ma una ragazza deve imparare presto a badare a se stessa.

Il motel *Flotta Stellare per il Viaggiatore Stanco* si trova in Best Avenue, una strada né troppo larga né troppo sporca. Sì, la gente butta roba per terra – cartoni della pizza, bottiglie di plastica, confezioni di merendine e altro – ma ho visto di peggio. E ho fatto di peggio.

Sono davanti all'asilo nido dall'altra parte della strada quando una ragazza della mia età mi fissa, passandomi accanto. Dico a Cricket che non tutte le ragazze saranno sue amiche, anche quelle che le faranno qualche favore. Lei arriccia il naso come un coniglio e stringe i pugnetti. «Tienili così, brava. Prima o poi dovrai usarli su qualcuno.»

La passo dal fianco sinistro al destro. Lei fa le smorfie, sbadiglia e si aggrappa al mio colletto come si è abituata a fare ultimamente. Le bacio le dita, annuso il suo profumo dolce da neonato. Una maestra dell'asilo che spinge un passeggino si ferma a chiedermi quanti anni ha e se è mia sorella. «Tre mesi.»

Mi sorride. Le dico che Cricket è mia figlia. Le chiedo se mi somiglia.

«Sicuro.»

Altri adulti mi sorridono e si fermano a farmi domande su Cricket. Solo una mi dice che sono troppo giovane per essere una madre. Come se fossero affari suoi! Quando mi fermo davanti al negozio tutto a un dollaro, vedo qualcosa che potrebbe fare comodo a Cricket. Una carrozzina, di quelle molto rialzate, con grandi ruote dai raggi lucenti. È nuova, scommetto. Ma costa cara. Novecento dollari, magari di più. Guardo a destra e a sinistra, poi metto Cricket a sedere sulla carrozzina. Se il mio telefono avesse un macchina fotografica le farei una foto, così un giorno potrei mostrarle che già da piccola viveva alla grande. Controllo intorno per vedere se qualcuno mi sta guardando. Non ho mica intenzione di rubarla. Voglio solo dare a Cricket un assaggio della bella vita. È quello che dico anche alla donna che corre fuori dal negozio con un bambino in braccio. È quel tipo di persona che secondo la gente rende questo quartiere un posto migliore. «E va bene, va bene... caspita!» Mi riprendo Cricket. «Non volevo mica rubarla!»

Guarda su e giù per l'isolato con i suoi occhi azzurri, come sperando di trovare un poliziotto. Io mi allontano in fretta, cammino più veloce che posso, prendo un carrello della spesa ed entro nel negozio con Cricket in braccio. Mentre andiamo su e giù per le corsie le spiego cosa prendo dagli scaffali e perché. I bambini capiscono più di quanto crediamo. Parlare con loro, leggere per loro ad alta voce li rende più svegli, lo so perfino io. «Perché non compriamo un libro?» Ne metto due nel carrello, compreso uno da cui saltano fuori le figure quando lo apri. L'album da colorare e i pastelli, invece, sono per me. Per ultimo ci fermiamo davanti ai piatti di carta. Mi piacciono quelli per i matrimoni o i battesimi. Ne metto sei pacchi nel carrello, alcuni sono decorati con biberon e dadi con le lettere, altri con campane da nozze argentate. Un giorno credo che mi sposerò.

Quando mi metto in coda per pagare, il carrello ormai è così pieno che faccio fatica a spingerlo con una mano sola. Impiego un'eternità a mettere tutto sulla cassa.

«Sessanta dollari» dice la cassiera.

«Cosa? Per questa roba?» Guardo i miei acquisiti. «Pensavo che costasse tutto un dollaro!»

«Hai preso un sacco di cose. Puoi rimetterne via alcune o pagare tutto» dice.

Metto da parte due pacchetti di patatine al mais, un litro di gazzosa e un mazzo di carte da gioco con le figure di colore. Cose che avevo comprato per me. Cricket ha bisogno di latte artificiale, quello che beve di solito costa più di un dollaro. La sottomarca che ho preso al suo posto spero sia altrettanto buona. Ci sono sei barattoli nel carrello, accanto a una pomata per l'eritema da pannolino, dieci pacchi da cinque di pannolini, shampoo per bambini e balsamo. Metto i suoi libri in un carrello vuoto accanto alla cassa, poi ne riprendo uno. Non so cos'altro lasciare qui. Non riesco a decidermi. «Assumete gente?»

L'uomo dietro di me cambia fila. La cassiera, che ha più o meno la mia età, dice: «Ogni tanto».

«E in questi giorni?» Mi libero di altra roba.

La cassiera indica il fondo del negozio. «Il direttore è da quella parte. Puoi chiederglielo personalmente.»

Lascio sulla cassa dodici pacchetti di spaghetti istantanei, più due barrette di cioccolato e aspetto che la cassiera mi dica quanto le devo.

«Quaranta dollari.»

Sì, devo trovarmi un lavoro.

Pago tutto. La ragazza riempie dei sacchetti con le mie cose. Io e Cricket andiamo dal direttore. «Assumete gente?» gli chiedo non appena entro nel suo ufficio.

«Assumiamo, sì. Ragazzine con neonati, oggi no.»

«Era tanto per chiedere. Non sapevo che non aveste posti liberi.»

«Un posto libero ce l'abbiamo.» Guarda Cricket. «Ma se vuoi fare una buona impressione, la prossima volta lascia a casa la tua bambina.»

«Quindi posso tornare un'altra volta?»

«No.»

CAPITOLO TRENTACINQUE

Certa gente cerca solo di farti sentire una nullità. Be', con me non ci riescono. Mi troverò un lavoro. La prossima settimana. Qualcosa che mi farà guadagnare bene.

Caccio via quel cafone del direttore dalla mente e intanto spingo il carrello per la strada. Veramente non sarebbe permesso portarlo via, ma chi se ne importa. Non posso mica caricarmi dietro nove sacchetti della spesa, un secchio e una bambina! Ma quando arrivo al motel mi aspetta un altro problema: ho bisogno di aiuto per portare su tutto quanto.

La porta sul retro del motel *Flotta Stellare* si trova all'angolo tra Best Avenue e Juniper Boulevard. Nel viale il traffico scorre in entrambi i sensi, con un'isola spartitraffico al centro. Le auto fanno tremare il terreno. Clacson che suonano, gente che bestemmia. Al centro dell'area spartitraffico c'è un ragazzo che vende dell'acqua. Corre da una macchina all'altra quasi supplicando la gente di comprargli una bottiglia.

Lascio il mio carrello di fronte al motel. La gente in macchina si comporta come se non vedesse che sto cercando di attraversare. Alla fine mi metto a correre con Cricket in braccio per non essere investita. Quando lo raggiungo, il ragazzo è seduto su una sedia di plastica. «Ti do dieci dollari se mi aiuti con quelle borse.» Guardo la sua sedia, i libri e giornali che la circondano a terra.

Il semaforo diventa rosso. Il ragazzo salta in piedi, corre di macchina in macchina, parla in fretta. Torna sull'isola con le stesse bottiglie con cui era partito e viene verso di me. «Facciamo quindici» dice. Come se io avessi intenzione di pagarlo tanto.

Invece di mettermi a discutere con lui, mento. «Va bene.»

Quando siamo di fronte al motel gli do la mia chiave. «Camera 213.»

È alto come me e sembra avere più o meno la mia età. Camicia a quadri, jeans neri, unghie pulite, scarpe da ginnastica consumate. Mi viene in mente quello che mi ha detto JuJu sulle scarpe delle persone. «Ehi» gli faccio mentre sta prendendo le mie borse. «So cosa c'è lì dentro. Prendi qualcosa e sei...» faccio passare un dito sulla mia gola come un coltello.

«Guardi troppi film!» dice lui prendendo quattro borse. Mi chiede di tenere d'occhio le sue cose.

Rido. «Chi vuoi che si metta a rubare dell'acqua?»

«Mai fidarsi della gente.»

Chissà se sta parlando di me.

Va avanti e indietro tre volte, e quando torna è senza fiato.

«Grazie.» Gli do un biglietto da dieci.

«Sul serio?»

«Sul serio.»

«È così che funziona, allora?»

Non posso sprecare soldi. «Già, è così.» Porto il carrello vicino a un albero e lo lascio lì. Quando torno indietro lui è ancora vicino alla porta. Sono una stupida, ho dimenticato di farmi ridare la chiave. Sporgo la mano.

«Vuoi qualcosa da me?» dice. «Anch'io voglio qualcosa da te.» Anche lui allunga la mano.

«Potresti darmi la mia chiave, per favore?»
«Oh, adesso fai la gentile!»
Io incrocio le braccia. Lui fa per andarsene, poi all'improvviso si ferma e si volta.
«Tieni!»
La chiave mi fa male alla mano quando la prendo al volo.
«Stanno buttando via della roba...» Indica l'asilo. «Roba buona, gratis, a disposizione di chi la vuole. Magari c'è qualcosa che ti serve.»
Poi si gira e attraversa la strada.
Un po' mi sento in colpa per averlo fregato. Ma è colpa sua, dovrebbe farsi furbo. Per forza la gente ne approfitta.
Quando sono al primo piano dico a Cricket: «Non permettere alla gente di approfittarsi di te, okay? Perché lo faranno. Qualcuno ci proverà, è inevitabile».

15 luglio, ore 15.00

CAPITOLO TRENTASEI

L'unico motivo per cui chiamo Maleeka è che impazzirò se non parlo con qualcun altro oltre a Cricket. Prima che cominci a vantarsi della sua vita le parlo io del posto in cui vivo. Lo faccio sembrare meglio di quello che è, più grande, più pulito, perché non voglio che pensi che sto in un motel pulcioso.

«Magari un giorno potrai venire a trovarmi» le dico.

È felice per me, orgogliosa. «E tua nonna? Non vai più a vivere da lei?»

«Ho cambiato idea. E comunque mia sorella ha detto che non le interessa dove vado.»

Maleeka non dice niente, forse perché c'è gente che ha sempre pensato che a JuJu non importasse niente di me.

Mi avvicino alla cassettiera e do dei colpetti gentili alla pancia di Cricket. Maleeka è appena tornata dalla California con la sua squadra di esperti di robot. Sono arrivati decimi. È rimasta a Los Angeles per una settimana. Quando sono stufa di sentirla parlare, le dico: «Ho una bambina».

«Cosa?»

«Ho. Una. Bambina.»

«Non ci credo.»

«Si chiama Cricket.»

«Sul serio? E di chi è? Come mai ce l'hai tu?»

Le racconto tutta la storia e la sua risposta è che devo essere impazzita.

«E come puoi permetterti di comprarle i pannolini e da mangiare?» Mi fa così tante domande che vorrei mettermi a gridare. Non ho tutte le risposte, chi le ha? Oggi Cricket ha pannolini puliti, latte e un posto dove stare. Domani, chissà.

«E i vaccini?»

«Che?»

«I vaccini, Char, le iniezioni. I bambini ne hanno bisogno, perché se no potrebbero ammalarsi e morire.»

«Oh, be', ci penserò più avanti.»

«E JuJu lo sa?»

«Sì, lo sa.» E questa non è una bugia. «La cosa non le piace, ma non ci può fare niente. La madre di Cricket tornerà, vedrai.»

Maleeka mi fa altre domande. Le dico che non posso sapere tutto. «Ma penso di aver fatto bene a prenderla con me. Troppi bambini finiscono in affidamento.»

Dal suo silenzio capisco che ci sta pensando su. È un sollievo quando risponde: «Hai ragione».

Sorrido.

Lei resta in silenzio.

Vado alla scrivania e tiro fuori un pastello. Senza neanche rendermene conto dopo un attimo sto già colorando.

«Come mai non dici niente? Cosa stai facendo?»

Ora sono io che ci metto un sacco di tempo a rispondere. «Niente.»

«Bugiarda, stai facendo qualcosa.»

Perché non dirglielo, in fondo? Le ho già detto che ho una bambina. «Sto colorando.»

«Oh.»

«Lo so che è una cosa da ragazzini, che sono troppo grande, ma i colori erano già qui quando sono arrivata, così...»

Maleeka dice che l'ultima volta che ha colorato avrà avuto dieci anni, ma che lo farebbe tranquillamente anche adesso, se le piacesse.

«Raina gioca ancora con le bambole.»

«Non è vero.»

«Ce l'ha detto sua sorella quella volta, non ti ricordi?»

Sì che me lo ricordo. Anche JuJu tiene in camera una bambola che mamma le aveva regalato un Natale. Le cambia i vestiti ogni stagione e per le feste. Una volta le ho tagliato i capelli.

Quando l'ho fatto ero molto arrabbiata con JuJu.

Prendo un pastello blu e per la prima volta dico la verità. «Sono brava a colorare. Bravissima.»

Mi aspetto che Maleeka mi dica tutte le cose in cui è brava lei, perché lo è: scrivere, costruire robot, risolvere problemi di matematica, prendere il massimo dei voti, farsi degli amici. Ma stavolta non parla di sé. Dice solo: «Sono fiera di te, Char».

«Perché?»

«Perché vedo che ci stai provando.»

Sto per chiederle com'è che tutti gli altri non lo vedono. «Maleeka, io... Lascia stare.»

«Che cosa, Char?»

All'inizio dico solo: «Niente». Poi le parole vengono fuori da sole, più veloci dell'acqua da un idrante, e non perché è lei a costringermi. «Ti chiedo scusa. Per averti insultata, per essermela presa con te, per aver costretto Daphne a picchiarti, per averti trattato come immondizia davanti alle gemelle quando tu sei sempre stata più sveglia di noi. E anche più buona.» Faccio un respiro profondo, poi butto fuori l'aria lentamente. «Non te lo meritavi.»

«Lo so, ma come mai te ne rendi conto solo adesso, Char? No, lascia stare. Non importa.»

«Dopo la morte dei miei genitori ero così piena di rabbia. Dio non doveva lasciarmi da sola con JuJu.»

Maleeka comincia a piangere. «Mi dispiace... per tua madre... e per tuo padre. Vorrei che fossero ancora qui, e anche mio padre.»

«Ero una ragazza davvero carina e buona, prima. La gente non se lo ricorda, ma lo ero.»

«Io lo ricordo. Eravamo alle elementari e...»

«Tu non mi piacevi nemmeno allora!» la interrompo ridendo.

«Però non eri cattiva con me.»

«No, ed ero ancora carina.» Mi asciugo gli occhi con il palmo della mano. «Non c'era nessuna più carina di me, nessuna vestita meglio, e solo grazie a mia madre.»

«Certo. Tua madre era una persona speciale.»

«Hai ragione, lo era davvero.»

«Ti ricordi quella volta che ha fatto quei biscotti per la tua classe e anche per noi dell'aula accanto?»

Le dico che cucino bene come mia madre. «E anche JuJu.»

«Vedi, Char, hai ancora qualcosa cui aggrapparti.» Mi racconta dello specchio che le ha lasciato suo padre e delle poesie che scriveva.

Penso alle padelle di ghisa di mia madre sotto l'acquaio, alla mazza da baseball di mio padre. «Già, ho ancora qualcosa» dico. Raggiungo il mio zaino e prendo la sua palla da baseball e la stringo forte. Poi dico a Maleeka che devo andare. «La bambina...»

«Lo so, devi cambiarla. Ci sentiamo, Char, mi farò sentire. Promesso.»

«Va bene.»

Non volevo chiudere, ma prima o poi mi avrebbe detto di dover andare, e questo mi avrebbe fatto arrabbiare. E io non voglio che Maleeka pensi che sono sempre la solita vecchia Char.

30 luglio, ore 16.20

CAPITOLO TRENTASETTE

«Shhh.»

«Ba... ba... ba...»

«Zitta! O quello ti sente» le bisbiglio all'orecchio. Poi le copro la bocca con la mano. Non tanto da non farla più respirare, solo quanto basta perché il suo balbettare da neonato non ci tradisca.

Il padrone del motel bussa di nuovo alla porta. «I clienti si lamentano della bambina. Se non riesci a farla stare...»

«Non eravamo noi. Siamo appena tornate da una lunga passeggiata. Magari era il bambino di qualcun altro.»

Lui risponde che Cricket è l'unica bambina in tutto il motel e che la signora accanto ha chiesto di cambiare stanza. È da quando siamo rientrati che Cricket sta facendo i capricci. Le ho dato da mangiare, l'ho cambiata, l'ho cullata, ho giocato a contare, ma lei continua a piagnucolare.

Ficco una sedia sotto la maniglia per essere sicura che non riesca a entrare. Mi parla dell'affitto, dice che sono indietro con i pagamenti. «Tutti quanti devono pagare. Non ci sono eccezioni.»

«Va bene.»

«E se ricevo ancora delle lamentele, tu e la bambina dovete sloggiare.»

«Va bene, ho capito.» Apro appena la porta, lo vedo che si allontana lungo il corridoio e si ferma davanti all'ascensore. Ieri mi ha detto che l'hanno riparato.

Dico a Cricket che deve imparare a stare buona, ma lei non mi dà molta retta. Finisco per tenerla in braccio e cullarla per due ore intere e, quando si addormenta, mi metto al lavoro.

A casa avrei fatto le stesse cose che sto per fare adesso: pulire a fondo. In più avevo altri compiti. Portavo via i posacenere e i bicchierini da shot, contavo le bottiglie di alcolici, mi assicuravo che avessimo biglietti di piccolo taglio per il resto e le mie mance, altrimenti JuJu era costretta a correre in banca. Odiavo quando succedeva. C'era sempre qualcuno che arrivava prima del previsto, con il risultato che mi toccava starmene lì da sola con un adulto del cavolo che cercava di convincermi a farlo entrare in casa.

«Non siamo ancora aperti» dicevo quando capitava. Quello cercava di impedirmi di chiudere la porta, infilando il piede nella fessura. «Credevo che foste sempre aperti.»

«Be', c'è ancora qualche preparativo da fare» quella era la mia frase preferita. Anche se non sempre riusciva a tenere fuori questi tizi; aiutava di più la mazza con cui mio padre giocava a baseball alle superiori. JuJu la teneva accanto alla porta. Dovevo solo allungare la mano e prenderla.

«Quanti strike?» mi ha detto un tipo, pensando di essere spiritoso.

«Una volta ho fatto un ko» l'ho minacciato facendo roteare la mazza, anche se non era vero. «Vuoi vedere?»

Mio padre mi ha insegnato a lanciare la palla, colpire e ricevere. Mi sa che avrebbe voluto un figlio. La gente dice che a volte mi comporto come un maschiaccio.

«Bahhh! Baaahhh!»

Per non sentirla chiudo la porta del bagno con un calcio.

«Baaahhh, baaahhh.»

Tolgo le mensole di vetro dall'armadietto e le lascio a mollo nella vasca con acqua calda e candeggina.

«BAAAHHH!»

Perché piange di nuovo? Cosa vorrà? Mangiare? Essere cambiata? O tenuta in braccio?

M'inginocchio accanto alla vasca. «Come faccio a pulire se tu non fai la brava e stai zitta?»

«Ahhh!»

La ignoro. Lavo le mensole, le asciugo, le rimetto a posto, poi mi accendo una sigaretta. Cricket sta ancora gridando e la signora accanto comincia a picchiare sulla parete. Spalanco la porta e lancio una spazzola in direzione di Cricket. La manco, colpisco la finestra. Forte, ma il vetro non si rompe. Il solo risultato è che Cricket piange ancora di più.

Corro da lei veloce come un fulmine.

«Non posso fare tutto!» La sollevo e la porto in cucina tenendola lontana da me come se fosse un pannolino puzzolente. «Devi dormire di più, altrimenti non riesco a fare niente.» Guardo la lista sul bancone della cucina. *Trovare un banco alimentare.* È lì, al terzo posto. *Andare in una chiesa.* È il numero cinque. Voglio vedere se danno dei pannolini gratis. Il sei è chiamare JuJu e chiederle di mandarmi dei soldi. Non ho ancora fatto niente di quello che c'è nella lista, e tutto per colpa sua, e lei sta ancora piangendo.

«Non faccio altro che badare a te. Faccio tutto per te! Non puoi almeno...» urlo.

Lei s'irrigidisce come un cervo in mezzo alla strada di fronte a un pericolo.

La metto sul letto. Prima di andarmene mi assicuro che abbia vicino un biberon. Fuori, in corridoio, mi siedo a terra con la schiena contro la parete. Perché non voglio fare del male a una bambina.

30 luglio, ore 00.00

CAPITOLO TRENTOTTO

Non l'avevo deciso in anticipo, è successo e basta. Sono scesa al pianoterra e poi sono uscita dal motel senza nemmeno pensarci, lasciando Cricket sola in camera. In fondo ho il diritto di avere un po' di tempo tutto per me. Sono stata una buona madre. Migliore di quella vera. E poi ora che l'ho lavata e cambiata sta dormendo tranquilla. Se fossi rimasta con lei un altro minuto ce ne saremmo pentite entrambe.

Per entrare nel locale accanto al motel c'è una coda pazzesca: arriva fino alla fine dell'isolato e poi gira l'angolo. Sembra che l'odore dell'erba e il fumo delle sigarette mi chiamino per nome. Uomini in auto di lusso mi urlano cose oscene sporgendosi dai finestrini, mi mostrano la lingua, mi chiedono se ho bisogno di un passaggio, se ho un posto dove andare, se voglio stare un po' con loro. A uno mostro il dito medio, ignoro gli altri e dentro di me sorrido, perché certe ragazze non ricevono questo tipo di attenzioni.

Le macchine accostano al marciapiede dall'altra parte della strada; ci sono catorci, fuoristrada, auto di lusso. Una Subaru piena di tipi bianchi parcheggia. Due ragazze si avvicinano all'auto. Gemini, la tipa che sta nella camera in fondo al corridoio del mio piano, mi saluta con la mano mentre esce dall'edificio. «Fa' attenzione qua fuori, tesoro.» Quando attraversa la strada ferma il traffico. I suoi tacchi, che sembrano alti come pali della luce, non la rallentano nemmeno un po'. Grazie alla gonna argentata e al top trasparente riesce a montare in una macchina ancor prima di essere arrivata dall'altra parte. È indipendente, lavora per conto suo, non ha un padrone, mi ha detto una volta. «E non mi porto i clienti a casa.»

Ci sono un sacco di modi per fare soldi, direbbe JuJu. E altri che è meglio lasciar perdere. «Ti ho cresciuta come meglio ho potuto. Ora sta a te fare le scelte giuste» direbbe. Io non giudico. La gente deve pur mangiare. Adesso che ho una bambina capisco quant'è facile finire a fare cose che non avresti mai pensato di fare.

Si sta bene fuori. È tiepido, ma c'è brezza. Anche se non è piena, la luna splende su di noi come un riflettore. Porto le mie pantofole a coniglietto e i pantaloni del pigiama. Non sono qui fuori da molto, quando un ragazzino mi ferma per chiedermi una sigaretta. Io gli rido in faccia. Prendo il mio pacchetto dalla tasca e gli chiedo se la sua maestra della scuola materna lo sa che lui bazzica questa zona. Mi fa scoppiare a ridere quando risponde che è stata lei a mandarlo qui. Gli do una sigaretta e gliel'accendo. Lui vede qualcuno che conosce e se ne va senza nemmeno dire grazie.

Se n'è andato da un pezzo quando mi metto a contare le persone in coda per la disco. Per entrare devono pagare, quindi vedo un sacco di banconote. Per un'ora buona me ne sto là a pensare a come posso procurarmi un po' di quello che hanno loro. Ieri, mentre Cricket dormiva, ho fatto una domanda d'impiego al negozio tutto a un dollaro. Sono andata anche alla disco a chiedere se avevano bisogno di qualcuno per lavare i piatti o pulire il pavimento. Hanno risposto che sono troppo giovane. Il proprietario del banco dei pegni mi ha detto la stessa cosa. Ma come si aspettano che mangi, paghi la camera e compri i pannolini, se nessuno mi paga?

Vado verso il viale perché non ho niente di meglio da fare. E il ragazzo che vende acqua è lì come al solito. Raggiungo l'isola spartitraffico e, quando sono vicina, gli sorrido. Non può fare a meno di lanciarmi una lunga occhiata. Sono carina, lo so. Lui è sudato. Stanotte ha venduto bene, si vede. Soldi: servono anche a me, come l'aria.

Quando fa una pausa dal lavoro siede sulla sua sedia e si mette un libro davanti alla faccia, ignorandomi. I suoi occhi seguono il mio dito che indica una pagina per terra, piena di buoni sconto di Wendy's.

«Li vuoi?» mi chiede. «Te li vendo.»

«Ma non sono gratis?»

«Non per te» ride lui.

«Ah, così sai anche essere spiritoso!» Chissà perché gli dico il mio nome.

Lui si chiama Solomon. Gli chiedo quanti anni ha. Diciassette compiuti da un mese. Vuole sapere a che scuola vado. Gli dico che non sono di queste parti. Si volta a guardare il motel *Flotta Stellare* e poi posa di nuovo i suoi occhi su di me. Mi racconta che vive con sua nonna. «È seguita dall'assistenza sociale, tutti i soldi finiscono in medicine e nel mutuo della casa» dice. Si dà una pacca sulla tasca. «Così penso io alla spesa.»

Vuoi farla anche per me? vorrei chiedergli, ma non sono così disperata. Non ancora.

Mi chiede di Cricket. Gli dico che devo andare a controllare come sta. Non è vero, è solo che non mi piace la gente che ficca il naso nei miei affari. Allontanandomi mi volto indietro e vedo che mi squadra di nuovo. Faccio una risatina. Attraverso la strada e sto per rientrare in motel. Solo che non posso. Cricket potrebbe rimettersi a piangere e io non sono proprio dell'umore adatto.

Appoggiata contro il muro del motel, guardo sei ragazze che passano. Hanno scarpe rosse con tacchi alti e cinghie incrociate al polpaccio, coperte di glitter. Indossano minigonne quasi inesistenti. La più alta ha due lunghe trecce che le arrivano quasi alla pancia, intrecciate con nastri argentati. Le prime due sono andate dal parrucchiere, si vede che le treccine sono appena state rifatte. Io invece porto un cappello da baseball. Le trecce con cui ero partita sono finite nella spazzatura quando le ho tagliate.

«Ehi, cos'è che si fa qui in giro di notte?» urlo verso di loro.

Una delle ragazze indica la coda davanti alla disco, un'altra alza gli occhi al cielo. L'ultima mi dice che loro stanno andando a una festa privata. Mi dice l'indirizzo, come se io avessi intenzione di andarci vestita così. Quando sono abbastanza lontane mi metto anch'io a camminare. Quattro isolati più avanti vedo un bell'hotel dall'altra parte della strada e mi fermo. Non sapevo che ci fosse. Non l'avevo mai notato. Hanno un portiere. All'interno c'è un ristorante. La gente entra ed esce. Guardo le mie pantofole. Mi chiedo se potrebbero usarle contro di me, in caso facessi una domanda di lavoro con queste addosso. Poi mi ricordo il direttore del negozio tutto a un dollaro e torno da dove sono venuta.

15 agosto, ore 8.15

CAPITOLO TRENTANOVE

SALDA IL CONTO ENTRO DOMANI O SEI FUORI!

Stacco il biglietto dalla mia porta ed entro in camera. Non ce l'ho con lui per averlo scritto, sono in arretrato di tre settimane. Gemini, che sta in fondo al corridoio, mi ha detto che il solo motivo per cui sono ancora qui è che il proprietario abbaia, ma poi non morde. «Tesoro, sua moglie lo ha lasciato anni fa e se n'è andata con la figlia. Suo figlio non torna mai a casa. Credo che avrebbe difficoltà a cacciarti via. Ma vedi di non tirare troppo la corda.» Mi ha preso la mano e ci ha messo dentro un biglietto da venti dollari. «Non ce l'hai una casa dove andare, dolcezza? Una mamma?»

Le ho detto la verità. «No.»

«Oh, che peccato» ha risposto. Poi è andata a lavorare.

CAPITOLO QUARANTA

«Ma che diavolo?» chiede una donna. Il suo sguardo rimbalza da me al volantino che ho provato a darle. Dice all'uomo che l'accompagna di farmi sapere che quello che sto facendo è pericoloso.

Quello le prende la mano e risponde «Non immischiarti negli affari degli altri, Gail. La ragazza sa quello che fa.»

La coda davanti alla disco è lunga da morire, come al solito. Io sono più o meno a metà. Tre tizi, uno dietro l'altro, mi sorridono. Uno di loro mi guarda le gambe dalle caviglie su fino alle cosce e poi la faccia. Il suo compare gli dà una gomitata nelle costole. «Smettila, dai. È una bambina.»

«Sto solo guardando.»

«Vuoi farci mettere dentro?»

Ma ci sono altre duecento persone che cercano di entrare. E finora solo dieci hanno preso il mio volantino. E altre sei di passaggio si sono fermate per chiedermene uno. «Do una festa» dico. «In quel motel. Sabato prossimo dopo la chiusura della disco.» Mi fanno tutti la stessa domanda. A che piano? Io non glielo dico. Non sono mica stupida. Il giorno del party lascerò aperta la porta sul retro, dirò alla gente di salire al secondo piano. Fino ad allora non c'è bisogno che sappiano dove si terrà la festa. Comprerò del cibo, recupererò dei bicchierini da shot e delle bibite al negozio tutto a un dollaro, pagherò qualcuno per acquistare vino e alcolici, di quelli a poco prezzo. Scommetto che farò su cinquecento dollari in una notte.

«Chi mi ha toccato?» Mi volto di scatto. «Se lo fai ancora, giuro che ti do una coltellata.» Per la prima volta dopo tanto tempo ripenso a WK.

«Se non vuoi essere toccata perché ti vesti così?»

A parlare è stata la donna di prima, quella il cui compagno aveva detto di ignorarmi. È uscita dalla coda e sta indicando i miei pantaloncini. Sono rossi, come le mie labbra. Ci ho cucito sopra una scritta di strass. Chi mi vede da dietro può leggere: *Senza Prezzo*.

La squadro. Ha l'età della Saunders. Dovrebbe starsene a casa, non qui. «Okay, boomer» le dico sculettando mentre le passo accanto. «Sei solo gelosa, tutto qui.»

Il suo uomo la prende per mano. Lasciano la fila e passano davanti a tutti. Il buttafuori lascia che saltino la coda e li fa entrare. Forse lo conoscevano, o magari gli hanno dato dei soldi.

Io agito i miei volantini verso due ragazzi che camminano lungo il marciapiede. Hanno la mia età. Ne prendono uno e lo leggono. Mi avvicino così tanto che sento l'odore di dentifricio nella bocca di uno. «Allora, ci venite? Dai.» Poi gliene lascio degli altri per i loro amici. Probabilmente dovrei bazzicare di più i campi di basket o i negozi di scarpe da ginnastica, ma quando si tratta di party sono abituata a stare con gli adulti.

«Non importunare i nostri clienti» mi dice il buttafuori. Guarda a terra, dove qualcuno ha gettato i miei volantini. «Tirali su.» È grande e grosso come una montagna, difficile da ignorare.

«Non sono stata io a buttarli a terra.» Ne consegno uno alla persona successiva in coda e poi un altro a quella dopo, ma il buttafuori mi afferra per un braccio e mi trascina sulla strada. Si ficca in tasca le dita grassocce e tira fuori un distintivo. Non è un vero agente della polizia, ma una specie di guardia. Faccio lo stesso quello che mi dice, specie quando minaccia di chiamare la polizia vera.

Mi siedo davanti alla posta con le scarpe in mano e fumo l'ultima sigaretta. «Ho bisogno di un piano B.»

Cerco di pensare ad altri modi di fare soldi, legali e illegali. Spacciare erba da camera mia potrebbe attirare i poliziotti e farmi cacciare via, con la mia roba ammassata in strada fuori dal motel. Vivere in mezzo alla strada non fa bene a nessuno. Alla fine mi rialzo, ficco i miei volantini nella cassetta delle lettere, mi rimetto le scarpe col tacco, attraverso la strada ed entro nell'atrio dell'hotel Fount. Davanti all'edificio c'è una fontana che spruzza in alto acqua blu davanti alla facciata e dentro ce n'è un'altra uguale. All'interno troneggia un grande lampadario che pende dal soffitto, su cui sono dipinti degli angeli. Dappertutto vedo delle piante vere. Il Fount mi ricorda una vecchia signora che da giovane era stata molto bella. Adesso le pareti hanno bisogno di essere ridipinte, i pavimenti lucidati e alle finestre servirebbero tende nuove non così spesse e scure. Ma mi piace. Quelli che ci lavorano sono vestiti da gente importante, gente con i soldi. Un giorno anch'io sarò importante.

Mi metto nella fila dei clienti, ignorando le persone che mi fissano. Quando tocca a me, dico: «Vorrei fare domanda per essere assunta qui. Posso lavorare sia di giorno che di notte».

L'impiegata alla reception mi sorride. «Devi avere compiuto diciotto anni.» Credo che sia una bugia, ma la signora è gentile, così cerco di non arrabbiarmi. Abbasso la voce e le dico che potrei lavorare in nero. «È contro la legge» risponde lei.

«Lo so, ma...» Mi sporgo verso di lei cercando di spiegarle come stanno le cose.

Lei prende un sacchetto di carta da sotto il bancone e ci mette dentro una bottiglietta di acqua, una barretta di cioccolata, una mela e un pacchetto di patatine. La richiude, la posa sul bancone e mi strizza l'occhio. «Il prossimo» dice all'uomo che aspetta dietro di me.

Mentre esco mi faccio una promessa: un giorno vivrò in un posto come questo.

Se fossi stata più attenta l'avrei notato e non ci sarei andata a sbattere contro. Ma forse mi si era messo davanti apposta, perché non si sposta neanche quando gli chiedo scusa facendo qualche passo indietro. Tengo gli occhi fissi sulla cassetta delle lettere dall'altra parte della strada. A certi uomini basta che li guardi negli occhi per pensare che tu dica sì a qualsiasi cosa. Continuo a camminare a occhi bassi. Ho già lasciato Cricket sola per troppo tempo.

«Ah, è così!» esclama lui seguendomi fino al marciapiede.

Se gli parlo penserà che sono interessata. E stanotte non voglio che si faccia delle idee su di me. Non sono in vena.

Attraversiamo la strada assieme. Pensa che faccia fico portare degli occhiali da sole di notte, un impermeabile nero anche se non fa freddo, e dei guanti di pelle come se fosse prevista neve.

«Dov'è il tuo paparino?» mi chiede.

Lo guardo. Sto quasi per dirgli: *Vuoi essere tu il mio paparino?* ma potrebbe prenderlo come un invito quando io non ho nessuna intenzione di aprire quella porta. Non stanotte, almeno. Ma, quando comincia a parlare di nuovo, mi volto e lo osservo bene. Ho l'impressione di conoscerlo, di aver già sentito la sua voce da qualche parte. Nel motel, forse? O nei negozi della zona? Lui guarda la strada, gli uomini nelle automobili e le ragazze appoggiate ai loro finestrini con pantaloncini più corti dei miei. Io tengo gli occhi su di lui.

«Ehi, ma sei proprio tu?»

Solleva gli occhiali e fa di sì con la testa, sorridendo.

«I baffi. Li hai tagliati. Ecco perché non ti riconoscevo.» Cammino verso di lui con la mano a visiera sopra gli occhi. «Dov'è April? Ho qualcosa per lei.»

L'ha portata in Florida. Mi dice il nome dell'autostrada che hanno preso e tutto.

«Davvero? Sul serio? Stai mentendo.» Tira fuori il portafoglio e mi mostra una foto della nave su cui è April.

«E cosa fa? Balla? Aveva detto che non voleva più fare quel tipo di lavoro.»

Dice che le ha trovato qualcos'altro, qualcosa di meglio. «Un buon lavoro con una buona paga» dice. Si tocca la tempia con l'indice. «In cui deve usare anche il cervello.»

Ci penso un po' su. «Be', spero che le piaccia.»

Rivolgendogli la parola ho abbassato la guardia, e lui lo sa. Me ne rendo conto quando mi afferra il polso, stringendomelo come se mi mettesse le manette. Un'auto in fondo all'isolato mette in moto e si avvicina rasente il marciapiede per fermarsi davanti a noi. È nera, con finestrini oscurati, e dentro probabilmente avrà sedili in pelle nera. «È tua?» Sorrido e alzo lo sguardo su di lui. «Carina.» Correggo la mia postura. «Hai un autista? Sembri il tipo che ce l'ha. Anche io ne voglio uno.» Gli chiedo dov'è la macchina che aveva alla stazione delle corriere. Ne ha più di una, dice, e anche un minivan. «Ce li avrai anche tu un giorno. Me lo sento» aggiunge.

Guardando l'hotel mi racconta dell'uniforme che April indossa al lavoro, bianca come quelle degli equipaggi delle navi che si vedono in televisione. Ha già della gente sotto di lei e organizza attività per bambini. Gli chiedo l'indirizzo. Dice che me lo farà avere la prossima volta. Io non ho mai detto che volevo rivederlo.

«Hai fame?»

Io guardo il sacchetto di carta che ho in mano. «Come?»

«Hai fame? Qui vicino c'è un posto aperto tutta la notte. Posso accompagnarti a casa io, dopo.»

Guardo la sua macchina, immaginandomi all'interno. «Ah, no. Mi aspettano a casa.»

Tira fuori uno stuzzicadenti e se lo ficca tra le labbra. «... Ah, ti aspettano. E dove sarebbe, casa?»

Mia sorella non ha cresciuto una stupida. «Dove dico io.» Mi metto a camminare, costringendomi a ridere, poi mi fermo, stringendo forte il sacchetto di carta tra le dita. «Ho bisogno di un lavoro, Anthony. Conosci qualcuno che assume?»

«Quanto ti serve?» Infila una mano nella tasca della giacca.

«Posso fare le pulizie e lavorare non mi spaventa.» Non è facile rifiutare dei soldi, ma continuo a guardare l'hotel dall'altra parte della strada. «Chissà se loro cercano gente. Tu stai lì, vero? Non mi hanno permesso di fare domanda.»

Dice che chiederà al direttore se ha qualcosa per me. «Se avessi il tuo numero di telefono...»

«Ho il tuo biglietto da visita.» Guardo ancora il Fount. «È sempre così pieno?» Se risponde, non lo sento. Sono concentrata sulle auto che accostano nel viale d'ingresso. Contando i piani, cerco di stimare quante camere può fare al giorno una donna delle pulizie e quanto guadagna. Parecchio, scommetto. Lascio Anthony dov'è e me ne torno a casa.

CAPITOLO QUARANTUNO

Infilo la chiave nella serratura e salgo le scale in punta di piedi, sperando che il proprietario non mi stia aspettando con la polizia.

Quando entro in camera Cricket dorme tranquilla sul mio letto, tra due cuscini. Bene. Non fa nemmeno un verso quando scalcio via le scarpe in un angolo e mi cambio in fretta i vestiti al buio. Per un attimo penso di cambiarle il pannolino, ma poi decido che è meglio di no. Mi ha fatto un favore dormendo tutta la notte senza disturbarmi, quindi nemmeno io la disturberò. Mi sdraio a terra cercando di dormire. Non volevo mettermi a piangere, ma piango lo stesso. Sono stanca, credo. Stanca di giocare a fare l'adulta, stanca di cambiare pannolini, stanca di essere senza soldi, stanca di vedere che tutti ottengono quello che vogliono tranne me. Sdraiata sulla schiena, penso a Maleeka. Cosa farebbe lei al mio posto? Probabilmente tornerebbe a casa. Ma io non posso.

Sono così triste. Mi trascino sul letto accanto a Cricket e le metto un braccio attorno. È in quel momento che mi accorgo che scotta. Le tocco la fronte, le gambe, le mani. Sono bollenti anche quelle. E pure la parte del letto su cui sta. Corro ad accendere la luce. Vedo che ha delle crosticine negli occhi, con le palpebre quasi incollate e del muco verdastro agli angoli.

Magari è solo un'influenza. Ma potrebbe anche essere qualcosa di grave. Che cosa faccio, se ha bisogno di essere portata in ospedale?

Vado in bagno, le tiro giù i pantaloni e il pannolino e me la sdraio di pancia sulle gambe. «Ti farà un po' male, ma dobbiamo sapere.» Le do qualche colpetto sulla schiena per calmarla e le dico che andrà tutto bene. Le infilo il termometro nel culetto chiudendo un occhio. Sta troppo male per strillare o opporre resistenza. «Trentanove e mezzo» dico avvicinando il termometro alla luce.

Una volta in televisione ho visto qualcuno che, per far scendere la febbre a un bambino, lo immergeva nell'acqua fredda. Metto il tappo nella vasca e apro al massimo il rubinetto dell'acqua fredda. Con l'acqua che mi arriva sopra la pancia, stringo a me Cricket e tremo. È floscia come una foglia di lattuga e piagnucola come il gattino che una volta avevo trovato quasi assiderato nella neve. Era morto il giorno dopo.

20 agosto, ore 10.14

CAPITOLO QUARANTADUE

«Ehi tu, fermati!»

Supero di corsa gli scaffali con il riso, il pangrattato e le scatole di cereali, ignoro la guardia come se non stesse parlando con me. Ma tanto mi raggiunge lo stesso.

«Ehi.» Mi afferra per il braccio. «Non rendere le cose difficili.» Mi si mette davanti. «Ho visto quello che hai fatto.»

Gli dico a voce alta che stavo solo guardando. Poi gli chiedo perché la gente non lascia in pace le ragazze come me. Lui risponde che, se non avessi una bambina piccola con me, avrebbe già chiamato la polizia.

«Per una confezione da un dollaro di paracetamolo? Non è nemmeno di marca! È un generico.» La tiro fuori dalla tasca davanti del marsupio di Cricket.«Se lo riprenda!» Comincio a camminare, poi torno indietro. «Ecco!» È un dollaro per pagare la medicina. Non posso permettermela, ma mi serve. Quella che avevo è finita. Questo è il terzo giorno che Cricket sta male. Ieri il padrone mi ha beccato che camminavo con lei su e giù per il corridoio. Ha detto che dovevo pagarlo. Almeno in parte. Gli ho dato trentasette dollari e me ne sono tenuti dieci. Gliene devo ancora e non so come farò a comprarle pannolini e da mangiare con quello che mi rimane.

La cassiera batte lo scontrino. La guardia mi accompagna

fuori. Se metto ancora piede in quel negozio mi fa sbattere dentro, dice. Non ho scelta. Porto Cricket a casa, la spoglio lasciandola solo con la biancheria, le do la medicina, la tengo in braccio finché non si addormenta. Prima di uscire di nuovo mi metto le scarpe rosse con il tacco e una gonna non troppo corta, del tipo che porterebbe anche Maleeka, né stretta o trasparente o roba del genere.

20 agosto, ore 19.30

CAPITOLO QUARANTATRÉ

«Sicuro che non le serve niente?» Sono alla reception. Cricket è di sopra che dorme nel suo letto. «Dei soldi potrebbero farmi comodo.»

Sta di nuovo facendo le parole crociate, la testa bassa, riempie le caselle con la matita. «Mi devi ancora pagare la camera. E sei in ritardo.»

«Lo so. È per questo che...» Punto il dito sul cruciverba. «Realtà. È questa la parola.»

Scrive le ultime due lettere e mi chiede «Vuoi che io ti paghi così tu puoi darmi i soldi che mi devi da un pezzo?»

Faccio di sì con la testa, solo che lui non può vedermi perché non alza gli occhi dalla pagina.

«Ci metterò un po' a far su il resto che le devo.»

«Che sorpresa!»

«Come ho detto, potrei lavorare un po', così mi scala la paga da quello che le devo. Potrei passare lo straccio,» gli dico «spolverare qua sotto, lavare gli asciugamani, ridipingere le pareti.» JuJu mi ha insegnato a fare un po' di tutto.

«Spagnolo.» Alza lo sguardo e posa la matita sul bancone. «Bella parola.» Mi dice che non assume nessuno. La donna delle pulizie lavora solo tre giorni alla settimana invece di sette, perché il motel non fa più tanti soldi come una volta.

«Se ti serve della carta igienica, sapone, roba del genere, serviti pure. Sono in corridoio.» Riprende di nuovo la penna. «Ma l'affitto non è trattabile. Se stai qui, paghi come tutti gli altri.»

«Ma...»

«Non ti ho già concesso una tregua dopo l'altra?»

«Sì, ma...»

«Torna a casa tua, bambina.» Riempie un'altra casella. «Non c'è niente di buono per te là fuori.» Dev'essere un tipo studiato, perché prima di dire qualcos'altro ha già completato una parola di dodici lettere, più altre due. «Voi ragazzini non ascoltate. Nemmeno mia figlia lo faceva.» Gli si inumidiscono gli occhi.

Posa la matita, si alza ed esce da dietro il bancone. Lo seguo fino alla porta.

«Guardi, la gente ha lasciato delle ditate sul vetro.» Gli sto accanto. «Potrei pulirle per lei.»

Non risponde. Saluta con la mano Gemini che ci passa davanti con le borse del supermercato. Lei risponde al saluto, strizza l'occhio continuando a camminare. Io e lui torniamo a fare quello che stavamo facendo.

«Grazie» gli dico.

«Cominciavo a chiedermi quando sarebbe arrivato. Si ottiene molto con un semplice "grazie". Ma voglio ancora i miei soldi.»

Penso ai suoi figli e mi domando come fa un uomo a ritrovarsi senza famiglia. «Cos'è successo a sua moglie e ai suoi figli?»

«Se non paghi ti mando via. Non sarà colpa mia se...» Ha gli occhi su di me quando dice: «Prendi la tua bambina e tornatene a casa, ragazzina. Ovunque sia. Queste strade sono crudeli. Non puoi vincere».

CAPITOLO QUARANTAQUATTRO

La bottiglia di ketchup è quasi vuota quando la metto sulla credenza. Poi accendo il fornello, riempio una pentola d'acqua e la faccio bollire. Usando uno strofinaccio come presina, riempio una scodella con l'acqua bollente. Apro la bottiglia di ketchup e ce lo spremo dentro, seguito da aglio in polvere, sale e pepe. Poi mi metto a mangiare il tutto a cucchiaiate in piedi davanti alla finestra.

È domenica. Fuori tutto è lento e tranquillo. Quando io e Cricket abbiamo finito di mangiare andiamo a trovare Solomon.

Il bidone della spazzatura legato con una catena al lampione d'angolo è pieno fino all'orlo. Do un calcio a una cartaccia, guardo se ci sono degli spiccioli per terra, poi faccio lo stesso mentre attraverso la strada. Ieri ho trovato dieci centesimi fuori dalla lavanderia automatica e un quarto di dollaro sul marciapiede dell'asilo. La settimana scorsa erano state due monete da cinque centesimi incollate all'asfalto caldo della strada. Vorrei tanto che la gente gettasse via delle banconote.

Immagino che lo si potrebbe definire un gentiluomo. Quando metto piede sulla sua isola spartitraffico, Solomon mi cede la sua sedia e mi offre dell'acqua. Si accorge che sto fissando il suo pacchetto extra large di patatine e me lo porge, offrendomele. Ne prendo una manciata, poi ne chiedo ancora. Dopo che è riuscito a vendere un po' di roba, torna qui e si siede per terra davanti a me.

Mi fissa. Non lo so perché, ma mi mette un po' a disagio. Forse è per via dei miei capelli. Li ho lavati e mi sono fatta le treccine, ma si capisce benissimo che mi sono arrangiata da sola. Le ragazze che ho incrociato in strada quella sera si metterebbero a ridere, se mi vedessero ora.

Solomon mi chiede di tenere Cricket, allungando le braccia. Non l'aveva mai fatto nessuno. Gliela passo subito e lei sorride, felice, seduta sulle gambe di lui. Anch'io sono felice. La gente non sa cosa significa avere un bambino piccolo e nessuno che ti aiuta. «Ehi, hai dei clienti.» Mi chino a prendere un altro po' di patatine.

Solomon si alza e corre, portandosi dietro Cricket e tre bottiglie. Appena arriva sulla strada, un'altra auto si ferma, poi un'altra e due dietro di questa. Mi metto a sedere dritta per guardare la scena. Poi quando mi chiede altre bottiglie gliele porto di corsa. La macchina riparte, ma altre si fermano, e tutto per merito di Cricket. Ma allora come mai nessuno si ferma a darmi niente quando ce l'ho io?

Stiamo qui due ore a sudare sotto il sole, e le auto continuano ad arrivare. Prendo in braccio Cricket per un minuto, così Solomon può trascinare il frigo sul ciglio della strada. Poi torno in motel a prendere il suo cappellino e la crema solare e la spalmo tutta per bene. Le auto non smettono di fermarsi. La maggior parte compra più di una bottiglia. La gente non bada a me, probabilmente non mi vede nemmeno. Non importa, va bene così. Solomon farà meglio a spartire i soldi con me, però.

«Che cosa dici quando ti chiedono di lei? Che è tua?» gli domando quando il ritmo rallenta un po'.

«Solo che le faccio da babysitter.» Mi passa Cricket e torna a sedersi per terra, con le gambe piegate e i gomiti sulle ginocchia. Non sapeva che un bambino piccolo potesse essere una macchina per fare soldi, dice.

Io sporgo la mano. «Allora, la mia parte?»

Si tiene i cinque dollari che pensava gli dovessi ancora. Quando mi dà venti dollari lo guardo come se fosse impazzito. Ho visto tutti i soldi che ha tirato su. Ma sa fare bene i suoi i conti: dice quanto ha speso per l'acqua, le tasse e tutto il resto, inclusa la benzina da pagare a un suo amico che l'ha portato qui in macchina. Deve tenere conto di tutte le spese, dice, prima di guadagnare anche solo dieci centesimi.

Mi alzo e mi allontano.

«Dove vai?»

«A mangiare un panino.» Mi massaggio la pancia con la mano.

«Se ti serve ancora un babysitter...»

Rido. «Vuoi fare da protettore a Cricket?»

«Tu hai bisogno di soldi, io anche. Tu hai bisogno di prenderti una pausa da lei, e con ogni probabilità lei da te.» Si alza per aprire una cassa di bottiglie e ne mette un po' nel refrigeratore con il ghiaccio. «Se dovessi stare tutto il tempo con te, dopo un po' non ne potrei più.»

Mi ricorda John-John. Non posso fare a meno di sorridere. E poi ora ho dei soldi, non tanti, ma più di quanti ne avevo stamattina. «Puoi averla tutte le volte che vuoi» gli dico. Ma poi mi pento. «Scusa, Cricket.» La bacio sulla fronte. «È che abbiamo bisogno di soldi, tutto qui.»

Solomon cerca di farsi gli affari miei. Mi chiede dov'è la mia famiglia, dov'è il padre della bambina. «Non ti somiglia» dice.

Ci stavamo divertendo e lui ha dovuto rovinare tutto, è per questo che me ne vado senza salutarlo o ringraziare. Non lo sa, ma anch'io avrei delle domande da fargli. Tipo, cos'è successo ai suoi genitori? Che razza di nonna permette al nipote di lavorare di notte in un posto del genere? Ma non glielo chiedo.

Tutti hanno qualcosa che preferiscono tenere per sé.

CAPITOLO QUARANTACINQUE

È da tutta la settimana che piove senza pausa. Guardo la pioggia scorrere giù per i vetri della finestra e formare pozzanghere sulla strada. Solomon ha un poncho di plastica trasparente. Non che gli serva a molto. I suoi vestiti si inzuppano lo stesso. Le sue scarpe da ginnastica affondano nell'acqua a ogni passo. La pioggia gli gocciola in faccia dal cappello. E le macchine non si fermano. Corrono per il viale più veloci che mai, come se così potessero evitare la pioggia. A volte sembra che lo schizzino di proposito.

Quando piove un po' meno forte lascio la camera. Esco dal motel e attraverso la strada, guardando se ci sono spiccioli per terra. Appena entro nel negozio tutto a un dollaro arriva la guardia. «Non sto rubando niente» faccio. «Ho un colloquio di lavoro.» Mi dice che devo andarmene lo stesso.

Ho i capelli raccolti, pettinati per bene, anche se si sono bagnati venendo qui. Mi sono messa i miei pantaloni migliori e una camicetta che non mi piace perché fa tanto vecchia, ma è del tipo che porta la cassiera. «Ecco qua.» Tiro fuori il foglio in cui c'è scritto l'ora del colloquio e con chi devo farlo. L'ho stampato al motel. Il proprietario mi ha dato il permesso perché secondo lui farò meglio a trovarmi un lavoro in fretta. «Vede? Sono io, Charlese Jones. E questo è il negozio, no?»

Indico il mio nome e l'indirizzo, sperando che non ce l'abbia ancora con me per quella storia del paracetamolo. Nessun altro mi assumerebbe.

Siamo ancora accanto alla porta d'ingresso. Vicini alla corsia con le decorazioni di Halloween. Davanti a noi, spaventapasseri e scheletri; negli scaffali alle nostre spalle, ragnatele e caramelle grosse come chicchi di pannocchie. La guardia parla a voce alta, dice che prima del colloquio dovrà «informare il direttore delle mie precedenti attività in questo negozio».

«Che significa?» chiedo, come se non lo sapessi.

Me lo spiega. Sposto gli occhi dal suo viso alle sue scarpe. «Signore. La prego.» Mi schiarisco la voce. «Ho bisogno di questo lavoro. Ho una bambina.» Non vorrei, ma devo guardarlo in faccia per capire se ho anche solo una piccola possibilità di ottenere quello che voglio.

Mi lascia passare ma dice che ha intenzione di informarlo comunque, adesso o più tardi, e, quando l'avrà fatto, la mia domanda di lavoro finirà nel cestino della spazzatura. «Quindi stai solo sprecando il tuo tempo. E il suo.»

Sorride come se mi avesse fatto un favore.

Giro sui tacchi e me ne torno da dov'ero venuta. Non appena sono in camera e sto per mettermi a piangere, mi chiama Maleeka.

«Come va, Char?»

Guardo tutti i disegni che ho colorato da quando sono qui: una parete piena dal soffitto al pavimento. «Tutto bene. Tu?»

«Non lo so. È per questo che ti ho chiamato.»

Il fatto che abbia bisogno di me mi fa sentire meglio. «Okay, spara.»

«Sì, ma tu non t'arrabbiare.»

«Hai detto a qualcuno di me? Lo sapevo che non avrei dovuto...»

«Non farei mai una cosa del genere, Char. Si tratta di... Caleb.»

«Oh.» Mi avvicino a Cricket.

«Non volevo dirtelo perché...»

«Che cos'ha? È gay? Lo sapevo.»

«Char!»

«Okay, non è gay. Peccato, speravo che lo fosse, così almeno c'era un buon motivo se non gli piacevo. Allora, che cosa ha fatto? Ti ha palpeggiato? Ha provato a baciarti?»

«Lo sai che non è il tipo.»

Non voglio sentir parlare di Caleb e non voglio sentirmi dire che lui e Maleeka stanno insieme. Mi piaceva un sacco ma lui non mi notava neppure. Si accorgeva di me solo quando lo maltrattavo. Avrei potuto anche essere invisibile, trasparente come l'aria. Ma se mi avesse baciato... Oh, allora non mi avrebbe più dimenticato. Soffrirebbe un sacco per me e la mia assenza.

«Be', cos'ha fatto?» Vado alla finestra, guardo Solomon e mi chiedo se bacia bene.

«Niente. È questo il problema.»

«Oooh, Maleeka è pronta per...»

«Vado alle superiori, Char, e non sono mai stata baciata.»

Ascolto in silenzio. È l'unica del suo gruppo di sette amiche che non l'ha mai fatto, mi dice. Alcune di loro non sono nemmeno più vergini. «Quindi devo farmi baciare. In fretta. E da Caleb.»

«Perché adesso? E perché proprio da lui?»

«Perché ho mentito e ho detto alle ragazze che...»

«Maleeka Madison che ha fatto qualcosa di male, per una volta.» Scoppio a ridere. «E non sono stata io a costringerla.»

«Char, non sto scherzando!»

Le dico che non può baciare un ragazzo solo perché ha mentito e ha detto a qualcuno di averlo già fatto. A Caleb

Maleeka piace, e parecchio. Lo sanno tutti. Se non l'ha ancora baciata avrà i suoi motivi. «Non lasciarti spingere a fare qualcosa di stupido da quelle ragazze.»

Solomon raccoglie le sue robe. Guarda in alto, salutandomi con la mano. Ho cominciato ad appendere una maglietta rossa alla finestra, così sa qual è la mia camera.

Maleeka dice che Caleb non ha mai provato a fare niente, e a lei va bene così perché neanche lei si sentiva pronta a baciarlo.

«Ma allora perché vuoi farlo adesso?»

«Ci sarà una festa. Le ragazze dicono che dovrei invitarlo. Loro hanno tutte un ragazzo, e si baceranno e... Sai com'è.»

Ripenso a quando facevamo il gioco della bottiglia alle feste in prima media. Una volta uno dei maschi si era tolto la maglietta. Un ragazzo che non mi piaceva mi aveva baciato e io gli avevo dato un pugno. Il giorno dopo era venuto a scuola con le labbra gonfie. Le feste delle superiori sono peggio. La prima volta che ci sono andata facevo la seconda media. Maleeka non è pronta per roba del genere.

Cricket è sulle ginocchia e sta cercando di non cadere. Nella sua mente è convinta di saper gattonare. Come Maleeka, pensa di poter fare qualcosa per cui non è ancora il momento. «Non ti ho insegnato niente, ragazza? Continui ad andare dietro agli altri, a fare quello che ti dicono loro?»

«Ma, Char...»

Alzo la voce di proposito. «Smettila di baciare il culo a tutti!»

«Non metterti a gridare con me. Non farlo mai più, se no...»

«Sì. Fallo. Prenditela con la gente, se non ti rispetta.» Inghiotto della saliva. «Io non ti rispettavo. Prima, almeno.»

Non dice niente, ma scommetto che sta facendo di sì con la testa. Ridendo mi dice che forse dovrei dare lezioni su come farsi valere e imparare a non lasciarsi trattare male dai bulli.

Sorrido. Mi chiede come vanno le cose qui. Per la prima volta le dico la verità. «È difficile. Spesso non ho niente da mangiare. La settimana scorsa ho comprato degli aghi di sicurezza e della stoffa per fare dei pannolini.» Li guardo, impilati in un angolo accanto alla porta, lavati e pronti per essere piegati.

«Torna a casa, Char.»

Le racconto delle ragazze che lavorano all'angolo e del mio affitto. «Ho paura che mi cacci via. Ma non l'ha ancora fatto, quindi...»

Lei dice che mi manderà dei soldi, se le do il mio indirizzo. Ha una borsa di studio, adesso, e un conto in banca tutto suo.

«Lo faresti anche tu, per me.»

«No, non lo farei. O almeno non lo avrei fatto, prima.»

«Mi hai aiutato, Char... Mi hai prestato i tuoi vestiti. Senza di quelli...»

«Maleeka? Stai piangendo?»

«Tutti vogliono avere un bell'aspetto e sentirsi carini.» Mi chiede di nuovo l'indirizzo.

Cambio discorso e torno all'argomento iniziale. «E com'è che non vi siete ancora baciati?»

«Credo che sia perché ho paura. E magari è spaventato anche lui.»

«Paura di baciare qualcuno? È come avere paura di respirare, camminare, ridere.» Le dico che io sono nata che sapevo già baciare. Non suona bene, così le dico che sono la ragazza più brava del mondo a baciare e che se le servono delle lezioni sono pronta a dargliele quando torno.

Anche questa non mi è uscita come volevo, ma ci siamo capite.

Ho l'impressione che parliamo da tutto il pomeriggio. Nessuna delle due vuole riattaccare, ma il suo cellulare sta esaurendo il credito. E poi Cricket ha bisogno di fare un bagno, del biberon e di un pigiama pulito, prima di andare a letto.

«Ehi, Char.»
«Sì?»
«Mi piace quello che c'è tra noi, adesso.»
«È perché sei una nerd sdolcinata e patetica» rispondo, ma dentro di me non lo penso davvero. Imparo da lei come se fosse un libro di scuola.
«Ciao.»
«Ehi, di' alle tue amiche che, se non ti lasciano in pace, vengo lì e do un pugno in testa a tutte.»
«Lo farò, Char. E grazie.»
Sollevo Cricket così in fretta che lei quasi rimane senza fiato. Balliamo intorno alla stanza al ritmo della canzone che sto cantando. In un attimo è pronta per la notte, e quando la metto a letto si è già addormentata. Quando mi siedo alla scrivania davanti alla finestra comincio a colorare. La maggior parte delle cose in questa pagina le coloro di nero. A molta gente questo colore non piace. Ma senza il nero che fa da sfondo, le stelle non potrebbero brillare e un appuntamento non è poi così divertente alla luce del giorno. Nella mia mente coloro il mio vecchio quartiere. La macchina parcheggiata all'angolo diventa rosso fuoco. Le ragazze che percorrono la nostra strada diventano argento, giallo canarino, color mango e magenta. Faccio i marciapiedi color cannella, poi spargo glitter ovunque.
Quando vado a letto, accanto a Cricket, chiudo gli occhi e mi vedo a casa, in camera mia, nel mio quartiere. Felice.

3 settembre, ore 13.00

CAPITOLO QUARANTASEI

È colpa di Maleeka. Abbiamo parlato tre giorni di seguito, anche stamattina prima che spuntasse il sole. Lei comincia la scuola domani, in un edificio nuovo di zecca. È il tipo di posto in cui gli studenti ricevono un nuovo portatile e l'abbonamento gratis per l'autobus. In ogni aula non ci sono più di dodici ragazzi. Mi dice che alla mensa hanno uno chef, ma non può essere vero.

Maleeka mi fa venire voglia di tornare a casa e andare a scuola. «Chiama tua sorella» ha detto. «Magari ti prende di nuovo in casa e ti lascia tenere Cricket.» Mi ci sono voluti sei giorni per trovare il coraggio, ma credo che abbia ragione. Non mi rimane altra scelta. Sono rimasta completamente senza soldi e il latte è finito.

«JuJu, sono io, Char.»

«Oh, come se non lo sapessi già.»

«Io...»

«Hai idea di quanto sono stata in pensiero per te?» dice. «Come hai potuto essere così egoista? Quando sei scomparsa ho dovuto inventarmi qualcosa con i nonni per spiegare come mai non sei mai arrivata in Alabama, sennò gli veniva un attacco di cuore.»

Fisso il telefono, tenendolo lontano dal mio orecchio. «Scusa.»

«Hai ancore quella bambina?»

«Sì.»

«Farà bene a sparire prima che io arrivi là, Char. Non mi metterò certo a crescere la figlia di qualcun altro.»

«Be', è proprio per questo che ti ho chiamato. Posso...»

Mi dice di restare in linea. Deve andare a prendere carta e penna. La sento parlare con qualcuno, lamentarsi di me. Quando torna al telefono mi escono dalla bocca queste parole: «Non serve che vieni qui, JuJu. Sto bene».

«Come fai a stare bene, Char? Hai sedici anni, hai mollato la scuola, sei senza casa, con una bambina che non è tua.» Sembra che voglia rinfacciarmi tutto il male che ho fatto da quando i nostri genitori sono morti. «Ha chiamato la tua insegnante per sapere se...»

«La Saunders non è più la mia insegnante.»

«Le ho raccontato tutto. Chiamala, Char. Magari lei riesce a farti ragionare un po'.»

A volte dentro di me è come se scoppiassero dei petardi, delle bombe. Quando le urlo: «Non raccontare gli affari miei alla gente!» mi stupisco che non spuntino delle crepe sulle pareti.

Ho spaventato Cricket. Ora sta piangendo, grida, ma io la ignoro. «E va bene, ho rovinato tutto. Non sono l'unica persona al mondo che ha fatto qualcosa di male!» Mi accuccio accanto al letto. «Sta' zitta, Cricket!» le dico.

«Vedi, te l'ho detto. Non puoi...»

Mi metto a camminare avanti e indietro per la stanza. «Ci sto provando, JuJu! Se fossi qui vedresti che ce la sto mettendo tutta!»

Sembra che non abbia sentito una sola parola di quello che ho detto. «So in quale città sei. Dammi il tuo indirizzo e basta, Char. Vengo lì e...»

«Ho un lavoro. Faccio le pulizie. Lo sai che sono brava a

pulire. È in un hotel, mi hanno dato una camera gratis. Mentre lavoro posso tenere con me la bambina.»

«Sua madre si sta approfittando di te. E magari non è nemmeno l'unica. Non sei dura come credi di essere.» Rimane in silenzio per un bel po', e io faccio lo stesso. «Ma tanto a che serve? Farai comunque quello che vuoi. Come sei messa con i soldi? Posso trasferirtene un po' con un bonifico.»

«Non serve.» Sorrido quando vorrei piangere. «Mi pagano bene. E presto mi daranno un aumento perché pulisco meglio di chiunque altro qui.» Mi siedo alla scrivania e tiro fuori il mio albo per colorare. Cerco di calmarmi.

«Char...»

«Ciao, JuJu.» Riattacco e chiamo Anthony.

Ma a rispondere è la sua segreteria telefonica, non lui. Lo chiamo altre tre volte prima che mi risponda. È fuori città. Mi dice di andare davanti al Fount, manderà il suo autista. Mi vesto e lascio la camera più veloce che posso.

LA COCCA
DI PAPARINO

3 settembre, ore 22.00

CAPITOLO QUARANTASETTE

Appena raggiungo l'auto il finestrino si abbassa. L'autista non sorride né mi saluta. Si sporge verso lo scompartimento dei guanti e tira fuori dei soldi tenuti assieme da uno spesso elastico giallo.

«Trecento ti bastano?»

«Me li dà davvero?»

«Li vuoi o no?»

Guardo l'hotel, poi lui. «Gliel'ha detto lui di...»

«Ha detto che sei una brava ragazza. Che, se ti facevi viva, avrei dovuto aiutarti a mia discrezione.»

«Io... Non... Non so come restituirglieli.»

«Non ha bisogno dei tuoi soldi. Tieni.» Sfila dal mazzo tre biglietti da cento e me li mette in mano.

Raddrizzo la schiena, guardo di nuovo l'hotel. «Ma perché vuole darmi dei soldi?»

«Certe ragazze gli piacciono e basta. E le tratta come figlie. Non ti preoccupare.»

«Non sono preoccupata. So badare a me stessa.» Faccio qualche passo indietro, prima che ci ripensi.

«Tranquilla.» Accende il motore. «Aiuta spesso le ragazze come te.»

Penso ad April. Gli chiedo se Anthony ha dei figli. L'autista mette la freccia. «Sei fortunata. Non si affeziona a tutte.» Poi tira su il finestrino.

Io m'infilo i soldi nella tasca posteriore e lo saluto con la mano mentre l'auto si allontana.

CAPITOLO QUARANTOTTO

Tiro fuori la pianta dal sacchetto blu e la metto sul davanzale. «Come vogliamo chiamarla?» chiedo a Cricket con una risata. «Hickory?» Era il nome del mio bisnonno. «Che ne dici di Fra'? Questo sì che è un bel nome. Come butta, Fra'?» Porto Cricket in cucina e riempio una tazza con l'acqua tiepida. «Adesso sei l'uomo di casa» dico a Fra'. «Se entra qualcuno ci pensi tu.»

Fra' è un cactus. Di quelli con le spine che pungono. L'ho comprato per festeggiare il fatto che abbiamo di nuovo un po' di soldi. Verso l'acqua nella terra secca e dura. Mi avvicino alla scrivania e rileggo la mia lista. *Pagare la camera* era la cosa in cima all'elenco. Non ho ancora saldato del tutto il mio debito, ma il proprietario ha sorriso quando gli ho dato i soldi. *Andare in autobus al supermercato del quartiere elegante della città* era il numero due. Fatto anche questo. Ho comprato sei pacchetti di pop-corn, cento dollari di latte artificiale, quindici vasetti di omogeneizzati, uno scatolone di spaghetti cinesi istantanei per me, soda, dei pastelli nuovi e tre album da colorare. Anche un pacchetto di sigarette. Ho comprato pure un libro di matematica per la seconda media. Se lo sapesse la Saunders si metterebbe a ridere, e anche JuJu. A scuola non ho mai letto niente, né fatto i compiti per casa.

Ma adesso che passo così tanto tempo da sola e mi annoio, ho cominciato a fare delle cose che normalmente non farei. E poi Maleeka ha detto che mi aiuterà, se mi ci metto.

Mi siedo per terra con Cricket e svuoto un altro sacchetto. «Questi sono libri. Per te. Sono come medicine. Ti fanno bene. Solo che alla maggior parte dei ragazzini il loro gusto non piace. Ora fa' la brava, che sto leggendo.» Cricket cade in avanti e si mette a piangere, ma smette quando capisce che non otterrà niente da me. *Buonanotte Luna*, comincio con questo. Lo leggo lentamente, facendo voci diverse, come faceva mamma con me. Mi fermo e chiedo scusa a Cricket per come sono andate le cose negli ultimi mesi. Quando le prometto che non succederà di nuovo, so che non le sto dicendo esattamente la verità. Ma adesso che c'è Anthony, forse le cose non saranno più così difficili come prima.

CAPITOLO QUARANTANOVE

Vedo Solomon che vende acqua nella sua isola spartitraffico, così vado a trovarlo. Per la prima volta da un bel pezzo non devo preoccuparmi di nulla. Mi sono fatta fare le unghie dall'estetista e ho messo lo smalto. Solomon ha la fronte sudata e gli puzzano le ascelle. Il sudore gli gocciola anche giù dal mento e quasi mi cade addosso, ma lui nemmeno se ne accorge. E comunque preferisce Cricket. La prende in braccio e si rimette al lavoro.

Guardo i libri accanto alla sua sedia e mi metto a ridere. *Giurisprudenza per principianti* e *Come assumere un buon avvocato*. «Qualcuno è nei guai» dico, sedendomi. Prendo una bottiglia dalla sua borsa frigo e la apro. Ora che ho soldi non ho problemi a pagarlo. Quando Solomon torna da me ho un dollaro in mano.

«Sono venuta a chiederti un favore» gli dico. «Mi aiuteresti a spostare dei mobili? Devono svuotare un condominio dietro l'angolo. Me l'ha detto il proprietario del motel. Metteranno i mobili sulla strada. Roba buona.»

Stavolta mi fa pagare in anticipo. Venti dollari. Dice che potrebbe essere anche di più, dipende da quanta fatica dovrà fare. Oggi mi sento splendida, la padrona del mondo, quindi gli do quello che mi ha chiesto più altri cinque dollari. Dopo che abbiamo portato in camera i mobili – un divano, uno specchio, una lampada a stelo, un forno a microonde con un'ammaccatura sul fianco – Solomon mi ricorda qualcosa che mi aveva detto qualche giorno fa. Anche l'asilo dall'altra parte della strada dà via un sacco di roba. Io ho già comprato a Cricket cinque nuovi completi, delle scarpe e degli altri libri al negozio tutto a un dollaro. Ma magari qualcos'altro le farebbe comodo.

«Continua a dormire» le dico prima di uscire. «Se piangi scoprono che ti ho lasciato da sola. E se lo scoprono e ti trovano, ti portano via da me e ti danno in affidamento.» Quando sono sulla porta le faccio una promessa: «Questa è davvero l'ultima volta che ti lascio da sola. Lo so che è sbagliato».

Sono le cinque e mezza del mattino. Fuori è ancora buio. Le ragazze smettono adesso di lavorare. Scalciano via le scarpe e si tolgono le parrucche mentre camminano per strada, in coppia o da sole. Alcune hanno la mia età. Tra di loro c'è anche qualche ragazzo. Un'auto ne abborda uno. Quello monta su e la macchina si allontana. Immagino che il lavoro non manchi mai.

Incrocio Gemini in mezzo alla strada. Non mi chiede dove sto andando, mi dice solo di stare attenta. Capisco dai suoi occhi arrossati e stanchi che non ha tempo per me. Ma poi aggiunge: «Sarò fuori città una settimana o due, forse anche tre». Ha del cibo, non vuole lasciarlo marcire, e lo darà a me, mi dice abbracciandomi stretta. «Ma devi venire a prenderlo.»

Mi allontano camminando all'indietro, felice, e le dico che ho tutto quello che mi serve.

L'asilo ha le sbarre alle finestre, ma nessun recinto per tenere la gente fuori dalla proprietà. I riflettori fanno così tanta luce che sembra giorno, qui. Per un po' gioco da sola alla campana saltando sull'asfalto. Un giro solo, comunque. Poi mi siedo sull'altalena sul retro, guardo le stelle e nella mia mente coloro tutto quello che vedo.

Dopo mezz'ora salto giù e vado a cercare il bidone. Sull'esterno è scritto con un pennarello giallo ROBA GRATIS. «Che stupida la gente!» dico prendendo un sonaglio rosa. «Gettano via roba ancora buona per comprare cose nuove che poi butteranno.» Trovo un giocattolo parlante. «B» dice quando premo la lettera. «F» grida quando schiaccio il bottone rosso con quella forma. Mi siedo per terra e comincio ad ammucchiare le mie cose.

La maggior parte dei giocattoli sono sporchi, ma sempre meglio che rotti o a pezzi. Frugando in fondo al barile trovo un mazzo di chiavi di plastica per bambini in buone condizioni. Se le metterà in bocca, le userà per darmele in testa e si divertirà a scuoterle. Quando vedo un pacco di pannolini della taglia di Cricket mi metto a ballare per la felicità. Dentro ce ne sono quattro. Ben presto a terra si forma un mucchio con le cose che voglio e uno con quelle che non mi servono.

Non mi accorgo che qualcuno si avvicina alle mie spalle, ma quando sento «Ehi!» salto in aria per lo spavento, pronta a colpire qualcuno sulla testa con il telefono di plastica che ho in mano.

Sono tre donne, due in uniforme. «Per poco non vi colpivo!» esclamo. Poi getto il telefono nel bidone.

Le due infermiere lavorano al centro medico a un chilometro e mezzo di distanza, dicono. La terza donna gestisce un programma per ragazze madri adolescenti. «Alla scuola a dieci isolati da qui.» Viene verso di me sorridendo e mi porge la mano. «Questo contenitore ci permette di risparmiare un po' di soldi.»

Mi pulisco la mano sul fianco dei pantaloni e la stringo a tutte e tre. «Potete chiamarmi Char. Ho una bambina piccola. Qualcuno mi ha parlato di questo posto.»

Mi raccontano che l'uomo delle pulizie mette le cose nel bidone alla fine del suo turno. A quest'ora del mattino si trova la roba migliore. Io ho già le mani piene di cose. Mi chiedono quanto ha la mia bambina. «Cinque mesi» rispondo. La maestra s'informa sui vaccini.

«Vaccini? Vuol dire le iniezioni?»

«Sì, la bambina è a posto con gli ultimi?»

«Certo, sono una buona madre, io.»

Dice che al suo centro hanno un'infermiera. «Non facciamo pagare per le vaccinazioni, ma devi essere parte del programma. Pensaci. Puoi anche tornare a frequentare la scuola e tutto il resto.»

Come fa a sapere che ho mollato la scuola?

La donna fruga nel bidone. «Prendi anche questi, tesoro.» Mi dà dei vestiti che secondo lei dovrebbero andare bene a Cricket. «Perché pagare soldi guadagnati con fatica per cose che puoi avere gratis?» Poi mi raccomanda di fare attenzione, qui fuori.

Sorrido e le dico che sono abituata a badare a me stessa.

Mentre attraverso la strada con le braccia piene di roba mi chiedo cosa penserebbe di me JuJu. Mi sto comportando da persona responsabile, proprio come voleva lei. Vorrei che fosse qui e potesse vedermi.

15 settembre, ore 10.00

CAPITOLO CINQUANTA

Lui mi ha chiamato dal Messico per sapere come stavo.

Per fortuna, perché i soldi sono finiti.

CAPITOLO CINQUANTUNO

«Stai bene? Mangi abbastanza? Vai a letto presto?»

Sorrido e mi sdraio sulla pancia. «Sì, Anthony.»

«Bene. Non vorrei che ti capitasse qualcosa...»

«Non mi capiterà niente di male. Promesso.»

«Lo so. Perché io non lo permetterò. Capito?»

«Capito.»

«Allora, dimmi la verità: sei di nuovo al verde, vero?»

Gli dico la verità.

«Non dirmi mai bugie. Non fidarti mai di un bugiardo e non dargli mai le spalle. Capito?»

«Capito.»

«Bene. Adesso torna a dormire. Sogni d'oro.»

«Sì, Anthony.»

Ha solo una regola, mi ha detto ieri. Vuole che gli risponda: «Sì, Anthony» o «No, Anthony». Non roba tipo «già», «okay» o «a-ah». Dice che è un linguaggio da bassifondi, adatto a gente che non sa cos'è il rispetto. Non mi costa niente accontentarlo. È stato così buono con me.

Appena mi sveglio mi vesto e vado a prendere i soldi. A Cricket tocca stare con Solomon per un po'.

«Dove vai?» mi chiede lui.

Gli dico una bugia. Mento anche a Maleeka quando vuole

sapere come mai non rispondevo al telefono. «L'avevo dimenticato in un negozio. Alla fine ieri sono riuscita a capire dov'era e stamattina sono andata a riprenderlo.» La verità è che non riesco a concentrarmi sulla matematica se devo pensare ai soldi, al mangiare e a tutto il resto. E quando ho un po' di soldi mi sento meglio. Più intelligente.

Maleeka saluta dicendomi che deve andare all'ora di educazione fisica. La palestra della sua scuola è fornita di cyclette, tappeti elastici e di tutto il resto. Dice che vorrebbe entrare nella squadra di atletica, ma che l'allenatore di basket sta insistendo per reclutarla.

Quando giro l'angolo vedo la fontana dell'hotel con i suoi getti d'acqua. Mi massaggio le braccia perché fa un po' freddo, oggi. «Non ti sento più parlare di Sweets» le dico, fermandomi al semaforo all'angolo. Premo il pulsante per chiamare il verde. Lei mi dice che con Sweets non ci parla più.

«Alle superiori è tutto così diverso, Char. Gli insegnanti. I ragazzi. I gruppi.» Poi lo diciamo assieme. «Quanto mi manca la McClenton.» Rido, e dopo un attimo lei si unisce a me.

«Be', adesso devo andare al lavoro.»

«Hai trovato un lavoro?»

«Certo che sì.»

Attraverso la strada, guardando da tutte e due le parti. Quando un vecchio mi chiede come mi chiamo alzo gli occhi al cielo.

«Maleeka.»

«Sì?»

«Dimmi cosa vedi. I colori e tutto.»

Vado verso la sua auto.

«Se "pulito" fosse un colore,» dice «allora avrebbe l'aspetto della Cottingham High. Pareti bianche, armadietti celesti e pavimenti lucidi e nuovissimi di legno chiaro in tutto l'edificio.

Ci sono alberi vivi a ogni piano, Char. Ci credi? E dappertutto c'è odore di limone.»

Sembra il tipo di scuola che si vede nei film. Completamente diversa dalla McClenton, con i suoi bagni senza porte e le gomme da masticare appiccicate al soffitto.

«Certo che tu sei proprio fortunata!»

«Ehi, non dimenticarti di fare i compiti!»

L'auto è pulita e lucidata di fresco. Nei parafanghi e sul cofano ci sono ancora delle goccioline d'acqua. «Devo andare.» Metto via il telefono. Faccio un sorriso, cerco di mostrarmi carina. E cerco di non dimenticarmi quello che mi ha detto Maleeka sulle virgole. Si è messa in testa che oltre alla matematica devo fare anche altri compiti. «Scrivi cinque frasi usando due virgole in tre modi diversi» mi ha detto. Non ho capito cosa voleva dire finché non me l'ha spiegato. Ancora non mi ricordo tutto quello che mi ha detto sulle congiunzioni e l'uso di "benché", "seppure", "malgrado". Quando sono davanti al finestrino, mi viene in mente una frase: *Sebbene Anthony non sia mio padre, io gli voglio bene lo stesso*. Sono fiera di come ho usato la congiunzione, anche se non posso dirlo a Maleeka.

Devo ripagarlo in qualche modo. Non posso continuare solo a prendere e prendere. Potrei fare le pulizie a casa sua: dare una bella pulita al pavimento, lavare a mano le finestre, fare i piatti, tutto quello che vuole. Ma non accetta nessun tipo di aiuto. E non rivuole nemmeno indietro i soldi che mi ha dato.

«Accettali, piccola. Sono contento di aiutarti. Senza condizioni.»

«È quello che dici anche ad April?»

Mi dice che io sono diversa. Che sono sveglia. Solo lui e Maleeka mi hanno detto una cosa del genere. E le sue parole sono come miele, o come il tepore del sole sulla pelle. Mi viene da ridere perché mi scopro a pensare parole che fino a poco tempo fa non avrei mai usato. Colorare mi sta cambiando dentro e fuori. Com'è possibile che una cosa così semplice abbia un impatto così grande? Non so spiegarmelo, ma mi piace. E mi piace anche parlare tanto con Maleeka, adesso.

«Hai una bambina, vero?» mi chiede Anthony.

Non so bene cosa dire ma non voglio mettere April nei guai, così mento e gli dico che Cricket è mia. E poi invento tutta una storia su me e lei. Potrebbe anche essere vera. Una volta che cominci a dire bugie tanto vale arrivare fino in fondo.

«Be', vedi? Io do una mano a te e tu dai una mano a me.»

«Sì, Anthony. Tutto quello che vuoi.»

Di solito le nostre conversazioni terminano in fretta, più veloci di un topolino che attraversa la cucina. Ma oggi sembra che Anthony abbia a disposizione tutto il tempo del mondo. Io sto colorando, seduta alla mia scrivania con una gamba sotto il sedere. Cricket è per terra, sdraiata di schiena, e si aggrappa a un pendolo che le ho comprato al negozio tutto a un dollaro, cercando di tirarsi su.

«Anthony?»

«Sì?»

«Ma tu hai studiato all'università? Parli molto bene e sembri una persona educata.»

Lui risponde di aver fatto le professionali e di aver poi frequentato l'università qui in città. Ma quando sua madre si è ammalata ha dovuto mollare. «Avevamo un'impresa di famiglia. E quando lei è morta ho dovuto prendere il suo posto.» Sembra deluso, come se si fosse pentito di averlo fatto. Gli chiedo che tipo di azienda sia, ma lui non risponde.

30 Settembre, ore 6.13

CAPITOLO CINQUANTADUE

«Vuoi dire ciao a Cricket?» Ogni tanto riconosce la voce di Maleeka, e dal modo in cui reagisce quando avvicino il telefono al suo orecchio, oggi è una di quelle volte. Qualsiasi cosa le abbia detto, Cricket scalcia, sorride e si mette a ridere. Riprendo il telefono. «Come sta Caleb?»

A volte sembra che non voglia parlarmi di lui. A scuola la trattavo male apposta, quando Caleb era presente, facevo la prepotente sperando che lui smettesse di andarle dietro e si mettesse con me.

«Guarda che Caleb non mi piace più, Maleeka. Non mi dà fastidio se stai con lui» le dico. E lo penso davvero.

Questo fine settimana la porterà al cinema. L'altro giorno le ha comprato dei fiori, delle margherite. Così, senza una ragione. Maleeka le ha trovate in un vaso con dell'acqua, davanti al portico, quando è rientrata a casa. «Vorrei tanto che frequentassimo la stessa scuola» dice.

La Cottingham High è una scuola privata, supportata dalla contea, confinante con il nostro quartiere. Secondo Maleeka la frequentano i migliori studenti di colore di tutta la città. Per iscriverti devi fare un test d'ingresso. Caleb non va alla Cottingham, ma non perché non è abbastanza intelligente. Frequenta una scuola del quartiere, la HR High. Maleeka dice che si è candidato come rappresentante degli studenti. Non mi stupisce. Una volta ero brava a scuola, alle elementari ho perfino saltato un anno. Poi, però, ho ripetuto così tante volte la seconda media che alla fine mi hanno promosso per stanchezza. Il primo giorno nella nuova classe ho tirato un pugno a uno per farmi sospendere: se non ero riuscita a superare la seconda, cosa gli faceva pensare che la terza sarebbe stata più facile, per me?

Termino in fretta la conversazione con Maleeka perché mi sta chiamando lui. Quando rispondo ho le mani sudate e il cuore che mi batte forte. «Anthony?»

«Come sta la mia piccola?»

«Grazie per i pannolini e per il latte artificiale.» Me li aveva fatti lasciare alla porta di servizio. Sono corsa giù dopo che il suo autista mi ha chiamato. «Quand'è che posso vederti?»

Riattacca.

Devo richiamarlo? E se è arrabbiato? Magari ho detto o fatto qualcosa di sbagliato. «Stupida!» mi dico ad alta voce. «Non l'hai ringraziato nel modo giusto.»

Resto seduta alla mia scrivania, stringendomi le ginocchia al petto e cercando di non piangere.

CAPITOLO CINQUANTATRÉ

Anthony resta fuori città per due settimane. L'avrò chiamato un centinaio di volte, ma non mi ha mai risposto. «Mi sei mancato...» gli dico quando torna da me. «Non puoi portarci con te, la prossima volta?» Guardo Cricket. «Lei è molto brava.» Forse non mi ha sentito, perché non risponde alla domanda. «So che hai bisogno di farti le unghie e i capelli» dice invece. «Ho un'amica che lavora in un salone di bellezza.»

Mi scrivo l'indirizzo, pensando a Maleeka. Quella scuola non le lascia nemmeno un po' di tempo per divertirsi. La settimana scorsa doveva studiare tutto il tempo e fare un mucchio di compiti in classe, così non abbiamo parlato molto al telefono. Mi ha dato degli esercizi da fare, prima di sparire, ma non li ho fatti. Non ho nemmeno colorato. Per lo più ho pensato ad Anthony e a che cosa avevo sbagliato. JuJu dice che rovino sempre tutto. Voglio essere una persona migliore. Devo esserlo, questa volta.

La voce di Anthony sembra una carezza, vellutata e calda come uno scotch da sessanta dollari a bottiglia. «Quando arrivi lì, chiedi di Lilly. E dille di metterti sul mio conto.» È un tale signore. Mi chiede il permesso di parlare di come mi vesto. «Senza offesa» dice. «Ma qualche vestito nuovo potrebbe farti comodo. Qualcosa che metta in risalto la tua figura, quanto sei matura e sofisticata.» Prima che io apra la bocca, aggiunge: «Te lo dico come un padre, come se fossi il tuo paparino, il tuo Daddy».

«Grazie, Anthony.» È così buono con me, mi lascia senza parole.

Conosce una donna asiatica in un altro negozio non lontano dal salone delle unghie. Pagherà per farmi fare i capelli. «Chi si prenderebbe cura di te, Char, se non ci fossi io?»

«Nessuno, Anthony. Nessuno.»

Penso a Maleeka che mi chiama solo quando vuole, a mia sorella che è ancora arrabbiata con me, alla Saunders a cui non è mai davvero importato niente di me. Cullo Cricket tra le braccia e le sussurro all'orecchio: «Non posso fare tutto da sola. Ho bisogno di un adulto che mi aiuti. Anthony è disposto a farlo. Ci sono persone peggiori, al mondo».

10 ottobre, ore 1.00

CAPITOLO CINQUANTAQUATTRO

Quando ci vediamo, davanti al mio motel, indossa una giacca blu, pantaloni neri e la cravatta. Mi aspetta fuori dalla sua auto. «Ecco» dice, prendendo una busta dalla tasca interna della giacca e porgendomela. «Chiedi di Carolina.»

La apro. «Il Fount! Mi hai trovato un lavoro al Fount!» Lo abbraccio. «Non sai nemmeno quanto ne avessi bisogno!»

«Queste cose il tuo Daddy le sa. Sempre.»

Apre lo sportello posteriore e, quando sono all'interno dell'automobile, mi mette la cintura. Si siede davanti, poi mi dice che suo fratello lavora al Fount come responsabile del personale. «Gli piace assumere la gente del quartiere, così i soldi restano nella comunità. Il prossimo fine settimana ci sarà una grande festa e hanno bisogno di una mano in più.» Si volta verso di me e mi strizza l'occhio. «Gli ho detto che saresti perfetta.»

Gli chiedo come mai non mi ha mai parlato di suo fratello, ma non mi risponde. Magari è come JuJu. «Non avere fretta di dire alla gente tutto quello che sai» diceva.

«Ti va di fare colazione?»

«Sì, Anthony.»

«Jerome, sai dove andare.»

Mi sento come Cenerentola. Ho un vestito rosa confetto

con dei brillantini. I capelli mi arrivano alle spalle e ondeggiano seguendo il movimento dell'automobile. Il rossetto nero e un sacco di trucco mi fanno sembrare più grande. Perfino l'autista mi ha fatto i complimenti. Anthony, però, non mi ha detto niente, quindi non sono sicura di piacergli, così; la prossima volta gli chiederò dei consigli, prima di farmi truccare.

Non ho mai mangiato in un ristorante con una tovaglia vera. Prima che mi sieda, Anthony mi sposta la sedia. Poi prende posto davanti a me, non accanto. Fa schioccare nell'aria il tovagliolo bianco come un mago e me lo sistema sulle ginocchia. All'inizio penso che voglia coprirmi le gambe perché il vestito è troppo corto, ma lui mi spiega che è una questione di etichetta. Scommetto che Maleeka sa cos'è. Anthony mi spiega cosa significa. «Come fai a sapere così tante cose?» gli chiedo.

Ha sempre voluto il meglio dalla vita, mi dice. «Del buon vino, un ottimo posto dove mangiare, soldi in banca, una villa in un bel quartiere. Una vita agiata, senza problemi. Ricordatelo, Char. Se non lavori sodo e non fai attenzione ai tuoi soldi, morirai povera.»

Gli faccio un grande sorriso. «Me lo ricorderò.»

«Bene.» Lui mi accarezza una mano.

Leggo il menu e ordino tutto: uova strapazzate e pancetta, toast alla francese con zucchero a velo, pancake con i mirtilli, patate fritte fatte in casa e acqua frizzante. Anthony ha detto che posso.

Quando mi chiede il nome di mio padre ho la bocca piena. Mando giù e lo dico per la prima volta dopo tanti anni. «Nate. Nathaniel Hunter Jones.»

«Nate ti ha cresciuta bene.» Quando indica la sua tazza un cameriere viene a riempirla di caffè. «E di sicuro vorrebbe che ci fosse qualcuno a occuparsi di te, a proteggerti.»

«Mi manca. Nessuno può capire quanto mi manca mio padre.»

«Io sì.»

Mi metto in bocca un'altra forchettata di uova, ma non ho più molta fame. Anthony mi sistema un ricciolo dietro l'orecchio. «Qual era il soprannome con cui ti chiamava?»

«Come fai a sapere che usava un soprannome?»

Fa scorrere verso di me la sua tazza fumante. «Scommetto che il caffè ti piacerà se lo provi.» Lo faccio per lui. È amaro, e non mi piace. Immagino che dall'espressione della mia faccia si capisca perché Anthony ci versa dentro un sacco di zucchero e di panna. Ne bevo un altro sorso, poi lo finisco tutto. Anthony mi pulisce delle gocce di caffè dal labbro inferiore, poi lecca il cucchiaino. «Allora? Com'è che ti chiamava?»

«Charlie. Era l'unico a chiamarmi così.»

«Charlie. Magari posso chiamarti anch'io così.»

«Mi ricorderesti mio padre. Una volta pensavo sempre a lui. Fino a quando non è diventato troppo doloroso.»

«Va bene. Allora non ti chiamerò Charlie. A meno che tu non lo voglia.»

«Grazie.» Taglio i miei pancake, ci verso sopra dello sciroppo caldo, porto la forchetta alla bocca e mangio.

«Tu puoi chiamarmi Daddy se vuoi. In fondo sono un po' un padre, per te.»

«No, di papà ne ho uno solo.»

Mi copre di nuovo la mano con la sua, premendola forte. «No, grazie. Anthony» dice.

«Era quello che volevo dire. Ahi! No... grazie. Anthony.»

Mi sorride, poi fa schioccare le dita. Il cameriere porta il conto.

«Sessantacinque dollari per questo?!?» non riesco a trattenermi.

Non risponde. Non mi lascia nemmeno finire quello che ho sul piatto. Si alza. Mi aiuta con la sedia, poi esce dal locale camminando davanti a me. Durante il viaggio di ritorno non mi dice nemmeno una parola, anche se cerco di parlare con lui.

Appena sono in camera lo richiamo per scusarmi, ma non risponde. Passo la notte a chiedermi dove ho sbagliato, cosa ho fatto di male. Alle cinque di mattina gli lascio un altro messaggio. «Daddy, prometto che non ti farò arrabbiare mai più.»

Stavolta mi risponde. «Sei la mia bambina, Char?»

«Sì, Daddy. Grazie, Daddy.»

E, già che ci sono, gli dico che può chiamarmi Charlie.

CAPITOLO CINQUANTACINQUE

«Maleeka.»

«Dimmi, Char.»

«Se ti dico qualcosa di strano mi prenderai in giro?»

«No.»

Le racconto di Anthony. «Vuole che lo chiami Daddy.»

«Che viscido!»

«Non è come pensi!»

«Sì, invece. E lo sai anche tu.»

Cerco di farle capire. «È solo qualcuno che si prende cura di me, mi dà dei soldi quando ne ho bisogno e paga i miei conti.» Quando lo dico a voce alta sembra sbagliato anche a me. Quindi non mi stupisco che Maleeka non voglia sentirne parlare.

«Devo andare» mi dice. Domani mattina presto ha le qualificazioni per la squadra di ginnastica.

«Buona fortuna.»

«Anche a te» dice, poi chiude la telefonata.

Ma non per molto. Mi richiama dopo dieci minuti.

È quell'ora in cui fuori è ancora chiaro eppure già buio. Tra poco devo uscire per fare a Anthony il favore che gli ho promesso. Ora mi rendo conto che a Maleeka non posso raccontare tutto, nemmeno che stasera lavorerò per il fratello di

Anthony. Troverebbe qualcosa da criticare anche su quello. Perché adesso è una di *quelle* ragazze, il tipo di ragazza con una borsa di studio per una scuola di prestigio, un ragazzo carino che non la palpeggia e una madre che l'aspetta a casa e che le vuole bene. Io posso contare solo su me stessa.

M'infilo le scarpe con i tacchi e le dico che fra poco devo andare.

«Ascolta, Char,» dice con voce gentile «se quello ti fa qualcosa che non ti va, chiamami. Chiama qualcuno.» Sua madre non guida la macchina ma lei troverà lo stesso il modo di venire a prendermi, dice.

È la cosa più gentile che mi abbia mai detto una ragazza.

«Cos'è? Sei la mia sorella maggiore, adesso?» le chiedo.

Mi racconta di quei tipi che una volta l'hanno seguita da casa mia. Le avevano messo le mani addosso, avevano cercato di baciarla, e avrebbero voluto fare di peggio. Mi racconta che ogni tanto li sogna. «Io riesco sempre a scappare, ma altre ragazze sono meno fortunate.»

Vado alla finestra. «Ti manca mai tuo padre, Maleeka?»

«Tutti i giorni.»

«Anche a me. E...» Quasi le dico che Anthony mi ricorda papà. Ho bisogno di un padre, di qualcuno che si prenda cura di me. Quello che Anthony mi ha chiesto di fare è una cosa da nulla in fondo. E lui non permetterà che mi succeda niente di male.

«È tardi. È ora di andare a letto.» Maleeka parla come mia madre o JuJu.

Ci mettiamo a ridere tutte e due. «Okay, sorella.»

«Già. Char, ascolta la tua sorella maggiore. Tra noi due io sono la più responsabile e matura.» Dovrebbe essere una battuta. Vorrei dirle che non è divertente, ma ho altre cose da fare. Andare a lavorare, per esempio.

Apro la finestra, caccio fuori la testa e urlo a Solomon di

riportare Cricket in camera. Voglio baciarla prima di andare via. Stanotte le farà lui da babysitter. Abbiamo fatto un patto: Cricket rimane con lui e Solomon si tiene tutti i soldi extra che farà grazie a lei.

«Non entrare dalla porta principale» mi ha detto Anthony. «Gli impiegati che lavorano in nero usano quella di servizio, sul retro.»

Nessuno mi aveva mai dato dell'impiegata fino a ora.

Quando passo davanti alla fontana del Fount il vento mi soffia l'acqua nei capelli. Dei vecchi mi fischiano dietro. Qualcuno caccia fuori la lingua. È stato Anthony a scegliere i vestiti che dovevo mettermi: pantaloncini cortissimi, rosso sangue, con tacchi altissimi dello stesso colore, e una maglietta senza maniche, scollata sulla schiena. La temperatura si è abbassata e quindi adesso sento freddo e ho i brividi, ma me ne vado in giro come se fosse estate, come se facesse caldo e io camminassi sulla sabbia con le scarpe in mano. Per tutto il tragitto ripenso a una ragazza che lungo la strada mi ha riso in faccia e poi mi ha fatto una foto. Quelle come lei vorrebbero essere come me, ma hanno troppa paura. Tutto qui.

Mi sono tolta le scarpe perché sono in ritardo. Attraverso in fretta il parcheggio e corro lungo siepi di cespugli verdi con bacche rosse e file di fiori bianchi che profumano l'aria. Uomini sui venti e sui trenta se ne stanno lì a bere birra e mi fissano mentre li supero. Un tipo mi chiede quanto voglio. Quando arrivo sul retro dell'hotel si accende un riflettore. Suono a una porta metallica grigia e sporca e mi guardo alle spalle.

Anthony mi ha detto di chiedere di Carolina. «Non di tuo fratello?» gli avevo chiesto. «Dimmi lo stesso come si chiama, in caso Carolina mi faccia arrabbiare.»

«Sarebbe poco rispettoso, se facessi una cosa del genere. Mi rovineresti la reputazione.» Mi sfiora la guancia con il dorso della mano. «Non vorresti fare una cosa del genere a Daddy, vero?»

«No... Anthony. Voglio dire, Daddy.»

Mi ha baciato sulla fronte. Ha detto che sa che mio padre, lassù in cielo, è contento che un uomo si sta prendendo cura di me. Era da un sacco di tempo che volevo un padre. Solo che non puoi dire a nessuno una cosa del genere. Tua madre e tuo padre muoiono e la gente si dimentica in fretta di loro. Anthony non è perfetto, lo so, ma è qui e si preoccupa che io e Cricket abbiamo sempre da mangiare e che non viviamo in un vicolo o in mezzo alla strada. Non è quello che farebbe un padre?

Mentre aspetto frugo nella mia borsa, poi mi ripasso il rossetto e mastico una gomma alla menta. Urto le dita contro il cacciavite Phillips che mi sono portata dietro. Sono pagata, quindi gli uomini della festa potranno guardarmi e dirmi quello che vogliono, ma se mi toccano lo userò per difendermi. Non m'interessa cosa pensa Anthony.

Sento il rumore della serratura che si apre. Ho bisogno di usare tutte e due le mani per aprire. Dentro è buio. Rimango davanti alla porta per dare ai miei occhi il tempo di abituarsi, poi avanzo lentamente. Vedo dei cassoni della spazzatura allineati lungo un lato del corridoio e scatoloni impilati fino al soffitto dall'altro. Mi tappo il naso per la puzza. «Miss Carolina? Miss Carolina, sono io, Char. Cioè, Charlie.» Guardo da tutte le parti, poi la chiamo di nuovo. Imbocco un altro corridoio, come se sapessi dove andare.

Lei spunta come un pipistrello alle mie spalle, furibonda. «Che hai da urlare tanto?»

CAPITOLO CINQUANTASEI

Carolina porta una gonna rossa aderente e scarpe con la suola dello stesso colore. Ha i capelli rosso fuoco, lisci e lucenti, raccolti dietro al collo. Le unghie non sono smaltate, ma curate e tagliate corte. Non ha molti gioielli addosso, solo una catenina d'oro e degli orecchini a lobo. Ha l'aspetto di una persona importante, sembra fuori posto in quest'area del Fount, con le macchie sui tappeti e le pareti che non si sono dati la briga di ridipingere.

Supera il montacarichi, le scale, una lavatrice con asciugabiancheria, un distributore che vende dei preservativi rosa e viola. Mentre scrive su un foglietto di carta, spuntando cose da una lista, mi dice che non devo preoccuparmi di comperare i preservativi perché quelli me li danno loro.

Mi fermo di colpo. «Eh? Un momento, che cosa?»

«È necessario» mi dice. Gli uomini sono dei porci disgustosi. Parole sue, non mie. «Se ti becchi un'infezione noi ci perdiamo.»

La supero, mettendomi davanti a lei e guardandola bene. Le dico che ci dev'essere un errore, che deve avermi confuso con qualcun altro. «Io sono Char.» Tengo le mani sui fianchi e la schiena dritta. «Charlese. Mi hanno detto che devo lavorare al bar, preparare i cocktail. Io non...» Guardo il distributore. «Non faccio queste cose.»

«Devo chiamare Anthony?» risponde lei rimettendosi a camminare.

Cerco di starle dietro e di spiegarle. «No... no, signora. Ma Anthony mi ha detto: "Io gli sto facendo un favore. Una ragazza non si è presentata". E io devo servire da bere. È tutto quello che mi ha chiesto, non so nient'altro. Mi ha preso per un'altra.»

Svoltiamo in un altro corridoio illuminato da due lampadine spoglie. In questo piano ci sono più o meno quaranta camere e un odore... Disgustoso. Sento dei rumori venire da dietro le porte, uomini che fanno suoni animali.

Un sotterraneo, ecco che cosa mi ricorda questo posto. Di quelli che stanno sottoterra, nei castelli. Ne ho visti in un album da colorare che mi aveva regalato Mr. Bobbie. Io ci ho disegnato coccodrilli e serpenti e ho fatto l'acqua di un nero così nero che sembrava ci vivesse dentro il diavolo. JuJu ha detto che non era uno dei miei lavori migliori.

Mi volto e comincio a scappare nell'altra direzione. Chissà, forse Carolina corre i quattrocento metri come JuJu, perché quando mi raggiunge indossa ancora i tacchi e non ha nemmeno il fiatone. Tutto d'un tratto tira fuori una pistola.

JuJu diceva che non so mai quando stare zitta. Stavolta tengo la bocca chiusa e gli occhi bene aperti. Cerco di ricordare tutti i numeri delle camere che vedo e tutte le persone che incontriamo. Alcuni lavorano qui, indossano delle uniformi. Svuotano i cestini dell'immondizia, spingono carrelli, ascoltano la musica con le cuffie. Tutti fanno finta di non vedermi.

Carolina infila la chiave nella serratura e, quando siamo dentro, chiude la porta con la sicura. La camera 387 ha un letto a due piazze, un divano letto, un televisore a schermo piatto e dei tappeti arancioni che andavano di moda tanti anni fa. Io mi appoggio contro la porta. Lei mette via le sue cose e mi dice di sedermi.

«Io... Io so fare il rum & cola, o il gin con il vermouth... e... ehm...» Non mi viene in mente nient'altro.

Questa camera è per lei, Anthony e l'autista, mi dice. Se mi sento in pericolo nella stanza accanto, busso due volte sul muro. «Dammi la tua borsa e il tuo telefono.» Sporge la mano.

«No. Ho una bambina. Se sta male...»

«Glielo dico sempre, io. Niente ragazzine con figli! Ma lui... lasciamo perdere.» Borbotta qualcosa sulla famiglia.

Alza gli occhi al cielo, prende la mia borsa e controlla il mio telefono. Mi chiede che social frequento. Non capisco perché lo vuole sapere, ma glielo dico lo stesso. Poi mi dice di fare tutto quello che chiede il cliente. Penso ai versi che ho sentito in corridoio, agli uomini nel parcheggio, e all'improvviso devo correre in bagno a vomitare. Due volte.

Carolina è brava a spuntarti accanto senza farsi sentire. Quando parla mi sussurra all'orecchio come se qualcuno potesse sentirci. «Fallo di nuovo e lo dico ad Anthony. Tu gli piaci... Dice che sei la ragazza più sveglia e carina che conosce.»

Mi rialzo, con della saliva acida che mi cola sul mento. «No, per favore, non farlo» le dico. Apro il rubinetto, mi spruzzo dell'acqua sulla faccia e in bocca.

Carolina apre l'armadietto, prende il dentifricio e lo spreme sullo spazzolino. «Tieni. E smettila di frignare. Le ragazze come noi...»

«Come noi?»

«Ho incominciato dal basso, io, a tredici anni. Poi ho fatto strada. Adesso ho una Mercedes e un figlio che frequenta una scuola cattolica. Non vuoi anche tu delle cose belle?»

Sì, che le voglio.

La sua faccia è così vicina alla mia che vedo la colla delle sue ciglia finte. «Sarai pagata. Dovresti essere contenta.»

«Sono vergine.»

Sorride. «Una cosa giusta Anthony l'ha fatta» dice.

Mi guarda mentre mi lavo i denti. Quando ho finito la seguo nella camera. Si siede davanti a un computer sulla scrivania alla parete opposta. Faccio scorrere gli occhi dalla catena sulla porta alla finestra, alla terrazza, a lei. «Anthony dice che per lui sono come una figlia.»

«Anthony è un uomo d'affari. Tutto quello che gli interessa è fare soldi.»

«Ma...»

Si avvicina di nuovo. Ora che è in piedi davanti a me mi sembra altissima. Un giraffa che guarda l'erba. «Ti ha prestato dei soldi?»

«No. Me li ha dati e basta.»

«Vuol dire che sei in debito con lui, che glieli devi.»

«Ma lui ha detto che...»

«Gli devi dei soldi o no?»

«Sì... Credo di sì.»

Incrocia le braccia con un sorrisetto soddisfatto. «Allora salda il debito. Duemila dollari più gli interessi. Se paghi adesso, puoi andartene subito.»

Non ho tutti quei soldi. E poi non erano duemila dollari, forse nemmeno mille. «E non mi ha mai parlato di interessi o di darglieli indietro.»

Si siede accanto a me e fa scorrere tra le dita dei fogli gialli che ha nella sua cartellina. Si ferma quando trova il mio nome. «Ecco qua» dice. «Nero su bianco.» Quello che gli devo, cerchiato di rosso.

Il mio nome sembra fuori posto, lì, come se fosse scritto sbagliato. Ma cos'altro mi resta da fare se non dirle quello che mi chiede? Il mio nome completo, compreso il secondo, il mio numero di previdenza sociale, il mio indirizzo e la scuola media che ho frequentato. Devono sapere tutto di me, dice. Così se scappo sanno dove trovarmi.

11 ottobre, ore 23.30

CAPITOLO CINQUANTASETTE

Busso due volte. «C'è qualcuno?»

Carolina è sulla soglia della porta accanto. «Avanti, aprila!»

Quando entro mi ci vuole un attimo perché i miei occhi si abituino al buio. Poi lo vedo. Gli corro incontro come se stessi morendo di sete e lui fosse una fonte d'acqua. Quando lo raggiungo gli salto addosso stringendogli le braccia e le gambe attorno al corpo e piango sulla sua spalla.

Mi lascia sfogare e, tra le lacrime, io gli racconto tutto quello che mi ha detto e fatto Carolina. Gli dico che voglio solo andare a casa. Lui mi risponde che l'ho deluso. Sembravo così matura, mi dice. Così responsabile.

«Ho commesso un errore a scegliere te, Charlie?»

«No, Daddy. È solo che...»

Dice che mi sta chiedendo un piccolo favore. «La prima volta è la più difficile.» Mi tiene entrambe le mani. «Poi è un gioco da ragazzi.»

Ansimo come se mi mancasse il fiato, come se non ci fosse abbastanza aria nella stanza. Gli dico che credo di stare per svenire. Lui mi carezza la schiena finché non mi calmo. Ho la gola secca come se avessi ingoiato polvere, così gli chiedo un sorso d'acqua.

«Charlie, tu vuoi farmi felice, vero?»

Faccio di sì con la testa.
«Non ti sento.»
«Sì, Daddy, voglio farti felice, Daddy.»
«Allora fai quello che ti chiedo.»
All'improvviso comincio a tremare tutta, come se fossi sotto una doccia fredda. Lui mi tiene stretta, dicendomi che andrà tutto bene, che crede in me. Che sa che ce la posso fare. Che guadagnerò un sacco di soldi per lui e per me. Quando se ne va sto ancora tremando.

CAPITOLO CINQUANTOTTO

Quanti saranno? Non lo so. Sono in bagno con la porta chiusa a chiave, in piedi sulla tazza del water, e stringo tra le mani una gruccia, impugnandola come una mazza. Bussano di nuovo. Chiunque sia, è ubriaco. Impreca e mi dice che sta andando a chiamare Anthony.

Dico la prima cosa che mi viene in mente. «Esco appena ho finito di fare pipì.»

Lo trova divertente. Dice che chiederà un rimborso se quando esco puzzo. Salto giù dal water, getto la gruccia nella vasca e giro la chiave nella serratura. Non faccio in tempo ad aprire la porta che mi saltano tutti addosso, leoni dalla criniera nera, tori e serpenti.

Sono un gruppo di amici, bianchi e neri, venuti qui per un party di addio al celibato. Quello che deve sposarsi è già ubriaco fradicio, così lo sorreggono mentre si avvicina al letto abbassandosi la cerniera dei pantaloni.

All'asilo i ragazzini si azzuffavano per essere i primi della fila. Nessuno voleva essere ultimo. Qui è lo stesso. Gli uomini nella stanza litigano per decidere chi verrà dopo il festeggiato. Qualcuno mi trascina da lui. «Faccio la terza media» dico. Chiudo gli occhi quando sento la sua mano sotto la gonna. «Qualcuno chiami mia sorella. Voglio tornare a casa.»

Sono in cinque. Uno è sul balcone, fuma un sigaro seduto su una poltrona, due hanno la schiena appoggiata alla parete e mi guardano mentre bevono qualcosa di marrone con ghiaccio. L'ultimo chiede al futuro sposo se ha bisogno di aiuto.

Quando si apre la porta, tutti guardano stupiti da quella parte.

«Merda!» Il nuovo arrivato entra in fretta, chiudendosi la porta alle spalle. «Vi avevo detto niente minorenni!» Cammina veloce avanti e indietro. «Eravamo d'accordo che ognuno avrebbe pagato la sua quota» dice. «Ma, cazzo... Guardatela. È ancora una bambina.»

L'uomo sul letto cerca di alzarsi in piedi. «È lei che vuole stare qui. Diglielo!» Cerca di afferrarmi una mano, ma ricade sul letto.

«Signore, io voglio tornare a casa.»

Quello entrato per ultimo si chiama Sam. Tira fuori il portafoglio e getta delle banconote a terra, come se fosse in un night club. «Voi fateci pure quello che volete, ma lasciatemi fuori.» L'uomo sul terrazzo scuote la testa. Un altro ha la faccia rossa.

La porta si apre di nuovo, cigolando. Poi succede tutto in fretta. Il festeggiato si alza e cade di nuovo, ma stavolta finisce sul pavimento. Gli do un calcio in mezzo alle gambe e lui inizia a urlare. I suoi amici indietreggiano come se avessi in mano un rasoio o una pistola. Io mi metto a strillare e corro verso la porta. Uno di loro mi segue in corridoio. Lo sento dire che non possono rischiare la carriera, che non vogliono scandali.

Sento Anthony chiamare il mio nome e vedo delle porte che si aprono lungo il corridoio. Carolina mi sta inseguendo. Io continuo a urlare. Sento la voce di JuJu che mi dice: «Corri! Corri! Non ti fermare».

Scendo le scale saltando i gradini. Cado, ma mi rimetto in piedi e corro, corro a perdifiato. Nella hall mi ricordo quello che mi ha insegnato mia sorella: «Se c'è qualcuno che ti segue, non rimanere in silenzio. Fallo sapere a tutti». Così non smetto di gridare fino a quando non arrivo al motel.

CAPITOLO CINQUANTANOVE

Chiamo mia sorella e lascio un altro messaggio. La sua segreteria dice che non può rispondere, che è in un *retreat*, di quelli in cui lasci il telefono chiuso in un cassetto per tutto il weekend. «Chiamami» le ripeto. «Voglio tornare a casa.»

Ho abbastanza soldi per prendere una corriera. Ce n'è una che parte alle cinque di mattina, quando fa ancora buio. «Questi li vuoi, Solomon?» Sono in cucina, con Cricket in braccio e tutti gli sportelli spalancati. Non mi è rimasto molto, ma chi non vorrebbe spaghetti istantanei, succhi di frutta, uova, pane bianco e cheddar?

Lui fa di sì con la testa e dice che sua nonna potrebbe lasciarmi stare da loro. «Sai, finché non torni da tua sorella.» Cerca di prendermi Cricket.

Ma io la tengo stretta e mi giro dall'altra parte. «A posto così, gli dico.» Con una mano sola metto le sue cose in una borsa di carta.

Mi chiede perché sono così testarda. Sono abituata a fare le cose da sola, senza bisogno di chiedere il permesso o l'aiuto di nessuno.

«Perché non puoi mai fidarti della gente, Cricket» le bisbiglio all'orecchio. «Te l'ho detto, la gente è marcia. Specialmente gli uomini. Non fidarti mai degli uomini.»

Solomon si offende per quello che ho appena detto. Per un minuto litighiamo. Ho una bottiglia di ketchup in mano e sono pronta a tirargliela dietro, ma poi lui si mette a parlare di suo padre. «È in prigione perché è una brava persona.»

«Scommetto che anche Anthony dice la stessa cosa ogni volta che lo mettono dentro.»

Si avvicina. Solletica Cricket sotto il mento. Con i suoi grandi occhi scuri cerca il mio sguardo. Suo padre era un ragioniere, dice. Lavorava per una piccola ditta. Subito dopo l'assunzione si era reso conto di qualcosa che non tornava nei libri contabili e lo aveva riferito al capo. Quello gli aveva risposto che avrebbe controllato e sei mesi dopo lo aveva denunciato alla polizia. «Ora deve scontare dai cinque ai sette anni.»

C'è qualcosa di sbagliato in un ragazzo che piange. Mi mette a disagio, così appena vedo spuntare una lacrima gli passo Cricket e mi rimetto a fare i bagagli. «Ho capito, ognuno ha i suoi problemi.»

«Mio padre ha bisogno di cose: soldi per le sigarette, le carte telefoniche, un nuovo avvocato.»

«È per questo che leggi quei libri di giurisprudenza?»

Solleva in aria Cricket e se la sistema a cavalcioni sulle spalle. Lei gli sbava sulla testa e gliela picchia come un tamburo con le manine. «Già. Non è un criminale o un truffatore, ma quelli lo stanno trattando come se lo fosse.» Continua a parlare. Io un po' lo ascolto, un po' penso a quello che devo fare. Magari tornerò davvero a casa con la corriera delle cinque. Forse quando JuJu vedrà Cricket si innamorerà di lei com'è successo a me.

Prima che me ne renda conto Solomon sta parlando con sua nonna su FaceTime. Punta il telefono nella mia direzione, costringendomi a salutarla con la mano. I suoi capelli sono grigi, ma non ha rughe e si vanta di essere una «ragazza di settantotto anni». Solomon mente e le dice che abitavo in una casa famiglia e che mi hanno cacciato fuori perché lo Stato ha smesso di pagare la mia quota. La nonna mi offre subito di stare nel suo seminterrato. Per lei non è un problema se ho una bambina. «Ci terremo buona compagnia.» Sorride.

Rifiuto l'invito, con gentilezza. Solomon non dice che è una mossa stupida, ma glielo si legge negli occhi. Mi dice che molto probabilmente Anthony sarà già alla stazione delle corriere. Non ci avevo pensato. Però penso a mia sorella. E a mia nonna. Se fossi andata in Alabama come volevano loro, tutto questo non sarebbe successo.

Sono alla finestra per controllare se Anthony è là fuori e ricordo la prima volta che io e Solomon ci siamo incontrati, e come mi ero comportata. «Tu, invece, sei sempre stato gentile con me. Perché?»

Lui e sua nonna non mi stanno facendo un favore, risponde lui avvicinandosi. «Ha otto gatti, e vivono nel seminterrato.»

Ci mettiamo tutti e due a ridere, poi rimaniamo in silenzio ascoltando la musica che viene dalla discoteca accanto. Luther Vandross, credo. Il preferito di mia madre. E poi pensiamo tutti e due la stessa cosa nello stesso momento. Sporgendoci l'uno verso l'altra, le nostre labbra sono così vicine che quasi si toccano. Solomon si ferma, solleva Cricket dalle spalle, con cura, come se stesse togliendo una pallina di vetro soffiato dall'albero di Natale, e la rimette a terra tra i suoi giocattoli.

«Rovino sempre tutto, Solomon. Sta' attento. Succederà sicuramente qualcosa di brutto. Vedrai. Tu e tua nonna dovreste stare lontani da me.»

Mi ricorda Maleeka. Entrambi vogliono vedere il meglio negli altri. Se non fosse triste per suo padre non gli verrebbe mai in mente di baciare una come me; e io non vorrei baciare lui, se non fossi triste e spaventata. È così sdolcinato che fa venire le carie.

Uso il suo telefono per fare il numero dei miei nonni. Non

rispondono nemmeno loro. È tardi. Domani mattina hanno la messa. E poi non riconoscerebbero comunque il numero. Riprovo lo stesso. Sono al terzo tentativo quando qualcuno bussa alla porta. Solomon afferra la scopa. Io prendo un coltello da macellaio dal cassetto.

«Char, apri la porta. Sono io, April.»

«April?»

«Lui è qua fuori, te lo giuro.»

«Non mentire con me.»

«Non mento, lo giuro. Fammi vedere la mia bambina. Come sta? Sta bene?»

Solomon corre alla finestra, la spalanca e sporge fuori la testa. «C'è una Cadillac nera, una '97, parcheggiata sul marciapiede» dice. «E un uomo, un metro è novantacinque, tipo, sui cento chili che guarda in su.»

«È il suo autista.» Lentamente, giro la serratura in basso. Tolgo la catena. Giro la chiave. Sporgo fuori la testa e guardo in corridoio a destra e a sinistra. «Vieni dentro, veloce!»

April sembra molto più vecchia adesso. Dimostra almeno trent'anni. Ha le unghie delle mani e dei piedi color rosa shocking, lucide, ma lo smalto è scrostato qua e là. I capelli lunghi, biondo platino, sono sporchi. Il rossetto e il vestito sono color merlot, il vino rosso preferito di JuJu. Tutto l'insieme urla negozio tutto a un dollaro.

Non faccio in tempo a chiudere la porta con tutte le serrature e la catena, che April ha già Cricket in braccio.

«No!» Me la riprendo. «Non puoi semplicemente arrivare qui e...» Stringendo a me Cricket le dico che io e la bambina ce la caveremo. Ma è come quella volta in corriera, Cricket vuole sua madre a tutti i costi. E quindi scalcia, piange, si azzuffa con me, come se per tutto questo tempo non fossimo state io e lei da sole.

April mi segue dalla porta alla finestra, poi indietro fino in cucina, passando davanti al letto, e infine di nuovo alla finestra. La donna della camera accanto picchia sul muro e chiede se deve mandare su il proprietario per farmi stare zitta. Io le chiedo scusa. April sussurra: «Se non vieni con me...». Chiude le tende. «Lui la venderà.»

Punto un dito contro April come se fosse una pistola e le dico che è la peggiore madre del mondo. Lei dice che non è vero. «L'ho lasciata a te, no?»

Alzo gli occhi al cielo.

«È pulita, non ha lividi né ferite, è felice. Per una volta ho fatto la cosa giusta.»

Va alla porta e apre tutte le serrature, poi allunga le braccia così posso ridarle Cricket. Io prendo il mio zaino e me lo metto in spalla. Mentre April bacia e coccola la sua bambina io dico a Solomon che potrei non tornare tanto presto. «Visto che tua nonna ci avrebbe accolte entrambe, magari accetterà di tenere Cricket con voi finché non riesci a contattare mia sorella.»

«Ma, Char...»

«Portala a casa tua non appena l'auto di Anthony lascia il motel. Continua a chiamare mia sorella finché non risponde, ma non dirle quello che è successo. Non è più la JuJu di una volta: potrebbe chiamare la polizia, e io non voglio far arrabbiare Anthony ancora di più.»

Do a Solomon la borsa di Cricket, con i biberon pieni di latte, i giocattoli, il suo ciuccio, i libri, la sua copertina e le cose da mangiare. La bacio e gli dico quello che a me non aveva detto nessuno: «Le piace farsi lavare i capelli, ma non sopporta il sapone negli occhi. Crede di essere pronta per abbandonare il biberon e passare alla tazza col beccuccio, ma non lo è ancora. Tu provaci, comunque: è una che impara in fretta».

CAPITOLO SESSANTA

Al pianoterra, prima di uscire in strada, chiedo ad April cosa mi farà Anthony. «Ti darà una lezione» risponde lei. «Prima impari, meglio è.» Mi dice che farà male, più di qualsiasi cosa ho mai provato. «Ma te lo meriti e in ogni caso ci farai l'abitudine.»

Mi sono abituata a un sacco di cose: a ripetere la seconda media, a saltare le lezioni, a fare la prepotente con la gente che aveva paura di me. Ma le dico che non credo che mi abituerò mai alle cose che succedono al Fount.

«Una volta lo pensavo anch'io.»

«E Cricket?» le chiedo, aprendo la porta. «A cosa dovrà abituarsi, lei? A cambiare madre ogni due mesi? A uomini che...»

«Sta' zitta! Parli troppo!»

Esce dal motel ancheggiando e scuotendo i capelli, come se stesse lasciando una delle feste di JuJu. Si ferma davanti alla macchina e dice: «Eccola qua, Daddy» anche se il finestrino è chiuso.

Entro per prima, scivolo lungo il sedile e prendo posto dietro all'autista. «Mi dispiace, Daddy.»

Anthony non dice una parola e non si volta nemmeno a guardarmi. Sta sbrigando degli affari al telefono. Prima ancora che April abbia chiuso lo sportello, l'auto comincia a muoversi in retro. «Mettetevi la cintura» ci dice l'autista.

Come se facesse qualche differenza.

April poggia la testa contro il finestrino, come se fosse stanca, e chiude gli occhi. Io do un colpetto sul sedile tra noi due. Lei mi ignora. Le tocco il piede con il mio. È come se non esistessi nemmeno. Allora tiro fuori una penna e mi scrivo sulla mano quello che devo dirle: *E se la vuole vendere lo stesso?*

Lei apre la cerniera della borsetta che tiene a terra e tira fuori delle pillole. Ne ha due sul palmo quando mi dice: «Prendile. Sentirai lo stesso quello che ti farà, ma non ci baderai più di tanto».

Ho le mani sudate, così me le asciugo sui pantaloncini. Mi asciugo anche il sudore dal naso e dalle guance. Ma non prendo le pillole. Prego a voce bassa. Non per me, ma per Cricket: è solo una bambina. Troppo piccola per essere a corto di fortuna o perché Dio si dimentichi di lei.

Anthony copre il telefono con la mano per urlarmi che devo chiudere la mia lurida bocca, o me la chiuderà lui.

April manda giù le pillole senz'acqua anche se c'è una bottiglia nella tasca dietro al sedile di Daddy. Quando comincia a piangere, Anthony sporge indietro la mano, l'afferra per i capelli e le sbatte la fronte contro il suo poggiatesta. Lei non dice niente, non fa nemmeno un suono. E io pure.

La macchina prende le curve in fretta. Sfreccia davanti a un ristorante, al Fount e a un parco che non ho mai visto prima. Quando siamo in autostrada viaggiamo a centotrenta all'ora.

Vedo un Walmart in un'area commerciale della città vicina e poi, due uscite dopo, un Barnes & Noble e un TJ Maxx. Cerco di fissarmeli nella memoria e di ricordare anche altri dettagli su di lui. È alto, forse uno e novantadue o novantatré. Si è rasato la testa la scorsa settimana. Porta sempre un orologio al polso destro. Oggi è un Apple. Mi fisso l'immagine in testa. E anche il numero di targa. Spero che Solomon faccia come gli ho detto e convinca JuJu a prendere la bambina il prima possibile.

April si tormenta un nodo alla fine di una ciocca di capelli. Io provo di nuovo ad aprire lo sportello e il finestrino. Anthony dice all'autista che, dopo che avranno finito con noi, dovrà tornare a prendere Cricket.

Per la prima volta April sembra spaventata. «Ma Daddy, avevi detto che non era vero, che era solo una bugia per convincere Char a venire. Non vendere la mia bambina, ti prego.»

Lui le dice di stare zitta. È un uomo adulto e farà quello che vuole.

Rimaniamo tutte e due in silenzio. Vedo April che solleva la borsetta da terra e la posa sulle ginocchia. Infila dentro le dita, lente come una lumaca. Poi spalanco gli occhi quando vedo la pistola: è rosa, come il Pepto-Bismol, e spero sia carica.

CAPITOLO SESSANTUNO

Binari dei treni e strade malmesse fanno sobbalzare le ruote della macchina e pure noi all'interno. L'auto rallenta, svolta a sinistra, passa sotto un ponte. L'autista spegne i fari ma continua a guidare passando sopra dossi della strada e vetri rotti.

Quando ci fermiamo le sicure si aprono con uno scatto. April mi dice di far finta di essere qualcun altro da qualche altra parte. Anthony mi ordina di lasciare in macchina la giacca e lo zaino. Siamo in riva al fiume, quindi fa davvero freddo. Nemmeno le maniche lunghe bastano a scaldarmi, ma faccio quello che mi dice.

La luna è così luminosa che riesco a vedere sia lui sia i pezzi di vetro e le pietre che sporgono dal terreno.

«Ecco.» Infilo le dita nella tasca posteriore. «Sessanta dollari. È tutto quello che ho. Ti prego, lasciami tornare a casa.»

Anthony tira fuori un accendino, poi due sigarette. Le accende entrambe. «Sigaretta?»

Io faccio un tiro lungo. «Mi dispiace, Daddy.»

«Certo. Tutto è bene quel che finisce bene.» Mette un piede sul parafango dell'auto e soffia cerchi di fumo. «Non alzo quasi mai le mani sulle mie ragazze. È un pessimo metodo. April può garantire per me» dice.

In quel momento April esce dalla macchina come se lui

l'avesse chiamata, e guarda la scena, in piedi sotto un albero. Mi tremano le mani. E anche la sigaretta. «Voglio comportarmi bene con te, Daddy, ma non credo che...»

Mi afferra il braccio e me lo torce dietro la schiena. «Non osare mai più...» Con l'altra mano mi colpisce la guancia così forte da farmi urlare, e non si ferma.

April non interviene. Anthony mi spinge giù a terra, poi mi dà una ginocchiata. Mi mordo la lingua con i denti e sputo sangue.

Anthony mi ordina di non pulirmi la faccia. E di non sporcargli le scarpe nuove.

«Sì... Da... Daddy» ansimo. Alzo gli occhi su April. Lei guarda altrove.

«E non muoverti!»

Le mani e le ginocchia mi fanno male. Dopo un po' cominciano a tremare. Quando chiedo il permesso di alzarmi Anthony mi afferra per i capelli e mi tira come un cane al guinzaglio. Camminando carponi, lo supplico di lasciarmi libera. «Mi... comporterò bene. Prometto. Prometto. Ti prego, Daddy.» Vetri e pietre si conficcano nelle mie mani e nelle ginocchia. «Qualsiasi cosa, Daddy, farò tutto quello che vuoi, giuro.»

Lui mi trascina oltre la macchina parcheggiata di fronte alla sua, poi supera anche le successive, continuando finché non raggiungiamo un camion a rimorchio parcheggiato con la cabina verso di noi. Qui non ci può vedere nessuno, quindi, qualsiasi cosa succeda, lo sapremo solo noi due e Dio.

«Guardami!»

Mi sputa in faccia. «E non pulirti!»

La sua saliva mi cola dal naso giù per le labbra e gocciola sulle mie mani come lacrime.

«Fai schifo.»

«Sì, Daddy.»

«E sei troppo grassa.»

«Lo so, Daddy. Dimagrirò. Non farmi male.»

Con la coda dell'occhio vedo April avvicinarsi.

«Ti ho dato forse il permesso di parlare?»

Abbasso la testa per proteggermi la faccia.

Anthony mi ordina di muggire.

«Che cosa?» Alzo gli occhi.

«Devi muggire, stronza. Come una vacca. Come la vacca grassa che sei.» Solleva il piede, lo mette sopra la mia mano e la schiaccia come una sigaretta.

I vetri mi si ficcano nella mano, tagliandomi dove sono già ferita. Muggisco lo stesso, come le mucche che ho visto ai bordi dell'autostrada. Anthony ride, toglie il piede e quando mi sente fare «Muuu! Muuu! Muuu!» ride di nuovo. Mi dimeno, dicendogli: «Guarda, Daddy, sono una vacca».

Molla i miei capelli e ordina ad April di avvicinarsi, perché questo è quello che l'aspetta, dopo.

«Charlie. Il tuo Daddy ti vuole bene. Dillo.» Si slaccia la cintura.

«Il mio Daddy mi vuole bene.»

April tiene gli occhi su di me.

«E si prenderà cura di te.»

Deglutisco. «E si prenderà cura di me.»

«Ma prima devi imparare la lezione, non è vero?»

«Sì, Daddy» dico, arretrando.

Anthony lascia cadere i pantaloni.

Non vede che April infila la mano nella borsetta. E non sembra farci caso, quando lei gli arriva dietro le spalle. April preme la pistola contro le sue costole dicendomi: «Prenditi cura della mia bambina, Char. E dille che le ho sempre voluto bene».

Anthony ride.

April gli punta la pistola contro la nuca.

Anthony si china per tirarsi su i pantaloni.

April fa un passo indietro. «Cosa fai ancora qui? Corri!»

Io mi alzo. Inciampo. Cado a terra e mi rialzo di nuovo. Guardandomi alle spalle vedo l'autista che si avvicina. E vedo Anthony, che ora ha la pistola puntata sul petto. Mentre salgo la rampa che porta al ponte sento una serie di colpi, uno dietro l'altro. Ma non mi fermo. Non posso.

QUESTA
È LA MIA VITA

12 ottobre, ore 3.00

CAPITOLO SESSANTADUE

È morta. Il suo corpo è nel fiume. Lui non mi ha mai detto se era ancora viva quando ci è finita dentro. Ero scalza, seduta sul bordo della strada, quando l'autista mi ha trovato. Immagino che Anthony fosse ancora sotto il ponte con April. Mi ero messa a correre nel traffico, piangendo e urlando, ma non si era fermato nessuno. Continuavano a guidare, suonando il clacson e mostrandomi il dito medio, perché ero in mezzo alla strada. Da lì potevo sentire l'odore del fiume, o magari dei cadaveri che la gente ci butta dentro. O forse erano i fumi di scarico e l'inquinamento. Mi faceva male dappertutto, quindi non ero riuscita a difendermi. Mentre tornavo alla macchina avevo ripensato ad April. Aveva cercato di aiutare sia Cricket che me. Non me lo dimenticherò mai.

22 ottobre, ore 6.00

CAPITOLO SESSANTATRÉ

Anthony tiene le tende chiuse e la camera al buio. Sono sotto le lenzuola, senza vestiti. Non so da quanto tempo sono qui. Quando sono arrivata era venerdì notte, questo lo ricordo. Credo di aver sentito un predicatore dire messa alla radio, poco fa.

Il mio corpo mostra ferite e lividi di diverse tonalità di viola dove mi ha stretto, picchiato e morso. Ho male dappertutto, dentro e fuori.

Adesso sta facendo una pausa. Siede al computer dall'altra parte della stanza per sbrigare degli affari. Peccato che ora faccio anch'io parte dei suoi affari. Resto sdraiata sulla schiena, piangendo. Gli dico che ho bisogno di fare una doccia, di tornare a casa. Quando sento i suoi passi, mi rannicchio tutta, stretta come un nodo dei miei capelli, poi nascondo la testa sotto il lenzuolo cercando di sparire.

«Ti ho forse dato il permesso di coprirti, metterti a sedere, respirare?» mi chiede. «No. Ho forse detto che potevi muoverti? No.» Mi spiega che la risposta a tutte le mie domande è no finché lui non dice il contrario.

«Va bene, Daddy.» Questo ho il permesso di dirglielo, credo.

Mi strappa il lenzuolo di dosso. I pastelli piovono sulla mia testa. Viola, argento, nero, verde, grigio, e tutti gli altri colori mi si riversano addosso, si fermano sulle coperte e tra le pieghe delle lenzuola, cadono giù dal materasso e rotolano sul pavimento come se anche loro volessero scappare da lui.

Anthony mi colpisce sulla testa con la scatola, scivola su un pastello e lo rompe, calpestandolo. Non importa, ormai sono troppo grande per colorare.

Devo pulire il casino che ha fatto. Così vado a buttare di corsa i pastelli nel cestino della spazzatura accanto alla sua scrivania, poi torno a letto. Vuole farsi una doccia. Corro in bagno e apro l'acqua calda. Poi corro di nuovo a letto. Si fa la doccia due volte al giorno, cascasse il mondo. Mentre è in bagno vuole sentire della musica jazz. Corro alla sua scrivania e alzo il volume della radio. Poi mi siedo sul letto, le mani giunte in grembo.

Non gli ci vuole molto per sembrare di nuovo fresco e riposato. I suoi completi e le cravatte costano più di quanto certa gente guadagna in tre mesi, mi dice Daddy sedendosi sul bordo del letto. Gli metto i gemelli nei polsini. Gli tolgo un anello, poi altri tre e gli passo una lozione sulle mani, anche tra le dita. Quando vede la sua immagine riflessa nello specchio accanto al divano in fondo alla stanza, sorride e fischia soddisfatto. Io rimango seduta al mio posto guardando tutto quello che ha: una camera da letto grande come il nostro soggiorno, con un gran lampadario e due divani, una libreria con una fila intera di dizionari, più un mappamondo, nero, che fa girare quando riflette, seduto alla sua scrivania. Ieri mi ha spiegato che, visto che lavora tutto il giorno in motel squallidi, a casa vuole vivere come certa gente che si vede su internet e in televisione, e negli appartamenti di lusso del centro che danno sul fiume.

Cammino come una mummia, strascicando i piedi. Mi sento a pezzi, in frantumi come i miei pastelli. A Carolina importa poco. «Datti una mossa! Credi di essere speciale? Le altre ragazze ci sono già passate.»

Due ragazze ci superano di corsa ed entrano in una delle camere, ridendo. Io ho la nausea e vomito.

«Sul mio pavimento pulito! Kianna!»

Una delle ragazze di prima corre verso di noi. Guarda a terra, poi alza gli occhi al cielo. Va al piano di sotto e torna più veloce che può con il secchio di acqua calda che Carolina le ha chiesto.

«Pulisci!» mi ordina.

Hanno pavimenti di legno marrone chiaro, lucido e pregiato. Inginocchiarmi mi fa male, ma lo faccio lo stesso, e senza perdere tempo. Quando ho finito di pulire Carolina mi fa andare in bagno a lavarmi la faccia e le mani. Il bagno in fondo al corridoio è solo per noi ragazze. La vasca e il lavandino sono così bianchi da far male agli occhi. Finisco di lavarmi, poi torno da Carolina per il resto della visita guidata.

«La camera di Anthony è al secondo piano» mi dice, come se non lo sapessi già. «Quando ti chiama, devi andare subito. Non importa a che ora del giorno o della notte, se stai bene o se stai male.» Dice che ci farò l'abitudine.

«Quand'è che posso tornare a casa?» Chiudo gli occhi e rimango in attesa della sua reazione.

Mi afferra il mento tra indice e pollice e mi sussurra all'orecchio: «Adesso sai di essere una sua proprietà, come questo edificio e tutto quello che c'è dentro. Un giorno lo ringrazierai».

Apro gli occhi lentamente e la fulmino con lo sguardo.

«Io ti avrei uccisa. Non ci si può fidare di una che fa quello che hai fatto tu. E poi ormai sai troppo. Ma questi universitari credono di essere più intelligenti di tutti. *Lei* avrebbe dovuto lasciare che mi occupassi io, degli affari.»

Indica le porte del corridoio. «Questo armadio è per le lenzuola» mi dice aprendolo. Gli scaffali sono pieni anche di asciugamani e salviette da bagno di diversi colori, bagnoschiuma e sapone profumato. L'armadio successivo è per le magliette, i pantaloncini e le camicie, tutti stirati e piegati. Nel reparto in basso ci sono scarpe di diversa taglia, anche un paio con tacchi di plastica trasparente e dei pesciolini finti che galleggiano all'interno.

Niente di quello che è in questa casa ci appartiene, nemmeno il nostro corpo, mi dice. «È tutto di Anthony.» Se ci mettiamo a litigare per queste cose prima le prenderemo, poi avremo una detrazione sulla paga.

Alzo gli occhi su di lei. «Ci pagate davvero?»

«Se una lavora, viene pagata.»

Carolina apre la doppia porta dell'armadio alla fine del corridoio. Ci sono cesti pieni di parrucche, pacchi di extension, teste di polistirolo con capelli finti: corti e castani, lunghi, ricci e neri, biondo platino. «Qui c'è tutto quello che ti serve. Ma naturalmente non è gratis.»

Mi stropiccio gli occhi con il palmo della mano, mentre le vado dietro. Passiamo accanto a finestre dipinte di nero. «Così non potete vedere fuori e gli altri non possono vedere dentro» dice.

Nell'armadietto del bagno mi mostra il dentifricio, gli spazzolini, preservativi, assorbenti, scatole di paracetamolo. Dobbiamo pagare anche per tutto questo, oltre che per la sicurezza e il mangiare.

Mi porta al secondo piano. Passiamo accanto alla camera di Anthony e arriviamo davanti a una porta chiusa con un lucchetto. Noi ragazze non possiamo entrare in questa stanza, dice, ma vedremo lei e Anthony andarci molto spesso. E anche i suoi soci di lavoro. C'è odore di erba, ma Anthony non la fuma. Carolina mi mostra la camera, così non andrò a curiosare. «Se no finisci come la tua amica.» Ride mentre apre il lucchetto.

Su ognuna delle tre scrivanie ci sono portatili e computer. Sul letto vedo pile di cellulari e rotoli di banconote tenuti insieme da grossi elastici. Carolina dice che Anthony nasconde la maggior parte dei suoi soldi, così la polizia non può tracciare i suoi guadagni. Compra un sacco di buoni acquisto, e di solito ci paga con carte di credito prepagate. Così, se rubiamo, rubiamo alla famiglia e a noi stesse. Per la prima volta mi tocca. «Anche tu sei parte della famiglia, Charlie. Non dimenticarlo mai.» Le sue braccia sono morbide e calde come quelle di mia madre, quando mi ripete quello che mi ha detto Anthony: che tutto questo è stata solo colpa mia e che alcune ragazze sono più difficili di altre. Poi mi chiede se ho imparato la lezione.

Faccio di sì con la testa. «Non dovrà rifarlo, prometto.»

Carolina mi porta davanti a una macchina fotografica su un treppiedi in un angolo. «In questo genere di lavoro la pubblicità è tutto.» Poi mi spiega come funziona: loro postano le nostre foto sui siti per pervertiti, i clienti contattano Anthony per telefono o con un messaggio di testo e ordinano il tipo di ragazza che vogliono, come se stessero ordinando una pizza. Quando i lividi saranno guariti mi faranno delle foto, ma fino ad allora dovrò lavorare comunque.

Comincio stanotte.

CAPITOLO SESSANTAQUATTRO

Le ragazze sono tutte in soggiorno, anche se la maggior parte indossa solo la biancheria. Carolina è in cucina. Ha detto che avrei dovuto presentarmi da sola alle altre.

Resto a guardarle dalla sala da pranzo. Le due che ho visto al piano di sopra mi salutano con la mano. «Ciao, io sono Rosalie.» L'altra non ha bisogno di dirmi che si chiama Kianna, ma le sono grata quando mi sorride. Una ragazza che sta giocando a Fortnite, stesa per terra a pancia in giù, mi dice che posso chiamarla Earle. Ha un rossetto viola scuro, o forse blu, e gli occhi gialli da gatto. Lenti a contatto. Kate, la ragazza bianca sulla sedia a dondolo, si alza e viene da me. «Poi migliora, vedrai» mi dice, invitandomi a entrare. Katrina fa di sì con la testa.

Rosalie è seduta per terra, tra le gambe di Kianna che le sta facendo le trecce. «Mi faccio pagare solo quindici dollari» dice lei, fermandosi per stiracchiare la schiena. «Posso farti le trecce quando vuoi.»

Mi fermo in mezzo alla stanza. «Io sono Char... Charlie.»

Una ragazza seduta a un tavolo da gioco, vicino alla finestra, mi dice che con loro posso usare il mio vero nome. «Ma non quando sei con i clienti. Tieniti sempre qualcosa per te.» Mette sul tavolo quattro carte. Picche. «Lui vuole che mi faccia chiamare Roxanna. Il mio vero nome è Roxanne.» Roxanne ha la faccia piena di minuscole lentiggini. Dice di avere quattordici anni, ma dall'aspetto gliene daresti dodici. Tende la mano e viene ripagata in sigarette dalla ragazza al suo fianco. Mi avvicino al loro tavolo, zoppicando. Loro fingono di non notarlo. Roxanne picchietta con la mano sulla sedia accanto alla sua. «Non sarai sempre così triste. Vero, Gem?»

Gem è piccola e soda, forse poco più di uno e cinquanta. Ha delle fossette carine e porta l'apparecchio per i denti. Quando sorride il suo viso si illumina. «Io non sono mai stata triste.» Prende un quattro di picche e mette giù una carta di fiori. «Daddy mi ha tolto dalla strada.» Le sue unghie sembrano lunghe come i bastoncini del ristorante cinese. Parla delle ragazze che lavorano sulla strada. «Non hanno nessuno che si prenda cura di loro o che tenga a bada gli psicopatici. Alcune vengono picchiate regolarmente dai loro protettori» dice. «Noi no. Non se facciamo le brave.» Tiene gli occhi su di me. «Anthony dice che non sai obbedire.»

«Conoscevate April?»

Sembra che siano sorde o che io non abbia neanche parlato perché mi ignorano tutte e guardano ovunque tranne me.

«Era mia amica e...» Ripenso alle parole di Carolina, a Daddy che dice che non so obbedire, a quello che mi farà se non imparo la lezione. «Non importa.» Tiro su con il naso. «Non era nessuno.» Cerco di non pensare a lei nel fiume o a Cricket che piange per me.

«Daddy tratta ogni genere di affari, ha un sacco di ragazze diverse» dice Gem. «Ma noi siamo le sue preferite, ecco perché ci tiene qui, vicine a lui.» Mi dice che sono fortunata. «Questo è un bel posto dove stare, caldo. Nel nostro bagno c'è una Jacuzzi.»

«Una prigione di lusso» commenta Earle, guardandomi. «E non badare a Gem: ci crede davvero, a questa roba.»

«Vattene, allora.» Un pacco di carte ancora sigillato vola sopra la testa di Earle. «Tanto lo so che non lo farai.» Gem mi sorride. «Ci ha già provato due volte e...»

Kianna mi chiede di andare in cucina a prendere degli snack. Non vorrei, ma lo faccio lo stesso. Ad aspettarmi trovo un sacchetto di salatini alla senape e miele e una scodella di salsa. Carolina sta passando il pollo nella farina prima di friggerlo per la cena. Mi dice di non credere a tutto quello che mi dicono le ragazze. Quando torno in sala Earle se n'è andata.

Porto i salatini e la salsa da una ragazza all'altra. Alcune infilano le mani nel sacchetto, Roxanne usa un tovagliolo per prendere le sue, poi mi chiede: «Hai mai... ?».

«Non mi sono mai piaciuti i giochi» rispondo. Le altre pensano che stia scherzando. Roxanne infila due salatini nella salsa e se li mette tutti e due in bocca. «È il lavoro peggiore che farai in vita tua» dice, leccandosi le dita. «Ci saranno volte in cui vorrai solo essere morta.»

«Io vorrei già essere morta.»

Gem si stringe nelle spalle e cambia discorso. «Io faccio le unghie.» Muove le dita come se stesse scrivendo su una tastiera. «In più, se vuoi un trucco come si deve, è da me che devi venire, non da Earle.» Gem vuole diventare un'estetista e lavorare a Hollywood con le stelle del cinema. «E vai da Roxanne per...»

«Io non sono brava a fare niente.» Roxanne solleva la catenina che ha al collo e fa penzolare la croce. Mi chiede come ho conosciuto Anthony, ma non aspetta di sentire la risposta. Lei era al lavoro, al distributore di benzina, quando lo ha visto per la prima volta. «Avevo una fame che non ci vedevo!» Con un salatino in bocca, racconta che Anthony è entrato in negozio e le ha offerto di pagarle il pranzo. All'inizio ha rifiutato. Ma lui è tornato tre giorni di seguito. «Probabilmente aveva sentito che mi brontolava lo stomaco.»

«Dove siamo?» chiedo. «In che parte della città? Come si chiama la via?»

Non lo sanno. Lui non lo dice. E non c'è nemmeno un indirizzo fuori dalla casa. Nessuno dice più niente, così restiamo sedute in silenzio per un bel po'.

«Lo sa Dio» dice Roxanne.

«Daddy è Dio per me.» Gem si arrangiava da sola e veniva picchiata quasi ogni giorno finché Daddy non l'ha trovata e l'ha portata a vivere in questa casa.

Chiedo chi di loro è qui da più tempo. Rosalie alza la mano. Ha incontrato Daddy online. All'inizio credeva che avesse sedici anni, ma quando un giorno si è presentato alla sua scuola l'ha seguito lo stesso. La seconda ad alzare la mano è Gem: è qui da due anni, tre mesi e quindici giorni. Ha quattordici anni. Sua madre le ha fatto mettere l'apparecchio, dice, prima di perdere la sua custodia. Batte i denti. «Un giorno verrà via da solo, spero.» Per la prima volta sembra triste.

«Per il tuo compleanno Carolina ti farà una torta» dice Roxanne. «E noi te ne faremo una buona.»

Ridiamo assieme.

«Una torta al rum!» fa Katrina. «Ecco cosa voglio per il mio compleanno, il mese prossimo. Con un sacco di praline.»

Gem è quella che compra le candeline e la carta da regalo per tutte. Roxanne si offre di prendermi un regalo. Katrina vuole un pacchetto di sigarette da ognuna di noi. «E niente sigarette sfuse. In più voglio che qualcuno mi faccia i capelli. Stirati con la piastra.»

Hanno delle regole sui compleanni, qui. Non importa se sei in questa casa da un minuto o da dieci anni, devi comunque dare qualcosa alla ragazza che compie gli anni. «Puoi farlo anche tu» dice Roxanne. «In che cosa sei brava?»

«Niente.»

Alza gli occhi al cielo.

«Be', una volta ero brava a colorare.»
«Bene. Fai quello, allora.»
Penso ai miei pastelli rotti, fatti a pezzi. E mi viene in mente che devo buttare nella spazzatura anche i miei album da colorare. Le ragazze tornano a fare qualsiasi cosa stessero facendo prima che arrivassi. Io non so cosa fare, così mi siedo al tavolo da gioco, ascolto, osservo, e cerco di ricordarmi tutto.

15 novembre, ore 21.30

CAPITOLO SESSANTACINQUE

Qui fuori c'è aria di Natale. Dipende dagli alberi, che Carolina mi spiega essere dei pini. Gli aghi scricchiolano come cereali sotto le nostre scarpe. Quelli ancora sui rami si impigliano sulla mia giacca di pelliccia. Mi fermo e tiro fuori la lingua per prendere al volo qualche fiocco di neve.

Ogni giorno usciamo di casa dalla porta sul retro. Che sia buio o no non fa differenza, tanto la gente non ci vede lo stesso. È come se l'edificio fosse invisibile. Sepolto tra gli alberi. Sembra di vivere in mezzo a un parco, o nella foresta. Earle dice che abbiamo dei vicini a circa dieci, quindici isolati da qui. «Forse un giorno ci vedranno, ci troveranno e chiameranno la polizia» ho detto alle altre qualche giorno fa. Gem mi ha ordinato di stare zitta.

Il vento che mi soffia sulle guance e sul mento è pungente e io sto congelando in calze a rete e minigonna; era già troppo corta prima che si restringesse con l'ultimo lavaggio. Cammino dietro a Roxanne. Le altre ragazze sono più avanti. Cerco di andare più veloce, ma è difficile camminare su questo terreno con i tacchi alti. A volte conto gli alberi. L'ultima volta che ci ho provato sono arrivata a settanta. Faccio anche cadere delle cose per terra, a segnare la strada. Un'unghia finta smaltata di rosso, una matita gialla, del pane, cocci di vetro. Quando Daddy se n'è accorto e ha chiesto chi è stato, Roxanne si è presa la colpa e le botte al posto mio. Così ora sono in debito anche con lei, come lo sono con April. Roxanne dice che Dio non tiene il conto di queste cose.

È la prima volta che cade la neve da quando sono qui. Si scioglie sulla mia lingua e sulle labbra. Gem ha rubato un rossetto per me, quando è uscita da sola con Daddy. Quindi immagino che sono in debito anche con lei. Si chiama Lampone Maturo. Puoi baciarti quanto vuoi e non viene via, e in più costa un sacco.

«Aspetta!» Spazzo via la neve dalla frangia di Roxanne con la mano e le asciugo le guance. «Sei carina stasera.»

Kate le ha fatto i capelli. Un milione di ricci biondo fragola le ricadono sulle spalle. Io ho una parrucca nera, con le punte che mi arrivano al mento. Per fortuna i lividi sono spariti.

«Esprimi un desiderio» dice Roxanne rimettendosi a camminare.

Vorrei tanto essere a casa, penso. Fisso la luna invece di guardare dove stiamo andando. È una mezzaluna, e un quarto è nascosto dietro una nuvola. Mi guardo i piedi e le dita ghiacciate. Chiedo a Roxanne che desiderio ha espresso.

«Un albero di Natale.» È qui da un anno e mezzo e non ne hanno mai avuto uno.

Torno a guardare la luna mentre Roxanne mi elenca tutto quello che appenderebbe ai rami. «Spero che il tuo desiderio si avveri» le dico. Lei mi augura lo stesso.

Il furgone non ha sedili o tappetini, solo delle panche e un vetro che dà sulla cabina, così Carolina e l'autista possono tenerci d'occhio. Saliamo a bordo, scorriamo lungo le panche, più in fondo che possiamo, sedute una davanti all'altra. Ci chiudono dentro con un lucchetto. Non ci sono finestrini, così non possiamo sapere dove stiamo andando finché non siamo arrivate. Anthony usa il Fount, dei motel e anche altri posti.

Ha anche altre ragazze. Dice che vuole diventare miliardario. Anch'io.

Mi sfrego le mani, soffiando sulle dita, poi tiro fuori una sigaretta e l'accendo. Roxanne canticchia tra sé. Kate parla delle sue figlie. Due gemelle. Vivono con la nonna da qualche parte in California. Lo Stato gliele ha tolte e ha sbattuto lei in una casa famiglia, ma ha lasciato in libertà suo padre. Dopo due mesi Kate è scappata. È una cosa che ci accomuna tutte: scappiamo. I guai ci raggiungono sempre, però.

«Ho avuto il mio primo protettore a tredici anni.» Kate si ficca in bocca una pillola. Era salita di nascosto su un treno che da Washington D.C. andava in Virginia, poi era arrivata a New York in autostop. Lì si era trovata un altro protettore. Anthony è il terzo. Kate starnutisce, poi controlla se c'è muco sul suo piercing. È irlandese, con un sacco di lentiggini e lunghissimi capelli rossi. Quando vuole riesce a parlare con l'accento irlandese. Dice che le fa avere delle mance più alte. Daddy si prende anche quelle, ma ce ne lascia un po'. Kate muove le gambe per scaldarsi e picchia sul divisorio. «Caldo! Abbiamo bisogno di un po' di caldo qui dentro, Miss Carolina. I clienti non vengono a comprare dei ghiaccioli.»

Io non sono come le altre. Loro non hanno una famiglia. Scommetto che nessuno le sta cercando, nessuno sta sperando che tornino a casa. Io ho JuJu, Mr. Bobbie, Maleeka, e forse anche la Saunders. Quando lavoro penso a loro, nella mia testa ci parlo. Se non lo facessi credo che diventerei come Gem. Lei crede che questo sia il suo posto e ci vuole rimanere. Io non la penso così. Non lo penserò mai.

CAPITOLO SESSANTASEI

«Ehi, dolcezza.» Attraverso la stanza ancheggiando. «Che cosa vuoi, dolcezza?» Mi ficco una gomma in bocca, così non sente il mio alito cattivo. È sul letto, al centro della stanza, e si sta spogliando. Dice che vuole guardarmi mentre mi spoglio anch'io. Lavoro da quattro ore, e me ne aspettano altre dieci. Gli faccio un gran sorriso perché devo. Ci sono cose che ho imparato a ignorare: carte da parati sbiadite, lenzuola sporche, buchi nei tappeti, grida provenienti dai corridoi. A volte penso a Cricket e sorrido. Appena quello comincia, chiudo gli occhi e penso a me e Maleeka a scuola. Stiamo in corridoio anche se c'è lezione. Lei ride, io rido e, per una volta, siamo tutte e due felici.

10 dicembre, ore 4.30

CAPITOLO SESSANTASETTE

Che città è, questa? Non me lo ricordo. Ieri eravamo a Philadelphia, e il giorno prima a Erie. La settimana scorsa siamo andate a Baltimora, New York e Chicago. È il periodo delle feste. Ci sono un sacco di party dappertutto, e noi siamo piene di lavoro, come Babbo Natale.

Quando siamo fuori città e non lavoriamo dormiamo nel furgone. È lì che ci cambiamo. Quando siamo in trasferta Anthony ci paga un po' di più. L'altro giorno con gli extra mi sono comprata un maglione e una maglia a collo alto. Posso mettermeli solo quando siamo a casa, però.

Il cliente successivo entra in camera e sbatte la porta. Non c'è bisogno che mi muova dal letto, tanto finirò comunque qui. «Non nevica qui?» dice. «Pensavo nevicasse. Cavolo. Fuori è una bufera.» Viene verso di me calpestando i miei vestiti.

Sorrido e quello pensa che sia per lui. Si sbaglia... Si sbaglia su tutto. «Ti piace la neve, piccola?» Io mi metto in ginocchio. «Ti piacciono bianchi come il riso? Pallidi come il rum?» Mi chiedo come parla con sua moglie, la sua ragazza o le sue figlie. «Sei a Washington D.C. dolcezza, la città del cioccolato.» Salto sul pavimento e faccio piroette come una ballerina. Dentro, mi sento come un drago pronto a dare fuoco a questa camera, a ridurre in cenere l'intero edificio. Anche la neve sta danzando, là fuori, fingendo di essere una spolverata di nevischio e non una tormenta.

12 dicembre, ore 2.30

CAPITOLO SESSANTOTTO

I miei occhi sono gli occhi di April adesso,
sempre all'erta, osservano, guardano, registrano
poliziotti che fanno finta di non esserlo
pollastre dappertutto
in competizione per fare colpo su paparino
uomini che picchiano le ragazze come me
perché odiano e amano le ragazze come me
e non possono fare a meno delle ragazze come me...
I miei occhi sono come palline da flipper,
rimbalzano a destra e a sinistra,
qua e là, su e giù
perché in questo lavoro devi essere pronta
per tutto
e tutti
ovunque
e sempre
A volte vorrei essere morta.

Nel sonno mi rizzo a sedere, guardandomi intorno. Scruto davanti a me e poi mi guardo alle spalle. Guardo anche dentro l'armadio perché non si può mai essere sicuri: quando sei sulla strada, in hotel o motel, nei parcheggi e anche a casa di Daddy ti può capitare qualsiasi cosa. La gente vede le ragazze come noi, ma allo stesso tempo non le vede.

Quando morirò sarà come se non fossi mai esistita.

15 dicembre, ore 11.45

CAPITOLO SESSANTANOVE

Ridiamo forte, di pancia, fino a piegarci in due. Come al solito sediamo in salotto, in biancheria. Rosalie ci ha appena raccontato di quando suo padre è arrivato a scuola e l'ha pestata per aver copiato durante un compito in classe. Lavorava in una fabbrica di sottaceti ed è entrato in aula preceduto dall'odore di salamoia. Lei faceva la terza elementare e per il resto dell'anno i compagni l'hanno chiamata cetriolino.

Adesso è il turno di Kianna. Ci racconta di quando ha passato la notte a casa di una sua amica bianca e si è fatta lavare i capelli. A Kianna piaceva quanto i capelli dell'amica fossero lisci e dritti, bagnati, così aveva chiesto alla madre se poteva lavare anche i suoi. Un'ora dopo la mamma della sua amica ha telefonato a quella di Kianna dicendole di venire a prenderla in fretta. Kianna dice che ha pianto per due ore intere mentre sua madre le districava i capelli per restituirle i suoi ricci.

«Quindi, Earle, adesso sai perché non mi lascio fare i capelli da nessuno.»

Guardiamo tutte Earle per vedere se sta sorridendo. Sì, un pochino. Ci stiamo raccontando queste storie per tirarla su di morale, specialmente dopo quello che le ha fatto Carolina. Il trucco le nasconde i lividi, ma non fa andare via il dolore.

«Tutto a posto, Earle?» le chiedo.

Lei se ne sta sulla sedia a dondolo, ma non si muove. Io sono seduta al tavolo da gioco, dall'altra parte della stanza. Roxanne mi sta facendo le unghie. E quando ha finito gliele faccio io. Earle comincia a raccontare di quella notte, come se non fossimo state presenti. A quanto pare è andato tutto storto. Lei era stanca. Siamo sempre stanche. E non voleva uscire di casa. Carolina l'ha trascinata giù per una gamba. Daddy era in fondo alle scale e stava finendo di mangiare un sandwich con la carne in scatola. Dopo un rutto ha chiesto a Carolina come mai non fosse in grado di controllarci.

A volte Earle se le va proprio a cercare. Al motel si è messa a litigare con Carolina di fronte ai clienti e più tardi hanno ripreso il litigio a casa. È così che ho scoperto che Anthony e Carolina sono fratello e sorella. Avrei dovuto capirlo dalle cose che dice Carolina ogni tanto. In più hanno lo stesso naso, lo stesso colore della pelle e la stessa forma delle orecchie. Eravamo tutte stipate nella stessa camera, stese a terra, strette come in una scatola di sardine, quando Earle ci ha raccontato tutto.

«Daddy e Carolina sono cresciuti in una casa come questa» dice. «Avevano una sorella più giovane con la leucemia.»

Quando lo sento quasi mi esplode la testa.

«Anthony andava all'università, ma poi sua madre si è ammalata. E lui ha lasciato gli studi per dirigere gli affari, perché lei l'ha costretto. Quando la madre è morta lui ha venduto la casa. Carolina ce l'ha con lui da quella volta, perché sua madre aveva promesso che le avrebbe lasciato la casa e l'impresa.»

«Come fai a sapere tutte queste cose?»

«Vengo dallo stesso quartiere. Per Anthony è stato facile convincermi a lavorare per lui» dice. «I ragazzini del vicinato sapevano delle sue auto di lusso, dei vestiti costosi e dei viaggi.»

Chiedo se sanno anche di noi ragazze. «Sapevano di sua madre e di lui e adesso sanno anche di me.» Dopo che Earle ha cercato di scappare l'ultima volta, Anthony ha condiviso le sue fotografie dappertutto. «È per questo che vogliono sapere che siti bazzichi online» spiega Earle. «Anche mia nonna ha visto quelle foto. Non posso più tornare a casa.»

Daddy non mi farebbe mai una cosa del genere.

Raccontiamo a Earle altre storie, facciamo qualche battuta. Kianna e Gem si addormentano sul pavimento. Dopo un po' io e Roxanne seguiamo Earle al piano di sopra, perché ce l'ha chiesto lei. Earle si ferma di fronte alla camera di Carolina. Normalmente mette il lucchetto alla sua porta quando non è in camera. Un'ora fa è uscita di corsa imprecando fino alla macchina. «È ancora fuori a litigare con suo marito» dice Earle. Entra nella camera, ma noi abbiamo troppa paura. Earle si mette ad aprire e chiudere i cassetti. «Dev'esserci un telefono, da qualche parte.»

Allora decido di entrare anch'io, seguita da Roxanne. Ci muoviamo in fretta, senza dire niente, trattenendo il respiro. Troviamo delle cose che non ci interessano: biglietti e messaggi dei figli di Carolina, fotografie, biancheria di qualità, non come quella a buon mercato che comprano per noi.

«Ehi. Guardate.»

Corriamo da Roxanne. Ha trovato un quaderno in fondo a una scatola nell'armadio. È diverso da quello in cui la vediamo scrivere tutto il tempo, anche se Earle giura che l'ha già visto prima. Siamo tutte lì dentro, perfino delle ragazze che non ci sono più da anni. «Carolina ha detto ad Anthony che questi dati dovrebbero essere solo nel computer o nel suo telefono, ma lui è un po' all'antica» dice Earle. Sfoglia un po' di pagine. «Un giorno lo ripagherò per quello che mi ha fatto.»

Troviamo i nostri nomi.

Roxanne Roxanna, 14 anni appena compiuti, marrone medio
1,60 ragazza di chiesa, $ 428,400 x 4 anni. In vendita

«In vendita?» dice Roxanne. «Che cosa significa?» Mi guarda. «Vogliono mandarmi via?» Guarda la porta e chiama: «Carolina!».

Le copro la bocca con la mano. «Taci, stupida! Siamo in vendita ogni giorno, per ore. Cosa t'importa di quello che c'è scritto qui?»

Faccio scorrere il dito fino al mio nome. Leggo tutto due volte.

Charlese Charlie Jones, 16 anni, marrone medio
1,65 Vergine. Scappata di casa. Orfana.
Zavorra: Sorella e bambina $ 680,000 x 3 anni

Earle commenta che, visto che sono più grande, probabilmente Anthony non intende tenermi tanto quanto Roxanne. Non credo che mi venderà. Forse mi metterà di nuovo sulla strada. O magari mi butterà nel fiume.

Una volta Anthony aveva detto: «Sei come un diamante, Charlie. È difficile romperti. JuJu ti ha cresciuto bene. Adesso tocca a me disfare un po' del suo lavoro».

Ogni volta che pronuncia il nome di mia sorella mi viene da vomitare. Se scappo a casa lui verrà a cercarci, lo so. Me l'ha detto. «E anche quella bambina. Com'è che si chiama? Cricket.» Ogni volta che lo ripete pesta un piede a terra, come se fosse un insetto sotto la sua scarpa.

Dal piano di sotto Kate ci urla: «Sta arrivando».

Corriamo nella nostra camera.

Mentre siamo stese a terra racconto alle altre di quando la Saunders portò a scuola qualcosa che non scorderò mai. «Lei non è come la gente normale» dico. «Visita musei, compra vecchie cartoline già scritte da altri, vecchi giornali e roba che la maggior parte delle persone non vuole.»

Earle mi ascolta sdraiata per terra con i piedi sul letto. «Un libro mastro» proseguo. «Un giorno la signora Saunders ha portato in classe un libro mastro.»

«Un che?» chiede Roxanne.

«Un quaderno in cui un allevatore scriveva quanti maiali e mucche e galline e muli aveva. Non mi ricordo tutto, ma so che nella lista c'erano anche degli esseri umani. Schiavi.»

Mi ricordo alcuni nomi. Maleeka non è l'unica ad avere una buona memoria.

«James Beard, Negro, trentasette anni, sposato, duecento dollari» dico. «Nelly Beard, Negra, ventisei anni, moglie di James, cinquecento dollari.»

Roxanne si tormenta le punte dei capelli. «Proprio come noi. Erano...»

«... delle proprietà» diciamo assieme.

20 dicembre, ore 14.30

CAPITOLO SETTANTA

Mi sono comportata bene, così oggi Anthony mi porta al supermercato con lui. È la prima volta.

Fuori si gela. Io ho addosso i miei pantaloncini, come sempre, più una nuova pelliccia bianca. Dice che è vera, ma io so che non lo è. Mi arriva alla vita. Mi tiene al caldo il busto e le braccia e lascia scoperto quello che vogliono vedere i clienti. Quando siamo assieme la gente non smette di fissarci.

«Ignorali, Charlie» dice lui.

«Sì, Daddy.»

Lui però non ignora la ragazza alla cassa che si sta mettendo il lucidalabbra. Non è né bella, né brutta ma di sicuro è troppo immatura per rendersi conto che lui la sta puntando.

«Andiamo, Daddy» gli dico, prendendolo a braccetto.

Arriviamo in fondo alla corsia, poi torniamo indietro per quella accanto, guardando tutto e tutti. Io la osservo di nuovo. Se è fortunata la lascerà in pace.

Siamo a Detroit solo per tre giorni. C'è una partita di basket. Adesso sono una delle più richieste, e lui dice che questo mi dà dei privilegi.

«Daddy, potresti comprarmi questo, per favore?»

Mi mette un braccio attorno alla vita, sussurrandomi all'orecchio: «Oggi puoi averlo».

Sono così felice che mi metto a saltare. Gli stringo le braccia attorno al collo e lo bacio per bene. La gente nella corsia ci fissa. «Lavorerò super sodo per te, Daddy, vedrai.»

In realtà il regalo non è per me. È per Cricket. È un braccialetto avvolto nella plastica, così Anthony non può vedere la taglia o il ciondolo con la lettera C. Sarà il mio regalo per lei quando torno a casa, se ci tornerò.

Lo seguo nella corsia successiva. Infilo nel cestino liquirizie, lecca-lecca, una mela caramellata, e delle ciambelle al cioccolato. Lui mi guarda senza dire niente. Mi viene in mente che a Roxanne piacciono le bustine di Kool-Aid, così ne prendo una manciata. Quando lui è al telefono in fondo alla corsia, rubo una bottiglia di liquore dallo scaffale. Mezzo litro, solo per me. Me la ficco nella tasca della pelliccia prima di raggiungerlo.

Daddy vuole dirmi qualcosa. Earle se n'è andata. È sparita la scorsa notte dopo il lavoro. Anthony non ci ha spiegato cosa le è successo e noi non facciamo domande. Ora mi sta chiedendo cosa ne penso di avere un'altra sorellina. Io guardo di nuovo la ragazza alla cassa e faccio di no con la testa. «Si dà un sacco di arie. E poi è troppo magra.»

Quando mi parla è così vicino che mi sfiora l'orecchio con la bocca. «Questo è il mio lavoro, Charlie: recluto ragazze, le metto sul mercato, faccio soldi, investo soldi per dare a tutte voi una vita migliore. Un giorno avrò bisogno di una di voi, una tra le migliori, per sostituire Carolina» mi dice per la centesima volta. «Vuoi essere tu quella ragazza?»

Io voglio solo tornare a casa, ma se glielo dico poi dovranno raccogliermi dal pavimento. Così mento. Ormai so farlo bene. Gli dico che ne sarei felice. Non gli dico quello che mi ha detto Earle, e cioè che Daddy e Carolina promettono la stessa cosa a tutte le ragazze.

Daddy è sempre al lavoro. Fa alla cassiera una foto senza

che lei se ne accorga, proprio lì accanto allo scaffale dei piselli, e la invia da qualche parte, chissà dove. L'uomo che impila i mango nella seconda corsia continua a fissarmi da quando siamo entrati. Quando Daddy risponde a una chiamata, quello mi chiede quanto voglio. Ha le unghie sporche e spezzate. I suoi pantaloni blu sono così unti che sembrano sporchi di grasso di maiale. Sorrido, mostrandogli il dito medio.

Alla cassa Daddy chiede alla ragazza se vuole mangiare una pizza con noi. Le fa i complimenti per i suoi bei capelli lunghi, le chiede se vuole dei biglietti gratis per la partita di basket, e per tutto il tempo le tiene gli occhi addosso. Poi, quando il suo cellulare squilla, va nella corsia sei a rispondere.

Quando si allontana io le spiego sottovoce che cosa vuole Anthony da lei e come funzionano le cose per le ragazze come me.

Lei posa il suo lucidalabbra. «E allora?» dice.

«Io ti ho avvertita.»

Quando Anthony ritorna mi manda via. «Ho del lavoro da fare, Charlie. Aspettami fuori. Se quando esco non ci sei più...» non conclude la frase ma mi dà una botta sul sedere.

Mentre mi allontano vedo che lei si gratta la testa.

Fuori batto i piedi a terra per scaldarmi. Quando vedo un tipo con un cellulare in mano gli dico: «Ehi, signore! Mi può aiutare?». Non posso seguirlo o corrergli dietro per raggiungerlo, perché Daddy potrebbe vedermi. «Signore, per favore, ho una sorella. Può chiamarla per me e dirle di...» Quello si ferma e alza appena gli occhi dal suo telefono. «Non voglio stare sulla strada. È lui che mi costringe. Potrebbe...»

Sta scrivendo un messaggio e mi ignora. Faccio quello che non dovrei: mi metto a camminare, faccio anche qualche passo di corsa. Voltandomi a guardare, vedo la porta che si apre. Daddy esce dal supermercato. L'uomo e il suo telefono ormai sono fuori portata.

Arriviamo tutti e due alla macchina nello stesso momento. «Mi scappava la pipì, Daddy» dico senza fiato per la corsa. Poi indico un SUV con nessuno a bordo. «Laggiù.»

Cerca di darmi uno schiaffo, ma io riesco a schivarlo. «Credi che non sappia quello che hai fatto? Pensavi che quella lì non avrebbe detto la verità al tuo Daddy?»

La cassiera è dietro la vetrina e ci sta guardando. «Ogni ragazza di questa città vorrebbe avere quello che hai tu.»

«Sì, Daddy. Lo so, Daddy.»

Monto in macchina con lui e mi becco il resto. Lui dice che me lo sono meritato.

25 dicembre, ore 10.00

CAPITOLO SETTANTUNO

È spelacchiato come l'albero di Natale di Charlie Brown, ma noi lo stiamo decorando lo stesso senza lamentarci. Gem, armata di ago e filo, infilza una quarantina di pop-corn, facendone una ghirlanda. Appenderla all'albero è compito mio. Ne ho già sistemate altre due, mi manca solo l'ultima.

Mentre lo sto facendo Rosalie mi passa accanto, fermandosi a darmi un colpetto con l'anca, poi scoppia a ridere e appende altre palline. Sono piccole come monetine da un quarto di dollaro, verdi, rosse e argento. Secondo Gem sono i colori del nostro Natale, quest'anno. Abbiamo messo sull'albero fili argentati, delle ghirlande argentate sono attaccate con il nastro adesivo alla cornice della porta d'ingresso e sulla mensola del camino ci sono rami di pino con candele finte. Roxanne ha regalato a tutte la stessa calza della renna Rudolph con una campana al naso.

Katrina è l'unica delle ragazze a non far niente. È stesa di pancia in mezzo alla stanza e guarda la televisione. Lancia un'occhiata all'albero, sorride e poi torna al suo film. Oggi è la quarta volta che guarda *Mamma, ho perso l'aereo*. Le prime due volte l'abbiamo visto tutte assieme, come una famiglia. Senza Daddy, però, perché è fuori città per affari. Noi lavoriamo ogni giorno, inclusi weekend e giorni di festa. Ma oggi è Natale e per una volta possiamo fare vacanza.

Kate è in ginocchio sotto il tavolo da gioco, sta collegando alla corrente le lucine di Natale. Sono intermittenti e suonano anche *Jingle Bells*. Roxanne entra nella stanza, cantando. Non si unisce nessuno, ma non importa perché ha una voce dolce e intonata. Ascoltarla mi fa venire nostalgia di casa. Mi avvicino alla porta d'ingresso, così non mi vedono piangere.

Daddy non vuole, ma abbiamo convinto Carolina a lasciare aperta la porta d'ingresso. Uso la manica per pulire la condensa dal vetro della controporta e guardo fuori. Il paesaggio sembra una cartolina di Natale. È tutto il giorno che nevica. Quando soffia il vento mi sembra di essere chiusa in una di quelle palle di vetro con la neve finta dentro.

Incrocio le braccia e penso a Cricket. Se è con mia sorella avrà così tanti giocattoli che non saprà nemmeno da quale cominciare. *Hai imparato a camminare?* le chiedo nella mia testa. *O gattoni ancora? E hai messo i dentini?* Tiro su con il naso e mi schiarisco la voce. Spero che le altre ragazze non mi sentano ma ormai so che Roxanne ha l'udito di un gatto. Eccola che arriva. Si ferma accanto a me e mi mette un braccio sulle spalle. Prima che me ne accorga, Gem fa lo stesso dall'altro lato. Poco dopo siamo tutte qui, una accanto all'altra dietro alla porta, su due file, e guardiamo fuori, silenziose come la neve.

«A voi cosa manca?» chiedo.

«Mamma e papà» sussurra Rosalie. «Ogni anno facevamo dei biscotti di pan di zenzero la vigilia di Natale...»

«La chiesa dall'altra parte della strada ci portava dei regali ogni anno. Una volta mi hanno dato una bambola parlante» ci dice Roxanne. «È di sopra, sotto il mio letto.» Per la prima volta da quando sono qui sembra abbastanza triste da piangere.

Il fratello di Kianna ha dato fuoco alla loro casa, ma non l'ha fatto apposta. Sua madre e due sorelle erano dentro. Lei e suo padre sono finiti in un centro per senzatetto. Un giorno al risveglio suo padre non c'era più. Non ha mai scoperto che ne è stato di suo fratello. Daddy l'ha trovata il giorno dopo che piangeva nelle vicinanze del centro.

Chiudo gli occhi e mi vedo nel mio letto, sotto le coperte, con papà, mamma e JuJu al piano di sotto che incartano i regali. «Che cosa diceva quella ragazzina in quel film con l'orso e il leone?» chiedo. «Nessun posto è come casa» diciamo in coro, io, Kate e Rosalie.

«È questa, casa nostra.» Gem conficca l'ago in un pop-corn. «Il mio regalo di Natale a casa era una matrigna che mi picchiava e una madre sotto metadone. Me ne sono andata, sono scappata e non ci tornerò più. Quindi smettetela di parlare di come si stava meglio prima, perché se fosse stato davvero così adesso non sareste qui.»

Carolina si fa sempre annunciare dai tacchi. Quando arriva in soggiorno siamo tutte tornate a decorare l'albero con Gem. O per lo meno facciamo finta. Carolina è vestita di rosso dalla testa ai piedi e indossa un grembiule che era di sua madre. «Ho bisogno di aiuto con le torte.»

Indica me e Roxanne, così la seguiamo in cucina. Padelle, farina, uova, zucchero, frutta, lardo, burro e spezie occupano l'intero ripiano del tavolo. Carolina vuole preparare una torta con le patate dolci, una con le mele e una con i mirtilli, anche se a lei i mirtilli non piacciono. Nemmeno a noi, se è per questo. Ma sua madre la faceva ogni anno, così adesso è una tradizione. Stamattina presto ha preparato il contorno, Gem e Kate l'hanno aiutata a farcire il tacchino che adesso è in forno. Rosalie ha fatto il punch con i mirtilli rossi, ma le è venuto troppo dolce. Ieri, prima di andare al lavoro, io e Kianna abbiamo fatto i maccheroni al formaggio con tre formaggi diversi. Katrina non ha fatto proprio un bel niente.

Affondo le mani nella farina e la lancio in faccia a Roxanne.

Lei mi restituisce il favore. Carolina urla che non abbiamo tempo da perdere con questi giochi da bambini ma arrivano anche Gem, Kate e tutte le altre. Facciamo una confusione del diavolo. C'è farina dappertutto, sui nostri capelli e sul pavimento, ma è Natale e forse è per questo che Carolina ci dà scope e stracci ma non si arrabbia e non si mette a imprecare.

Quando ci mettiamo a tavola mi chiede di dire la preghiera. La tavola è piena di cibo ancora fumante e nell'aria c'è un profumo delizioso. Manca solo Daddy. È a Los Angeles, adesso, bloccato in aeroporto, e sta cercando di tornare da noi. Per prima cosa prego per lui. Chiedo a Dio di riportarlo da noi sano e salvo. Maleeka direbbe che sono fuori di testa, lo so. Ultimamente non mi ha più picchiata, però, e in fondo lui e Carolina ci comprano i vestiti e ci danno da mangiare, quindi non sono del tutto cattivi. Prego per le ragazze qui vicino a me: siamo come sorelle. Meglio, anzi, perché loro ucciderebbero per me. Forse Gem ha ragione: ci sono posti peggiori in cui stare, e anche paparini peggiori. Chiudo gli occhi e ringrazio Dio per avermi dato quello che ho.

Kate si lecca la torta di patate dolci tra le dita, poi apre il regalo che le ha fatto Rosalie. Anche incartato si capisce subito che è una tazza. Kate salta su è giù per la contentezza come se la tazza fosse piena di soldi, poi stringe Rosalie in un lungo abbraccio.

«Proprio quello che volevo.» Sopra c'è scritto il suo vero nome: Katie. «Solo la mia vera famiglia mi chiama così» dice.

«Buon Natale.» Roxanne mi dà il mio regalo.

Lo apro. «Oh.»

Roxanne pulisce la camera di Daddy di tanto in tanto. Ha trovato gli album da colorare e i pastelli nel cestino. «Sapevo che erano tuoi, così...»

«Io... Sì... Una volta coloravo, ma non più. Grazie lo stesso. Ma non voglio più niente che mi ricordi il passato.»

2 gennaio, 22.30

CAPITOLO SETTANTADUE

È uno dei miei clienti abituali. Ne ho sei in città. Chiedono di Charlie, non Char, ed è un bene perché Char non esiste più.

Sto fumando una sigaretta seduta per terra, con la schiena contro la porta. Dopo finisco la bottiglia di rum. Harrison è gentile con me. Anthony mi pesterebbe se lo sapesse, ma mi porta dei regali. Niente di grande o costoso, ma Anthony me li porterebbe via lo stesso. Harrison ha moglie e figli – sua figlia va all'università e vuole diventare medico come lui.

Lo guardo, aspetto che si muova, ma, quando mi alzo e gli passo accanto in punta di piedi, dorme ancora come un sasso e russa. Per tutto il tempo mi guardo alle spalle. A volte giurerei che Anthony riesce a vedere attraverso i muri e sentire i miei pensieri. Cerco di comportarmi bene, di stare tranquilla. Non chiamerei mai nessuno che conosco. Non l'ho mai fatto, fino a ora. Ma a Natale e Capodanno ho pensato molto a mia sorella. Così faccio un tentativo.

Tremando, sollevo con due dita il cellulare dalla sua tasca. Poi cammino in punta di piedi fino all'altro angolo della stanza.

«JuJu» sussurro.

«Char...»

«Sto bene. Lui mi tratta bene.» Quando Harrison si rigira

sulla pancia sento il collo irrigidirsi dalla tensione. «Mi piace qui. Non voglio andarmene.»

Non le ripeto tutte le cose che mi dice Anthony: che sono una sua proprietà, che ovunque vada non sarò mai al sicuro da lui, che se scappo farà Cricket a pezzetti e la darà in pasto agli orsi dello zoo. Per non parlare delle cose che farebbe a mia sorella e alle mie amiche.

JuJu sta piangendo. «Char, chi ti sta facendo questo?»

«Nessuno» mi asciugo gli occhi con il dorso della mano. «Lo sai... Mi sono sempre piaciuti i soldi e adesso me li sto guadagnando da sola. Tanti. Sto bene.»

Lei dice che contatterà l'FBI, che cercherà di far rintracciare la chiamata dalla polizia.

«Devo riattaccare adesso.» Controllo l'ora poi guardo Harrison, nudo sul letto, senza niente a coprirlo. Ogni settimana paga per un'ora, ma ne usa solo metà prima di addormentarsi come un vecchio ogni volta.

«Mi sto prendendo cura della bambina» dice JuJu.

Harrison allunga il braccio per cercarmi sull'altro lato del letto. Il cuore mi salta nel petto, batte più forte di un tamburo.

«Posso parlare con Cricket?» Pensavo che a questo punto JuJu l'avesse già data in affidamento.

Solomon ha fatto quello che gli avevo detto e l'ha chiamata, e lei ha preso un aereo ed è andata a prendersi Cricket.

«Siamo a casa e ti stiamo aspettando.»

Harrison sbadiglia. Sorride nel sonno.

«Ma... ma... ma...» fa una vocina al telefono.

«Cricket sono io, mamma.» Poi non riesco a dire più niente perché ho la gola piena di lacrime.

Mia sorella torna al telefono. «Mi sto prendendo cura di lei. Sapevo che avresti voluto così.»

Passo accanto a Harrison in punta di piedi. «Ho chiamato solo per dirti buon Natale e per ringraziarti. Mi hai cresciuto bene, JuJu. Hai fatto un buon lavoro. È tutta colpa mia. Avrei dovuto darti retta.»

«Mr. Bobbie ha chiesto di te. Mi ha raccontato tutto.»

«Mi dispiace.»

«No, va tutto bene, ti aveva tenuta lontana dalla strada e non eri con qualche ragazzo. Quando gli hai lasciato i messaggi era fuori città, ma adesso è tornato. Lui, la signora Saunders, Maleeka e altri ragazzi della tua vecchia scuola hanno affisso dei volantini vicino casa, e io ho anche appeso dei cartelli nella zona del motel, prima di tornare a casa.»

Anthony non sarà contento.

«Mi sbagliavo, Char. Tu sei sveglia... e farai strada in questo mondo.» Piange un altro po'.

Le dico che non sono più la stessa Char che conosceva. Ho fatto così tante cose, visto così tanto. Non mi riconosco più.

«Ma noi ti conosciamo, Char. Io e la gente alla tua vecchia scuola. Mamma e papà.»

Le dico che sono morti. Lei mi risponde che sono in cielo e parlano di me con Dio.

Rido, soffiando l'aria dal naso. «Dio? Ma dov'è?»

JuJu risponde che è dappertutto e anche dentro di me.

Mi copro. «Non lo voglio qui, JuJu... non voglio che mi veda così.»

«Ha visto di peggio, Char.» E, prima che possa fermarla, dice una preghiera per me.

«Buon Natale» sussurro. «E buon anno nuovo.»

Questo è il regalo più bello che ha mai ricevuto, dice.

Termino la chiamata e rimetto il cellulare nella tasca dei pantaloni di Harrison, poi mi siedo sul bordo del letto e bevo il rum. Finisce in un attimo. Dopo un po' se ne va anche Harrison, senza neppure accorgersi che ero ubriaca.

Anthony se ne accorge, però.

«Cagna!» Il suo pugno è una pietra che mi colpisce alle

spalle. «Vomitare sui clienti!» Mi da un calcio facendomi inciampare. «Mi stai facendo perdere soldi, Charlie! Tre settimane di fila!»

Mi trascina per i capelli lungo il corridoio. Schiaffi. Non mi ascolta ma tra gli schiaffi cerco di dirgli che ero nervosa perché si è sbarazzato di Earle e io avevo paura di essere la prossima. Non è vero, ma in fondo tutto quello che facciamo in questo lavoro è una bugia, quindi che importa? Pensa che lo stia incolpando di tutto, e questa è una ragione sufficiente per picchiarmi.

Gli uomini in fila mi ignorano. Al pianterreno, il manager dell'hotel si pulisce i denti con la punta di una cannuccia, restando a guardare mentre Anthony mi trascina fuori dalla porta. Sul marciapiede la gente paga per entrare al cinema, ma stasera ha uno spettacolo gratis.

Una volta in macchina smetto di supplicarlo. Questa volta sediamo entrambi davanti perché l'autista è in vacanza ad Aruba. Chissà dove si trova.

Daddy mette la retromarcia, si immette sulla strada e si allontana dall'hotel accelerando. Non vuole sprecare altro tempo con me, dice.

Dicono che nell'altra casa di Daddy, quella accanto alla nostra, ci siano solo topi e gatti randagi. Gira voce che l'ultima ragazza che avevano rinchiuso lì sia stata venduta, spedita oltreoceano. Era mezza giapponese, un metro e sessanta, e aveva la mia età. Earle mi aveva raccontato che era scappata cinque volte, tornando ogni volta di sua volontà, perché noi amiamo e odiamo Anthony, abbiamo bisogno di lui e crediamo di non poterne fare a meno. Quando cammino tra gli alberi mi chiedo se le scarpe che vedo a terra sono mie o sue. Quale delle due vedrò, tra poco? Lei o April?

Anthony è al mio fianco e mi trattiene per le braccia, come un poliziotto. «Se Daddy ti porta nella sua casa tieni la bocca chiusa e accetta la tua punizione» mi aveva avvertito Carolina il primo giorno, così non dico una parola e lascio che mi porti su per gli scalini tutti storti e consumati. Lo guardo aprire la porta sul retro, accendere le luci, togliersi delle ragnatele dalla faccia.

«Mi hai costretto tu.»

È meglio se parlo o resto zitta?

«Il problema è che hai la testa dura, Charlie. Non impari mai.»

Forse dovrei supplicarlo.

«Voi ragazze con figli siete le peggiori.»

È una casa vecchia e fredda come una cella frigorifera. Quando respiri vedi il tuo fiato. Scendendo nell'interrato ripenso ai sotterranei che avevo disegnato. Nei film non succede niente di buono in posti come questo.

«Entra!»

Faccio quello che mi dice.

«Daddy.»

«Tu non sei lei. Devo continuare a ripetermelo.»

Guardo nei suoi occhi scuri e stanchi.

«Anche lei ha avuto un bambino, poi è arrivata la leucemia ed è morta alla tua età. E non tornerà più.»

Guardo da un'altra parte, così non mi picchia per averlo visto bagnare di lacrime la giacca da settecento dollari. Entrando gli dico che può farmi tutto quello che vuole, basta che non mi lasci.

Quando la porta sta per chiudersi alle sue spalle lo sento dire che farò meglio a essere ancora viva quando torna.

3 gennaio, ore 15.10

CAPITOLO SETTANTATRÉ

Da quant'è che sono qui? Sei ore? Dieci? So che è il giorno dopo. Parlo spesso con me stessa, ma non piango. Cammino. Avanti e indietro, su e giù. O in cerchio, per scaldarmi. E conto. Sono arrivata a cinquecento senza fare errori. Mi sono anche bagnata un po' perché non volevo fare come fanno i cani e andare in un angolo, ma mi scappava. Per lui è lo stesso. Ci considera animali. È per questo che fa quello che vuole, con noi. Ho freddo fin dentro alle ossa.

Se muoio, come farà JuJu a saperlo?

CAPITOLO SETTANTAQUATTRO

Mi lecco le labbra come se fossero una fontana a cui posso bere. Sono secche, screpolate e dure. Mi fanno male. Ma lo stomaco è ancora peggio. È vuoto, brucia e brontola, mandandomi aria su fino in bocca, come se potessi nutrirmi di rutti. Si può morire di fame dopo due giorni? Anthony lo permetterebbe? Scommetto di sì. Non ho ancora pianto. E comunque non ho più lacrime. Ho un giaccone con il cappuccio, ed è già qualcosa. Peccato che stia gelando lo stesso. Chissà se le persone possono diventare come ghiaccioli. Se accadesse a me, Anthony spedirebbe il mio corpo a JuJu? Voglio essere sepolta accanto ai miei genitori. Mi sdraio sul pavimento freddo e duro e chiudo gli occhi. Poi mi alzo di nuovo e parlo con me stessa a voce alta. Forse sto diventando pazza. Comincio a ballare per scaldarmi. Ma qui dentro è impossibile scaldarsi, così mi sdraio di nuovo. Chiudo di nuovo gli occhi, poi li spalanco. «Non ti addormentare, Char. E non piangere.» Mi metto a sedere e uso un dito per scrivere nella terra.

Charlie è qui.

Cancello Charlie con una croce.

Char è qui.

Cancello anche Char.

Dio è qui.

Faccio una croce anche sopra al suo nome.

6 gennaio, ore 6.30

CAPITOLO SETTANTACINQUE

Arriva canticchiando tra sé, e così capisco che è lei.

«Roxanne?»

«Sì, sono io, Char.»

Piango. Non mi dice che andrà a finire tutto bene, ma solo che resterà qui con me finché può. C'è una fessura tra la porta e il pavimento. Roxanne ci infila le dita e le muove. Io mi siedo più vicino che posso e gliele stringo. Le parole mi escono dalla bocca in un sussurro. «Dove sono tutte le altre?»

«Dormono. Sono stanche morte.»

«Dov'è Daddy? Credi che Carolina gli chiederà di farmi uscire?»

«È dovuto partire. Carolina sta dormendo, credo. È in camera sua con la porta chiusa.»

«Roxanne?»

«Sì.»

«Prendi la chiave e fammi uscire. Così poi possiamo scappare.»

«Lo sai che non posso farlo, Char.»

Lo so.

«Ma ti ho portato questi.» Arrivano rotolando come se fossero sui pattini a rotelle. Cannucce piene di acqua, chiuse alle estremità con gomma da masticare. Poi arriva un pacchetto di Mentos, quelle colorate che piacciono a me. Poi dei pretzel a bastoncino che si sporcano un po' strusciando per terra. Per prima cosa bevo. Vuoto tutte e dieci le cannucce e metto da parte la gomma da masticare. Muoio di fame. Cominciò a mangiare, mentre da sotto la porta arriva altra roba. Per ultimo un pacchetto di cracker al burro di arachidi. Mangio in silenzio. Il cracker mi va per traverso e mi do dei colpi sul petto. Quando sono sazia stringo di nuovo le dita di Roxanne.

Mi dice che Anthony non tiene mai una ragazza qui dentro per più di un giorno o due. Dopo, alcune sono state mandate via per sempre, e di altre ha lasciato che se ne occupasse Carolina. Io le parlo di April.

«Quello non succede spesso» dice Roxanne. «Non fa bene agli affari e non gli fa guadagnare soldi.»

«Roxanne?»

«Sì?»

«Perché Dio ha permesso che ci accadesse questo?»

Lei ci pensa su un po'. «Non lo so.»

Appoggio la fronte sulla porta. Mi chiede se voglio pregare. «Perché? Se lo faccio, Dio mi porta la chiave e mi fa uscire di qui?»

Sento che sbadiglia, così le dico che se vuole può tornare in casa. Lei risponde che se ne andrà quando sentirà le ruote della macchina di Daddy. Poi, così dal nulla, mi chiede se so che è nata in un orfanotrofio per madri minorenni.

«Esistono ancora?»

Non si chiamava orfanotrofio, dice, ma in pratica lo era. «Lo gestiva la chiesa dall'altra parte della strada.»

«È per questo che parli così tanto di Dio?»

«È l'unico padre che ho mai avuto, oltre al parroco e a Daddy.»

Le chiedo se là le è successa una di quelle cose che si sentono al telegiornale.

«No.»

«Allora perché te ne sei andata?»

«Hanno picchiato una delle ragazze,» dice «e lei li ha denunciati ai servizi sociali. Poi sono venuti anche per tutti noi. Alcuni bambini sono finiti in affidamento, altri in case famiglia. Altri ancora sono stati rimandati alle loro famiglie di origine. Io sono scappata.»

«Possiamo scappare anche adesso.»

«Sì, ma dove andiamo? E poi, se me ne andassi lui troverebbe un'altra ragazza che prenderebbe il mio posto. E questo non mi va.»

«Ma...»

Mi dice di stare zitta. Un attimo dopo sento anch'io il rumore di pneumatici sulla ghiaia.

Quando dico a Roxanne di andarsene, lei non lo fa. E poi, un attimo dopo, sentiamo la porta che si apre e i suoi passi mentre cammina al piano di sopra parlando al telefono. Non capisco tutto quello che dice Roxanne, ma sento le parole «Dio, aiutaci».

Sento i passi di Daddy sulle scale. Sta scendendo. Chiudo gli occhi e prego per lei. Roxanne è l'amica di tutte noi, non voglio che le capiti qualcosa di brutto per colpa mia.

«Char» dice. «Credo che abbia portato qualcuno.»

Appoggio l'orecchio alla porta e ascolto, poi dico a Roxanne di correre più veloce che può. «E non fermarti per nessun motivo. Nemmeno per me. Capito?»

«Ma...»

«Cos'è, sei stupida? Vai!»

Quando lui apre la porta sto piangendo. Ma non importa a nessuno.

CAPITOLO SETTANTASEI

Vacche.
Muggiscono.
Come quelle che avevo visto alla stazione di servizio.
Entrano con paparino.
Mi trovano.
Mi calpestano.
Mi distruggono.
Io grido: «Daddy, ti prego!».
Sono io che l'ho costretto a fare questo, dice,
poi mi lascia qui da sola.

Anthony esce dalla cucina e attraversa il soggiorno dicendo a Carolina di stare zitta. Lei lo segue strillando più forte di lui.

«Mamma lo sapeva. Sì, lo sapeva che sarei stata più brava di te, a fare questo lavoro.» Lo supera, veloce sui suoi tacchi argentati, e lo ferma parandosi davanti alla porta.

Io non dico niente. Sono solo felice di essere qui, viva. È stata Roxanne a convincere Carolina a tirarmi fuori. Ha trovato un modo per uscire dal piano interrato ed è rimasta nascosta fino al pomeriggio successivo. Quando lei e Carolina sono venute a prendermi stavo ancora piangendo. Non che a Carolina importi molto di me. Per lei sono solo un'opportunità per fare soldi, una scommessa sicura. O almeno lo ero. «E a me non va di perdere soldi» mi ha detto mentre uscivamo. Ho continuato a ringraziarla come se fossi una schiava appena liberata. Sembrava quasi Anthony quando ha aggiunto: «Per noi tu sei esattamente come il televisore a schermo piatto, le tende e quella pendola del nonno: quando non servono più a nulla li buttiamo nella spazzatura».

«Io sono utile» ho bisbigliato. Poi ho chiuso gli occhi, aspettando che mi picchiasse. Ma lei se l'è presa con Roxanne. Tanto per cominciare, non avrebbe dovuto trovarsi lì, nell'altra casa. In più, aveva mentito: le aveva detto di aver visto del sangue snodarsi da sotto la porta come un serpente. Ma quello è successo la settimana scorsa. Io ho cominciato a camminare normalmente solo ieri.

Anthony esce al freddo, senza cappotto, e Carolina gli va dietro. Fisso il marciapiede e gli alberi lungo la strada. Il vento si porta via le parole di Carolina. «Appena prima di morire mamma ha detto che aveva fatto un errore, scegliendo te. Sapeva che avresti rovinato tutto. Anche la nuova ragazza ci creerà problemi.»

So che Anthony l'ha portata qui stamattina. Il sole non era ancora spuntato. Qualche minuto fa l'ho vista che si metteva il lucidalabbra, seguendo Gem al piano di sopra. È venuta di sua volontà? Oppure l'hanno tramortita e poi portata in casa? L'ultima volta che l'avevo vista lavorava alla cassa del supermercato.

Io e Carolina siamo uguali: capiamo di aver passato il limite quando ormai è troppo tardi. Così vedo il coltello di Anthony prima di lei. E quando smette di parlare ce l'ha già alla gola. «Sono io che comando qui!» Chiudo gli occhi per non vedere il sangue. «Solo perché sei mia sorella, non significa che...»

Carolina tira fuori la madre e la sorella morta. Si chiamava Anna ed era la piccola della famiglia. Ha avuto un bambino proprio all'inizio della malattia della madre, e poi si è ammalata anche lei. «Ragazze con bambini. Ragazze che prendono pillole. Prenderle con te non cambierà quello che è successo ad Anna.» Riapro gli occhi. Lei gli punta un dito sul petto, poi fissa lo sguardo su di me. «E le ragazze morte, più quelle che dai via gratis, non ci fanno guadagnare soldi.»

«Avrei dovuto finire l'università» Anthony rimette il coltello in tasca. «Laurearmi e lavorare a Wall Street.» Prende a pugni la porta. «Non ero suo marito! Non ero il padre di Anna! Non è stato giusto farmi sentire responsabile per loro.»

È la prima volta che vedo Carolina abbracciarlo o comportarsi come se le importasse davvero di qualcun altro. Lui non dice niente. Lei gli prende il mento tra le dita.

«Ma eri l'uomo della famiglia.»

«Avevo diciott'anni. Ero al secondo anno di università. Con una borsa di studio.»

«E io andavo ancora alle superiori. L'avrei fatto, però. L'avevo detto a mamma, ma lei voleva te.» Si mette sulla soglia e lo guarda. «Mamma ha lavorato in questo ambiente per venticinque anni e non ha imparato niente sugli uomini.»

«Cosa vuoi dire?»

«Che gli uomini si prendono sempre tutto il merito quando invece sono le donne a fare tutto il lavoro.»

«Credi di poter mandare avanti questa baracca? Allora fallo.» Scende gli scalini del portico pestando i piedi. «E comunque devo sbrigare degli affari fuori città. Torno fra tre settimane. Ma se combini casini...»

«Non lo farò. Te lo prometto. Te lo giuro.» Lo raggiunge di corsa e lo abbraccia finché lui non si stacca le sue braccia di dosso. Per la prima volta scorgo nuvole nere sopra le loro teste. Carolina si chiude la porta alle spalle, poi si sfrega le mani come se avesse vinto la lotteria. Ridendo, dice che forse deve ringraziarmi; sono anni che cerca di farglielo capire. «Stavolta credo di avercela fatta.»

Esce dalla stanza. Non ha chiuso la porta a chiave. Quando torna indietro credo che se ne sia ricordata, invece si limita a prendere il cellulare che aveva lasciato sul tavolino. Comincia a parlare, tutta allegra. «Volevo liberarmi di te dal primo giorno. Per fare soldi servono ragazze più giovani. Abbiamo bisogno di qualche bambina di nove anni, qui: gliel'ho detto, ma lui non mi ascolta mai.» La sua voce è come una sirena della polizia quando chiama le altre. «Sveglia! Ascoltatemi! Ci saranno delle nuove regole. Fatevi trovare in cucina tra dieci minuti.»

Sento i passi delle ragazze che cominciano a correre su e giù per il corridoio. Guardo la porta, poi le scale che Carolina ha appena salito, poi di nuovo la porta. Quella nuova sale su dall'interrato e si ferma un momento a fissarmi. Alza gli occhi al cielo come se le avessi fatto qualcosa, poi va al piano di sopra. Carolina strilla contro qualcuno.

Mi alzo, piano. Vado verso la porta, trattenendo il respiro. Poi mi fermo, come se Carolina fosse quaggiù a ordinarmelo. E se Anthony è ancora là fuori? Torno di corsa al divano. E se Carolina vuole liberarsi di me? Se mi vende mentre lui non c'è? Penso allo scantinato della casa accanto. Il furgone, i clienti, la polizia. Stavolta corro verso la porta. La mia mano, tremante, è sulla maniglia quando sento chiamare il mio nome.

«Charlese.»

È Roxanne.

«Non dimenticarti di noi.»

Tendo un braccio verso di lei mentre supero la soglia. «Roxanne, vieni con me.»

Fa di no con la testa. Fuori comincia a piovere.

«A casa nostra c'è posto anche per te» le dico. «Non sei una sua proprietà.»

Lei è sulla porta. «Non voglio che prenda altre ragazze.»
«Ma lo farà lo stesso. Che noi siamo qui o meno.»
Lei fa qualche passo indietro.
Non ho più niente da dire. Ci sono solo i miei piedi nudi sul marciapiede freddo e bagnato e la pioggia che mi infradicia. Scivolo, ma continuo a correre più veloce che posso.

DI NUOVO
A CASA

CAPITOLO SETTANTASETTE

Quando arrivo a casa sono tutti lì. La Saunders, Maleeka, JuJu, Cricket, e persino Mr. Bobbie, seduto sul portico con un fucile in mano.

Sto quasi per abbracciare Mr. Mike, il conducente della corriera, ma non ci riesco. Continuo a ripetergli: «Grazie». Poi gli occhi mi cadono sullo striscione sopra il portico:

BENTORNATA A CASA, CHAR!
TI VOGLIAMO BENE!

Il conducente ha guidato tutta la notte. Sua moglie ha dormito per la maggior parte del viaggio. Io sono rimasta sveglia tutto il tempo, fissando con gli occhi sgranati ogni macchina, camion o moto che vedevo. «Non lasci che mi prenda!» ho ripetuto fino a perdere il conto. «Non lo permetterò» ripeteva lui. E ha mantenuto la promessa.

Una donna a dodici isolati dalla casa di Anthony, mi ha accolto in casa sua. Non le ho raccontato tutta la verità su quello che era successo, ero troppo spaventata. Le ho detto che era stato il mio ragazzo a ridurmi così, poi l'ho supplicata di non chiamare la polizia e le ho chiesto se potevo telefonare a mio padre.

«Mi aiuti» ho detto al conducente della corriera al telefono. È arrivato in venti minuti. Mi ha portato a casa sua, dove ho fatto una doccia e mi sono cambiata. Mi hanno dato i vestiti della figlia. Due ore dopo eravamo già in viaggio.

Quelli che fanno il suo lavoro conoscono tutte le stradine secondarie, i piccoli centri e i posti dove ci sono un sacco di poliziotti. L'ho supplicato di non chiamare la polizia, ma nemmeno a lui ho detto tutta la verità. Ho mentito. Gli ho detto che un vecchio con i peli nelle orecchie mi stava pedinando, che mi seguiva dappertutto, minacciando di uccidermi, e che volevo solo tornare a casa.

Mentre salgo i gradini del portico scoppio a piangere. JuJu corre da me con Cricket, mettendomela tra le braccia. Tutti mi si stringono attorno, mi accarezzano la schiena, mi danno dei colpetti affettuosi sulle spalle. Anche il conducente e sua moglie.

Scommetto che credono che la vecchia Char, quella che conoscevano loro, è tornata. Ma non è così. Quella Char se n'è andata per sempre.

18 gennaio, ore 17.30

CAPITOLO SETTANTOTTO

È la mia festa, quindi ogni tanto sorrido. Quando JuJu e Mr. Bobbie ballano l'*electric slide* in mezzo alla stanza, davanti a tutti, batto persino le mani. La Saunders non balla. Ha due piedi sinistri, un sacco di tempo fa mi aveva raccontato di essere troppo imbranata. Mi sorride dall'altro capo della stanza. È un sorriso quieto, pacato, tutto l'opposto di quelli di JuJu: da quando sono tornata a casa mia sorella ha questo sorriso enorme stampato in faccia. E a ogni mia richiesta, risponde solo sì.

«Ehi voi tutti, Char è a casa! Ringraziamo il Signore» dice, alzando le braccia al cielo. È strano, prima non citava mai Dio, ma adesso sembra che preghi e lo ringrazi tutto il tempo.

Il campanello suona e arriva un altro vicino, e poi un altro cliente di JuJu. Con la mente torno al posto dove stavo prima. Mi rivedo in soggiorno con le altre, con addosso solo la biancheria. Io e Roxanne siamo al tavolo da gioco e ridiamo per qualcosa che ha detto Gem. Mi capita spesso di pensare a com'erano le cose, prima, e perfino le peggiori non lo sembrano più tanto.

Maleeka si siede accanto a me pulendosi del cibo dalla mano con un tovagliolo.

«Ehi, Char.»

«Ehi.»

Siamo sedute sul davanzale, su dei cuscini soffici e spessi. Sorrido, poi fisso il piatto di carta vuoto che ho in mano. Prima era pieno di roba. Ho mangiato tutto, lo so, ma lo ricordo appena. «Hai mangiato abbastanza?» le chiedo. «Ha cucinato tutto JuJu. Lo sai che è brava.»

Maleeka si massaggia la pancia, rutta e appallottola il tovagliolo. «Sicuro!» fa.

È qui da un'ora ed è stata quasi sempre con la Saunders. Probabilmente perché io non avevo molto tempo per parlare con lei. La gente continuava a venire a chiedermi come stavo e se andava tutto bene. Non so che cosa abbia raccontato mia sorella. Non che possa dire molto, visto che lei stessa non sa quasi niente. Da quando sono a casa le dico tutto il tempo che sto bene, che non è successo niente di così terribile. Lei mi guarda come se non mi credesse e subito dopo mi abbraccia e mi sussurra all'orecchio che mi vuole bene e che andrà tutto per il meglio. Ma io lo so che non sarà così.

Mi sono seduta alla finestra perché da qui posso guardare fuori. Controllo la strada, a destra e a sinistra. In più tengo d'occhio tutti quelli che entrano in casa nostra. Lui conosce questo indirizzo, il nome di mia sorella e sa che lavora in una banca. Un giorno si farà vivo, lo so.

«Assicurati che la porta sia sempre chiusa a chiave tra un ospite e l'altro» dico a JuJu quando passa. Mi risponde che Mr. Bobbie è sul portico. Come se Anthony si facesse spaventare da un vecchio con il fucile.

Gli adulti ballano, spettegolano, bevono troppo cognac o rum & cola, mangiano troppe alette di pollo piccanti all'aglio.

«Bella festa» commenta Maleeka. Lo fa tanto per dire qualcosa, credo.

Sorrido. Vorrei che il volume della musica non fosse così alto. Vorrei già essere nel mio letto, addormentata sotto le coperte.

Io e Maleeka fissiamo gli altri, ma non parliamo tra di noi. Ogni tanto mi accorgo che mi guarda con la coda dell'occhio. Probabilmente si starà facendo delle domande. Non credo che sia la sola. Gli altri si staranno chiedendo le stesse cose. Un giorno vedranno quelle foto, lo so. Se succede, giuro che mi taglio i polsi o mi impicco. Come potrei andare avanti, se diventano pubbliche?

Maleeka muove la sua mano verso di me. Lentamente. Ma io non la fermo, non le impedisco di farla scivolare nella mia e di tenermela. Anzi la stringo forte, sperando di non mettermi a piangere. Parla a voce bassissima, ma la sento nonostante la musica. «Ce la puoi fare, Char.»

Mi ha chiamato ogni giorno da quando sono tornata a casa. Io non ho risposto e non l'ho richiamata, ma non si è offesa. Mi lascia lo stesso dei messaggi. «Bentornata a casa, Char. Andrà meglio.» Oppure: «Sono contenta che sei di nuovo qui, Char. Chiamami se vuoi fare una passeggiata, parlare o prendere un pretzel da Cookies and Beans».

Ho ascoltato tutti i suoi messaggi, ma dentro di me ero troppo triste per rispondere.

Fingo un sorriso. «Che bei capelli! Te li sei fatti tu, così?»

Lei tocca l'acconciatura afro. È grande come la luna, con qualche conchiglia bianca qua e là. Mi dice che gliel'ha fatta una delle sue amiche. Guardo i suoi orecchini a cerchio di legno, così grandi che le arrivano alle spalle. Sta benissimo nell'uniforme della scuola. È giovedì pomeriggio e non si è cambiata prima di venire qui. Il colore è beige, tipo quella dei boyscout. La gonna è a pieghe e la cravatta verde oliva le arriva alla vita. Sono i colori della sua scuola. Da quando sono a casa JuJu tira fuori spesso l'argomento della mia educazione.

Ma io so già tutto quello che mi serviva imparare. E scommetto che lei non ne vuole sapere niente.

Mi alzo, facendo segno a Maleeka che può seguirmi, se vuole. Attraverso la stanza in linea retta, con gli occhi fissi sugli ospiti e sulla porta. La gente mi dà una stretta alle spalle da dietro o delle pacche sulle braccia. Quando lo fanno rabbrividisco dentro di me e accelero. Vorrei che non mi toccassero, ma non glielo posso dire.

Io e Maleeka siamo come due rocce in un fiume, due girini in un acquario pieno di adulti che ridono forte e pensano che andrà tutto bene, ora che sono tornata a casa. Gli occhi della Saunders mi seguono come due fari.

A volte penso che la mia vita sarebbe andata diversamente se non avessi dato fuoco alla sua aula.

Maleeka scalcia via le scarpe senza tacco in corridoio ed entra in camera mia a piedi nudi. Ogni dito del piede è smaltato in un tono diverso di blu. Quando siamo dentro chiudo la porta a chiave e controllo che sia chiusa bene. Poi vado alla finestra per vedere se lui è lì, se è venuto a prendermi per vendicarsi. Maleeka è seduta sulla mia scrivania e sta facendo ciondolare le gambe. «Tutto a posto, Char?»

Le rispondo di sì, che va tutto bene.

La mia mente non ha pace. I pensieri corrono in fretta, così mi muovo anch'io: mi allontano dalla finestra, mi siedo sul letto, poi mi sdraio e mi copro con le coperte, le scalcio via, salto in piedi e mi siedo sul bordo della scrivania, guardando Maleeka. Faccio quella cosa col respiro che mi ha insegnato la mia vecchia psicologa. Non funziona bene come aveva detto lei.

Ed ecco di nuovo la sua mano nella mia. «Respira» mi dice lei. Obbedisco. O per lo meno ci provo.

Vado a controllare la serratura. I nostri occhi girano per la stanza, poi si incontrano. Ci vuole un po' prima che si accorga del cestino accanto alla scrivania dove ho buttato tutti i miei pastelli, gli album da colorare, l'ultima bambola che mi ha regalato mamma e una corona che avevo vinto in seconda elementare a un concorso di bellezza a cui non volevo partecipare.

«Pensavo che ti piacesse colorare.»

«Una volta.»

«Allora vuoi buttare via tutto?»

«Sì.»

Mi chiede se può prendere i pastelli e gli album. «Magari li può usare qualcun altro.»

Appena le dico di sì, li prende e li mette in un sacchetto di plastica, lasciando lì la bambola senza capelli e la corona di carta. Io mi mordo il labbro di sotto, per impedirgli di tremare.

«Maleeka.»

«Sì, Char.» Chiude il sacchetto con un nodo.

«Non ti sembra il party peggiore di sempre?»

Ridiamo tutte e due. Si siede di nuovo accanto a me. Le chiedo cosa pensa di Cricket. Un'amica di mia sorella la tiene da lei questa sera per concedermi una pausa, anche se io non avevo chiesto nessuna pausa. Ma ho fatto quello che mi ha detto JuJu, perché credo che Cricket capisca che sono depressa e questo non le fa bene.

«Non riesco a credere che hai una bambina, Char.»

Mi rialzo e vado alla finestra facendo scrocchiare le dita. Maleeka mi segue. Quando è accanto a me mi chiede se mi piace essere madre. «Certo che sì.»

«È dura? Cioè, cambiare pannolini tutto il tempo, svegliarsi di notte... Credo che odierei quella parte.»

Le dico che Cricket è diversa. È una bambina buona. Non le parlo di April, né le dico che è stata uccisa. Poi la mia mente torna al mio primo giorno a casa; Cricket si teneva stretta alla mia camicia con le piccole dita e non mi voleva più lasciare andare. Adesso fa sempre così. E piange un sacco.

JuJu dice che lo fa perché quando la tengo piango anch'io. «Lascia che ti metta di nuovo in terapia.» Ripete mia sorella ogni giorno. «Dovresti parlare con qualcuno di quello che ti è successo.» Io ne parlo già con Cricket.

«Maleeka.»

«Sì, Char?»

«No, niente.»

«Se hai bisogno di parlare di qualsiasi cosa, Char, puoi chiamarmi. A ogni ora del giorno o della notte. Giuro.»

«Maleeka, qual è la cosa più brutta che hai mai fatto?»

Non ha bisogno di pensarci su. «Dare fuoco all'aula della Saunders.»

Scoppio a ridere. Si mette a ridere anche lei. Ci reggiamo la pancia e non riusciamo a smettere. Quando le viene il singhiozzo mi metto a ridere ancora più forte. Poi mi fermo di colpo. «Forse me lo meritavo.»

«Meritavi cosa?»

«Tutte le cose che mi sono capitate. È la ricompensa per tutto il male che ho fatto.»

È una lacrima, una lacrima sola. Forse è per questo che ci mette così tanto a scorrere lungo la guancia e giù per il mento. È Maleeka ad asciugarmela.

«Credi che io mi meritassi tutto quello che mi hai fatto? Quelle prepotenze, ogni giorno, senza una ragione?»

Faccio di no con la testa.

«Char, non ero un angelo. E di certo non lo eri neppure tu. Ma questo non dà alla gente il diritto di...» Ora è lei a piangere. «Che cosa ti ha fatto, Char? Qualcosa di brutto, lo so. Devi dirlo a qualcuno o...»

«Lui... lui...» Scuoto la testa. «Non importa. Non è successo niente. È stato divertente vivere da sola. Vedi.» Indico la mia faccia, le mie labbra: sto sorridendo.

Stavolta per asciugarmi le lacrime usa il fianco della mano

come un fazzoletto. Poi va al mio armadio, ancheggiando. Vuole sapere se ho dei vestiti nuovi dall'ultima volta che mi ha visto. «Un sacco» le dico. Sono subito al suo fianco. Apro la porta scorrevole e passo in rassegna maglioni e pantaloni.

«Marchio JuJu» le dico. Lei ride perché sa cosa vuol dire.

Con lei è facile parlare di tutto, saltare da un argomento all'altro, come musica che si alterna tra brani veloci e lenti, tra rap e balli di gruppo. Sembra che il dj sia in pausa quando parlo a Maleeka della Saunders. JuJu mi ha detto di averle chiesto di darmi lezioni private ogni sabato qui a casa nostra. JuJu vuole chiamarla la Scuola di Eccellenza Charlese Jones. Dovrebbe aiutarmi a recuperare, e magari anche a rimettermi al passo per poter fare un test per accedere al mio anno di scuola regolare. Io non voglio. JuJu vuole che lo faccia perché ne ha bisogno, vuole farmi tornare la vecchia Char di una volta il prima possibile. Non sono arrabbiata, capisco che è stata dura per lei come lo è stato per me. Ma è comunque un sacco di studio e di scuola e pure un sacco di ore con la Saunders.

Chiedo a Maleeka se vuole fare lezione con me. Sarebbe strano, da sola. E Maleeka è una tale secchiona. Dice che adora la scuola. Ci vorrebbe andare sette giorni alla settimana. «E quindi, sì, verrò anch'io.»

Restiamo a guardare la luna piena dalla finestra. Splende su tutto, perfino su di noi.

Trattengo il respiro quando Maleeka mi dice un'ultima volta: «Char, non ti preoccupare. Andrà tutto bene».

16 febbraio, ore 7.30

CAPITOLO SETTANTANOVE

Lei puzza, e anch'io. Di marcio. Non faccio il bagno da più di una settimana, e lei pure. Mi chino ad annusare la sua testa e faccio una smorfia. Sento una zaffata delle mie ascelle e del mio alito cattivo e scuoto la testa.

«È il momento del suo biberon, di darle da mangiare.» È questo che faccio adesso: ricordo a me stessa di fare le cose. A volte funziona, a volte no.

«Un biberon» mi dico. «Non mi serve altro.» Se potessi mi alzerei, ma non ci riesco.

«Cricket.»

Ed eccole di nuovo, le lacrime.

«Io ci...» Le chiedo scusa tutto il giorno, ogni giorno. «Ci sto provando.»

Da quando sono tornata mia sorella ha messo un forno a microonde e un piccolo frigorifero in camera mia, per rendere le cose più facili. Ma adesso ci sta ripensando, perché dice che ogni giorno va peggio. Ho persino paura di scendere al piano di sotto, per non parlare di uscire. Passo il tempo chiusa in camera.

JuJu non può stare tutto il tempo a casa a farmi da babysitter. Deve lavorare. Guadagnare soldi. Ma quando è a casa bussa alla mia camera, mi lascia il pranzo e la cena dietro la porta. Mi supplica. Si trova in una posizione difficile. Se chiama le autorità potrebbero mettermi in una clinica e non farmi più uscire. O incriminarmi per alcune delle cose che ho fatto, anche se lei non le sa tutte. Ma ha visto come vanno le cose in strada, sa cosa succede là fuori.

Quando sollevo in aria Cricket mi tremano le mani. Anche lei trema. Se ci trovassimo in mezzo al ghiaccio in pieno inverno, non potremmo tremare di più. Nella mia testa risuona la voce di mia sorella. «Charlese Jones. Dobbiamo andare alla polizia e raccontare tutto.»

«Se lo fai, quello mi uccide.»

Continuo a ripeterle che ho solo bisogno di tempo per dimenticare tutto. Peccato che non ci riesco. Né a dimenticare né a parlarne con qualcuno. E così mi rimane in testa come un brutto sogno.

Poso Cricket al centro del letto. Fisso la cassettiera che tengo davanti alla porta ogni volta che mia sorella è al lavoro. Piango, seduta per terra con la schiena appoggiata al letto. Anche Cricket piange. Non facciamo altro che piangere, adesso.

CAPITOLO OTTANTA

Il mio cellulare squilla tanto a lungo che mi tocca rispondere.

«Char.»

«Che c'è, Maleeka?»

«Sei sveglia?»

«Be', direi di sì, se sto parlando con te!»

«Sono qua fuori.»

«Eh?»

«Apri la porta di casa.»

«Non posso. Sono a letto.»

Dice che JuJu le ha dato le chiavi di casa nostra. Che gliele ha messe in mano l'altro giorno, quando l'ha vista in pizzeria.

«Quindi sto arrivando.»

Mia sorella ha detto a Maleeka di venire a controllarmi ogni tanto, mentre lei è al lavoro o a scuola. JuJu esce di casa per le otto di mattina e torna alle nove di sera. Mi chiama dal lavoro, ma il più delle volte io non rispondo.

Riattacco perché ho bisogno di dormire, di spegnere il cervello, altrimenti divento triste. Ma lei è già qui, dietro la porta di camera mia e sta bussando.

«Vattene via, Maleeka.»

«Me ne starò seduta qui fuori finché non mi apri, Char.»

Mi giro con la faccia verso il muro, chiudo gli occhi e mi sveglio dopo più di un'ora. «Sei ancora lì?» chiedo.

«JuJu sta pensando di chiamare gli assistenti sociali, Char. Non vorrebbe farlo perché ha paura che ti mettano in un ospedale psichiatrico o che ti portino via da lei.» Poi mi parla di Cricket. JuJu deve averle detto cos'è successo, credo. Cricket è di nuovo da quest'amica di mia sorella, Miss Eleonora, che tiene bambini in affidamento. Io non volevo lasciarla andare, ma ho dovuto dare ragione a JuJu quando lei mi ha mostrato l'infiammazione da pannolino che non passava e mi ha ricordato che Cricket era rotolata giù dal letto davanti ai miei occhi. «Ha bisogno di una madre a tempo pieno, Char» mi aveva detto. «Non di una ragazza così triste che "lacrime" è diventato il suo secondo nome.»

Calpesto i piatti della sera prima passando accanto a un cartone della pizza con delle fette rinsecchite. Porto in bagno un vassoio di bicchieri, mettendoli insieme agli altri che ho accatastato nella vasca. Poi sposto la cassettiera e apro la porta.

Maleeka mi supera come se non fosse venuta a vedere me. Sono ancora accanto alla porta quando avvicina al letto la sedia della mia scrivania, si siede e tira fuori un libro dal suo zaino.

Mi metto a letto, con le coperte tirate su fino al mento, e vedo che lei si tappa il naso con le dita.

«Ti ricordi quella volta che ti sei messa il deodorante nel bagno della scuola?» chiede.

Io mettevo sempre il deodorante nel bagno delle ragazze.

«Avevi un sacco di peli sotto le ascelle.»

«Perché non te ne vai, Maleeka?»

Controlla l'orologio e apre il libro. «Ho ancora venti minuti.»

«Per cosa?»

«Per stare qui.»
«JuJu ti paga per stare con me?»
«No!»
«Allora perché sei qui, Maleeka?»
«C'è puzza qui dentro, lo sai?»
Apre la finestra facendo entrare l'aria ghiacciata. Io corro a chiuderla e le dico che non sono affari suoi. «Non ti ho mai picchiato, Maleeka, ma potrei» la minaccio mostrandole tutti e due i pugni. «Sono ancora in grado di farlo.»
«Be', spero che prima ti faccia una doccia.» Si accuccia a raccogliere un bicchiere di plastica con dentro del Jell-O rosso, secco e ammuffito.
«Char.»
«Cosa c'è» sono già tornata a letto.
«JuJu mi ha raccontato di Cricket» dice mentre si riempie le braccia con un po' d'immondizia. «Mi dispiace.»
Le dico che magari Cricket sarebbe cresciuta male stando con me e April. E forse avermi lasciato le porterà fortuna.
Maleeka butta l'immondizia nel cestino. «Lo specchio di mio padre mi ha portato fortuna.»
Mi ricordo quello specchio.
«E anche le sue poesie.»
Ne scriveva davvero di belle.
«Magari il tuo portafortuna sono io.» So che sta sorridendo anche se le do le spalle. «Avresti dato fuoco a tutta l'aula se non ci fossi stata io, quella volta.» Mi racconta di quant'era spaventata quel giorno. Non ci voleva nemmeno venire. Anch'io vorrei tanto non esserci andata.

Continua a parlare, camminare, spostarsi, pulire. In poco tempo riesco a vedere il pavimento dal mio letto. I cestini della mia camera e del bagno stanno in corridoio, adesso, e traboccano. Usa una bomboletta spray per rinfrescare l'aria. «Mia madre è stata triste per un sacco di tempo.» Cammina spruzzando in giro il deodorante. «È per questo che mi toccava mettere quei vestiti.» Glieli cuciva sua madre. Erano terribili. Io le portavo abiti rubati da mia sorella. «Non dura per sempre» dice ancora.

Mi sollevo sui gomiti. «Era depressa anche quando ha avuto il cancro?»

«Già. E lo ero anch'io. Ogni giorno. Ma dicono che adesso sta bene.»

Spruzza il deodorante finché non mi viene da tossire. Poi fa lo stesso in bagno. Torna da me, restando in piedi accanto al letto. «Credo che mia madre sarebbe morta se non ci fossi stata io. La tristezza può fare di queste cose, sai Char? Farti sperare di essere morta. O farti venire voglia di ucciderti.» Mi racconta della volta che la chemio ha avuto la meglio su sua madre. «Sono rimasta a casa da sola per una settimana intera prima che lei tornasse. Poi ho cucinato per lei, fatto le pulizie, l'ho aiutata a vestirsi. Proprio come facevo prima.» Cominciano a tremarle le mani. Le nasconde dietro la schiena e respira per calmarsi. «Quando sei così triste o malata hai bisogno di qualcuno, Char.» Sorride. «Il tuo qualcuno sarò io, che ti piaccia o meno.»

Poi cambia discorso. Mi chiede che fine hanno fatto i disegni che erano sulle pareti e la scatola di colori costosi di cui le avevo parlato una volta. Me li aveva comprati Mr. Bobbie. Duecento pastelli, con alcuni colori che sono fuori produzione.

«Non ce li ho più. Li ho dati al negozio di seconda mano.»

«Mia madre cuciva. Quando ci sei dentro hai bisogno di fare qualcosa, qualche lavoro manuale per tenerti occupata.»

«Be', di certo non mi metterò a colorare.»

«Questo è un libro che ho preso alla biblioteca della mia scuola.» Ora è inginocchiata accanto al letto e, piantandomi i gomiti addosso, si sporge verso di me per mostrarmi la copertina. Maya Angelou. *Io so perché canta l'uccello in gabbia*.

Mi chiede se può leggermelo.

Non voglio saperne niente di uccelli, ma se glielo dico di sicuro si metterà a fare qualcos'altro che non mi piace. Così l'accontento. «Fai come vuoi, ma toglimi i tuoi gomiti di dosso.»

Maleeka legge davvero bene. Ogni personaggio ha una voce diversa, anche quello che lei chiama il narratore. È l'unico motivo per cui mi metto ad ascoltarla. La sua voce è calda come un tè bollente con il miele.

Dopo tre pagine si ferma e mi chiede cosa ne penso. «Di sicuro sa scrivere» le dico. «Per il resto non mi viene in mente niente.»

Maleeka riprende a leggere.

«Si è inventata tutto da sola? Voglio dire, tutte quelle parole? Oppure ha intervistato altre persone e scritto le loro storie?»

«È un libro autobiografico» risponde Maleeka, poi mi spiega cosa significa.

«Quindi racconta della sua vita? Di cose che le sono successe davvero?»

«Sì. Che ne pensi?»

«Stamps, Arkansas... Almeno lei sapeva dove si trovava. Io non sapevo nemmeno in che parte della città abitavo, fino a quando non sono scappata.»

«Oh.»

Chissà se mia sorella le ha detto di non farmi domande, di limitarsi a sorridere e dire solo cose carine. Perché è così che si comporta.

Sbadiglio, poi sento un cattivo odore. Sono io. In una lista che ho iniziato il primo giorno che sono tornata avevo scritto anche *mettere il deodorante*, ma non ho più fatto niente di quello che ho scritto. Maleeka mette via il libro e prende il telefono dallo zaino. Mi chiede se voglio vedere delle foto di quel testa di rapa di John-John e di altri compagni della nostra scuola media. Mi metto subito a sedere. John-John si è ossigenato le punte dei capelli, ha dei piercing su tutte e due le orecchie e un incomprensibile tatuaggio sul collo.

«Sembra quasi carino» dico.

«Ma non è ancora riuscito a trovarsi una ragazza.»

La foto successiva è di Desda. È dimagrita. È diventata metà di quello che era. Non posso dire che così è più carina perché lo è sempre stata. Ha una macchina fotografica appesa al collo. Maleeka dice che fa parte del club di fotografia della scuola superiore accanto alla McClenton. Ora ha una fidanzata. Guardando una foto dopo l'altra mi viene da ridere e vorrei poter tornare alla scuola media.

18 marzo, ore 8.00

CAPITOLO OTTANTUNO

Salto giù dal letto, attraverso di corsa la stanza e accendo la luce. «Maledizione, Char» dico ad alta voce tornando a letto. «Ti sei fatta la pipì addosso.» Fisso la macchia scura sul lenzuolo e il copriletto. Stavo dormendo, e nel mio sogno ero di nuovo in ginocchio sotto il ponte. «Come hai fatto a non svegliarti e andare in bagno?» Tocco il davanti e il dietro dei pantaloni del mio pigiama. Sono fradici. Li scalcio in un angolo e ne metto un paio puliti. Afferro la coperta bagnata e la getto sul pavimento, scuoto la testa e tiro via anche le lenzuola. Il materasso ci metterà un sacco ad asciugarsi.

Non so quanto rimango a fissare fuori dalla finestra, ma quando chiamo Maleeka il sole è quasi spuntato.

«Non era sempre cattivo con noi.»

«Okay, Char.»

«Ogni tanto ci comprava dolci e vestiti e ci dava dei soldi.»

«Come hai detto che si chiamava?»

«Me lo sono dimenticato.»

Le chiedo della scuola, così smette di farmi domande su di lui. Entro la fine del semestre deve scrivere una relazione di venticinque pagine. Mi racconta che stanno leggendo *Anna Karenina*, e che è lungo quasi novecento pagine. La sua professoressa di letteratura è come la Saunders. «Vuole trasformare la nostra aula in un palazzo russo» mi dice, come se i palazzi non fossero tutti uguali.

Poi resta zitta per un po' prima di dire: «Te l'ho mai detto che sono nella National Honour Society? Include solo gli studenti migliori».

«Sei sempre stata intelligente.»

«Se me l'avessero chiesto alle medie avrei rifiutato.»

«Perché?»

«Perché volevo essere come tutti gli altri. E tu...» si schiarisce la gola. «Char, tu volevi che io fossi intelligente, ma non troppo.»

Ha ragione. Volevo che fosse abbastanza intelligente da farmi i compiti, ma anche abbastanza stupida da fare tutto quello che le dicevo senza protestare o sentirsi migliore di me.

«Pensi che tornerai mai a scuola, Char?»

«La scuola del sabato con la Saunders?»

«Anche quella, sì.»

«Un giorno.»

«Sabato prossimo è tra cinque giorni.»

«Lasciami in pace, Maleeka.»

«Dicevo per dire...»

«Sono andata a letto con un sacco di persone.» A volte cerco di calcolare quante, ma sono così tante che ho perso il conto. A pensarci mi viene la nausea.

Mi dice che non è colpa mia, ma sbaglia. Sono scappata di casa. Avrei potuto lasciare prima quella vita, o almeno provarci. Non so perché non l'ho fatto. «Non dare la colpa a lui. Dalla a me.»

Maleeka parla di nuovo di sua madre. «Una volta mi davo la colpa di tutto. L'ho fatto anche quando le è venuto il cancro.»

«Perché? Tu non hai fatto niente di male.»

«A volte la nostra casa era così sporca...» Inspira ed espira lentamente. «Quando stava male non riuscivo a pulire tutto, o a portarla nella vasca ogni sera. Era pesante. E troppo triste per volerci entrare, così si arrabbiava con me perché ci provavo. Una volta sono scappata. Te l'ho mai detto?»

«No.»

«Be', l'ho fatto. Solo per due ore. Ma avrei voluto andarmene via per sempre.» Le chiedo perché era tornata indietro. «Perché mia mamma ha solo me, e io ho solo lei.» Si schiarisce la gola e aggiunge. «Quando il mio cervello non vuole stare zitto, io mi metto a scrivere. Tu cosa fai?»

«Niente.»

«Okay, allora scrivi anche tu. Qualcosa, qualsiasi cosa. Una canzone, una poesia. O potrei insegnarti a cucire come mia madre.» Ridiamo. Lei sbadiglia, poi mi dice di prendere una penna o una matita. Cerco nei cassetti del comò e della scrivania. «Non pensare, scrivi e basta» dice. Lo faccio, altrimenti non mi lascerà più in pace. Le parole vengono fuori di getto, come uno starnuto. Mi fermo per dirle che non leggerò a voce alta quello che ho scritto, né a lei né a nessun altro.

«Va bene così, Char. Tanto adesso devo andare.» Prima di riattaccare mi dice che è fiera di me.

«Perché? Non sai nemmeno che cosa ho scritto.»

«Non importa. Tanto non era per me.»

L'hotel Fount ha due facce
È una contorsionista
È una bugiarda che alla luce del sole dice una cosa
E il suo contrario quando beve al chiaro di luna
Le piacciono giacche e cravatte e vestiti di lusso
E pure il sushi quando è sera.
Quando si fa buio
Di colpo si trasforma

In una ladra di bambini
che rovescia il latte, fuori controllo
In un'auto nera che porta ragazze sulla luna
Con un biglietto di sola andata.

CAPITOLO OTTANTADUE

Sono tornata da due mesi. L'altro giorno ho passato il mio compleanno sotto le lenzuola, piangendo e cullandomi avanti e indietro. A JuJu non piace come vanno le cose. Entra in camera mia e va da una finestra all'altra, aprendo le tende per far entrare la luce. «Sei a casa, al sicuro. Non può venire a prenderti, qui.»

Mi concentro su tutti i toni di verde nella mia camera: il tappeto accanto al letto, le foglie disegnate sulla mia coperta, i pennarelli in una tazza sulla mia scrivania. «Sto bene, JuJu.»

Poi torno a cercare i colori. JuJu mi ricorda il patto che abbiamo fatto: ho un altro mese a disposizione per rimettermi. Se a quel punto la mia testa non sarà tornata a posto, lei mi porterà in uno di quei centri per persone traumatizzate. «Mi sono informata sul traffico sessuale. Char, è questo che ti ha fatto. Ti ha rapita, violentata e sfruttata per denaro.» JuJu mi stringe tra le braccia.

«Non è vero, non è andata così» continuo a scuotere la testa. «No. Daddy ha avuto cura di me.»

«Non chiamarlo così.»

«Mi ha pagato. Era un lavoro, tutto qui. E comunque doveva darmi una lezione. Diceva che ero testarda, che avevo la testa dura. L'hai sempre detto anche tu.»

«Sbagliavo, Char. Ero una stupida a dire quelle cose. A permettere che degli uomini... Entrassero in casa nostra, restassero notte e giorno, bevessero e ti avvicinassero.»

Le copro la bocca con le mani. «Non mi hanno mai fatto niente qui a casa, JuJu. In qualche modo dovevamo mangiare e pagare l'affitto. Non ti do la colpa. Non l'ho mai fatto.»

«Qualsiasi cosa ti è capitata lì fuori, non è colpa tua» mi dice. «Tu non hai colpa di niente, Char.»

«Ma io mi sento in colpa lo stesso.» L'abbraccio così stretta che sembriamo una persona sola.

«No, Char. Avrei dovuto aiutarti io, avrei dovuto...»

Le pulisco le lacrime con le dita e poi me le asciugo sui jeans. «Alcune ragazze imparano solo con le cattive.» Sono parole di Daddy, ma a volte lo diceva pure JuJu.

«È per questo che devi vedere qualcuno» continua lei tra le lacrime. «Perché quello lì ti è entrato nella testa e ci ha lasciato le sue porcherie e le sue idee velenose. Quello che ti ha fatto è stata una violenza, Char.»

Quando sento quella parola, crollo. Non sono intelligente, ma so cosa significa. «Se vado in uno di quei centri dove curano i traumi o da uno psicologo, quelli chiamano la polizia e lo fanno sbattere dentro.»

«Perché t'importa ancora così tanto di lui?»

Mi metto a gridare anch'io. «Ci sono ragazze che hanno solo lui! Non hanno sorelle che le rivogliono indietro, né una casa dove andare. Niente! E io le ho abbandonate, JuJu. È colpa mia. Anche il fatto che Cricket non è più con noi è colpa mia.»

JuJu mi stringe, mi ricorda che sono a casa, che non sono sola e che lei non permetterà mai più che mi capiti qualcosa di brutto.

Gli adulti non dovrebbero fare promesse del genere. Non

possono essere certi di mantenerle con gente come lui là fuori. Solo che non lo sanno. Così prometto a JuJu che cercherò di stare meglio, di tornare a essere la vecchia Charlese. È quello che vuole sentirsi dire.

1° aprile, ore 16.00

CAPITOLO OTTANTATRÉ

Sono entrata nella doccia e mi sono bagnata un po', senza usare il sapone. Ho pianto tutto il tempo. Non ho avuto bisogno di asciugarmi perché mi sono bagnata solo i piedi. Ma volevo che JuJu vedesse che ci sto provando.

Quando Maleeka viene a trovarmi, le dico di aver fatto la doccia. «Quindi ti sei lavata. Sei sicura?» Fiuta l'aria attorno a me. «Non lo so, Char.» Spruzza un po' di deodorante in giro. «Vuoi che ti pettini i capelli?»

«No.»

«Okay.» Sbatte gli occhi. «Lo sai che in questa camera c'è puzza di cipolle?»

Alzo gli occhi al cielo.

Sono seduta sul letto con addosso il pigiama, e le chiedo com'è andata la sua giornata. Lei risponde sempre allo stesso modo. «Bene.»

Tira fuori il libro. Poi prende anche qualcos'altro dallo zaino. È un pacchetto piatto, incartato per bene e con un fiocco al centro. «Ora, prima di aprirlo, lascia che ti spieghi. Oh, ma se lo faccio capisci subito di che si tratta. Aprilo, dai.» Si sfrega le mani, tutta contenta.

«Sul serio, Maleeka? Un album da colorare?» Si siede per terra accanto a me.

«Aspetta, non arrabbiarti. Guarda.» Me lo toglie di mano e inizia a sfogliarlo. È un album pieno di donne famose. Stanno tutte facendo quello che erano brave a fare e che le ha rese famose. Maleeka si ferma a pagina ventisei. «Eccola qui. Maya.» È seduta a una scrivania e sta scrivendo. Dalla finestra si vede una piccola città con un cartello che dice Stamps, Arkansas. È da lì che viene.

Maleeka volta altre pagine. «Ecco la mia persona famosa preferita del passato: Hattie McDaniel, dal film *Via col vento*.» Lo dice come se sapessi di cosa sta parlando.

«Come mai ti piace? Non è nemmeno bella.»

Maleeka mi fa una smorfia. «È nera come me. La gente non la considerava perché recitava in ruoli da schiava o cameriera. Anche tu pensavi che non valessi nulla, Char. Tu e la maggior parte della scuola.»

Si siede sul mio letto, poi viene sotto le lenzuola con me, ignorandomi quando le grido di togliersi di torno. Mi fa il solletico sotto le braccia, sulla pancia, dietro al collo, cerca di convincermi a cambiare idea sugli album da colorare. Rido fin quasi a sbavare, come mi capitava nella casa, e a quel punto divento di nuovo triste, così triste che potrei piangere. Le sue dita trovano le mie e poi le alzano verso la luce. «E se mi mettessi a colorare con te?»

«No, Maleeka.»

«Ma perché hai smesso?»

Perché in un posto come quello non dovrebbero esserci dei pastelli, e nemmeno delle ragazzine, penso. Mento e le dico che non lo so.

«Perché ti interessa tanto se coloro o no?»

«Mia madre ha smesso di essere triste cucendo. Se tu colorassi...» .

«No.»

Torna al suo zaino e stavolta tira fuori una scatola di

pastelli. La apre e poi mi mette in mano una manciata di colori. Nella mia testa vedo Anthony che li calpesta e che rompe e calpesta anche me, ma ne scelgo comunque un paio per farla contenta.

CAPITOLO OTTANTAQUATTRO

È stata Maleeka a convincermi a scendere al piano di sotto. Quello che mi ha raccontato di sua madre mi ha aiutato. «Le cose sono andate meglio solo quando è tornata a comportarsi come prima, alle sue abitudini.» Ecco perché crede che dovrei riprendere a colorare, lavarmi ogni giorno, mettermi il lucidalabbra e andare dal parrucchiere. Non ho fatto nessuna di queste cose, ma almeno sono al piano di sotto, con la vestaglia sopra il pigiama, seduta al tavolo da pranzo tra JuJu e Maleeka, in un punto da cui posso tenere d'occhio la porta d'ingresso.

JuJu mette un altro piatto in tavola. «Sono contenta di vederti finalmente fuori da camera tua.» Va in cucina per prendere una caraffa di Kool-Aid e i miei cracker al formaggio preferiti. Quando torna sorride come Maleeka. Mi prendono le mani e preghiamo insieme, proprio come io e le ragazze avevamo fatto a Natale. Non dico a nessuno che riesco a sentire l'odore dello stufato di Carolina che cuoce nel forno. JuJu potrebbe dire che sono io che puzzo, il che in un certo senso è vero. Per ogni evenienza tiene una bomboletta di deodorante per ambienti accanto al tovagliolo.

JuJu mi porge l'insalata di patate con i fagiolini, io ricambio passandole il vassoio con il pollo fritto e una bottiglia di salsa piccante. Maleeka mette dei piselli su entrambi i nostri piatti. Io non ho fame. «Non so quanto potrò mangiare» dico. Da quando sono tornata ho perso oltre cinque chili, me ne accorgo dalle mie dita da scheletro e dalle braccia smagrite. I miei vestiti di prima mi vanno troppo larghi, così JuJu me ne ha portati di nuovi, comprati regolarmente. Dice che ora che sono tornata quaggiù ha intenzione di mettermi all'ingrasso, ma io non ho fame.

Mi guardo intorno, come se vedessi la sala da pranzo per la prima volta. I miei occhi vanno dalla foto di mamma e papà sulla mensola del caminetto, a quelle di me e JuJu fatte ogni anno a scuola fino a quando i miei non sono morti. Cenavamo tutti assieme ogni sera in questa stanza, anche quando giocava la squadra del cuore di mio padre. Una volta ha comprato un piccolo televisore e l'ha messo sopra il caminetto. Mamma l'aveva obbligato a restituirlo. L'anno prima di morire, sembrava sempre che papà avesse degli incontri d'affari proprio all'ora di cena. Mamma non era contenta e alzava gli occhi al cielo, ma papà continuava ad andarci lo stesso.

JuJu chiede a Maleeka se è pronta per frequentare la Scuola di Eccellenza Charlese Jones. Comincia domani. Maleeka inghiotte quello che aveva in bocca poi risponde: «Io sono pronta. E tu, Char?».

«Magari la settimana prossima.»

«Char...»

«Sono quaggiù con voi, JuJu. Perché non puoi essere contenta di questo?»

«Certo che sono contenta, ma come la mettiamo con la scuola? E con la terapia?»

Le tiro la forchetta, stando attenta a mancarla. «E va bene! Domani sarò in aula!»

«E ti sarai fatta la doccia?» Prende la bomboletta e la spruzza alle sue spalle.

Le dico quello che vuole sentirsi dire, ma non ho intenzione di lavarmi. Non posso.

Io e lei non parliamo più per il resto del pasto. Guardiamo dappertutto ma evitiamo di guardarci negli occhi. Poi Maleeka chiede a mia sorella se ha mai sentito parlare di Maya Angelou e lei ci sorprende entrambe quando dice di sì e recita a memoria qualche verso di una delle sue poesie.

Tu puoi raccontare di me
con bugie meschine e contorte
puoi calpestarmi a terra
ma io, come polvere, mi risolleverò.

Dandomi un buffetto sulla guancia, mia sorella aggiunge: «Anche tu ti stai risollevando, Char. E non c'è nulla di sporco o impolverato in te».

Io vorrei dirle che mi sento sporca come una mosca nella spazzatura, o come un seme sottoterra. Forse ha ragione Anthony; sarò sempre una di loro, apparterrò sempre a quel gruppo di ragazze. Tornare a lezione e fare la doccia non possono cambiarlo.

CAPITOLO OTTANTACINQUE

«Miss E mi ha lasciato parlare con Cricket, l'altro giorno.» Mi mastico il labbro di sotto come se fosse una gomma. «Sembra felice.»

Maleeka mi chiede se lo sono anch'io. Come se non lo sapesse! Poi mi chiede cosa potrebbe rendermi felice. E, ancora prima che cominci a pensarci su, inizia a elencarmi tutte le cose che fanno felice lei: Caleb, avere una borsa di studio, essere nella squadra di ginnastica, far parte di diversi club. Mi chiede se sono mai stata in un club. Mi viene in mente quello vicino al motel, ma non è il tipo di club che intende lei. Io e Gem eravamo una specie di club; facevamo tutto assieme, come una squadra, finché non era ora di lavorare.

Le racconto della nostra casa, di tutti quegli alberi, della neve sotto le scarpe e di quando giocavamo a carte vestite solo con la nostra biancheria. Di quanto era bello essere amiche, una famiglia. Non ha bisogno di sapere quello che succedeva quando scendevamo dal furgone.

Spengo la luce, immergendo la stanza nel buio. Mi sdraio per terra e fisso il soffitto. «Sai come trovano le ragazze, Maleeka? Gli uomini come lui, intendo.»

«No, Char. Come?»

Le racconto come ha trovato me, e dove. Poi le dico che

siamo andati da una ragazza che lavorava a un distributore di benzina. Io sono rimasta in macchina e Daddy è andato a parlare con lei. «È facile convincere dei minorenni a seguirti.»

«Lei l'ha fatto?»

«No.»

«Perché?»

«Alcune non vogliono, tutto qui.»

«E io ci verrei?»

Ci penso un po' su. «No. Non senza scalciare, graffiare e strillare.» *Perché io non l'ho fatto?* Anche quando ero nella casa non ho mai cercato di scappare. Magari perché volevo delle cose di cui Maleeka non ha bisogno. Soldi. Qualcuno che si prendesse cura di me, un paparino e una bimba.

Mi alzo, nervosa. Accendo la luce e comincio a camminare per la stanza. Quando le passo vicino Maleeka si sventola la mano sotto il naso.

«Hattie McDaniel è stata una schiava prima di recitare in quel film?»

«Stai scherzando, Char?»

«No, dico sul serio.»

«La schiavitù è stata abolita nel 1865. *Via col vento* è uscito negli anni Trenta.»

«Oh.»

Mi chiede perché lo voglio sapere. Non glielo dico. Tiro fuori la mia lista dal cassetto della scrivania. Ci aggiungo cose nuove ogni giorno. Quella di oggi è *cercare di non pensare a loro*. Lo faccio tutto il tempo, ma averlo scritto mi aiuta a controllarmi, a rallentare i pensieri. Oggi finalmente ho fatto una croce sopra *districare e pettinare i capelli*. Ma non credo che cancellerò mai *fare una doccia*. Questo pomeriggio mi sono seduta sul bordo della vasca e ho messo dentro entrambi i piedi, lasciando scorrere l'acqua fredda. Era scura come fango.

Comunque i miei piedi sono puliti, adesso.
«Un ragazzo vorrebbe mai uscire con me, se puzzo a questo modo?»
«No.»
«Bene.»
Mi passa accanto. Fruga nel suo zaino, appeso al gancio della mia porta, e tira fuori un album per colorare e dei pastelli. Si siede alla mia scrivania e mi dice che, se voglio, posso guardare.
«Sono contenta che l'abbiano ucciso.»
Maleeka si ferma. «Ucciso chi?»
«L'uomo che ha violentato Marguerite, nel libro di Maya Angelou.»
«Oh.»
«Marguerite era solo una bambina. Non era in grado di dire sì o no, poteva solo fare quello che voleva lui. È stata colpa sua.» Le chiedo se anche a lei è mai successo qualcosa del genere. Immagino che sia sincera quando mi dice di no.
«E a te?» mi chiede.
«No, mio padre l'avrebbe ucciso.»
«Ma, Char, Anthony non ti ha...?»
«Io non ero una bambina. È una mia decisione.»
Come JuJu, anche lei tira fuori storie di ragazzine costrette a prostituirsi. Cerco di spiegarle la differenza tra me e loro, ma le parole mi escono confuse. Fanno sembrare che abbiamo vissuto le stesse esperienze, ma non è così.
Da quando sono a casa sembra che gli occhi di Maleeka vedano cose che io non vedo. «Per le vittime di traffico sessuale la polizia fa ricerche, allerta i vicini, mette posti di blocco» dico a testa bassa. «Mia sorella non ha mai denunciato il mio rapimento, quindi non posso essere una di loro. Non posso proprio.»
Maleeka prende un pastello blu scuro con i brillantini. In un

foglio di carta disegna un grande cerchio, all'interno ci mette gli occhi, il naso e delle labbra, rivolte all'ingiù. Io prendo un pastello verde bosco e disegno delle lacrime che scendono lungo il viso. «Questa sono io, Maleeka. Almeno come mi sento dentro.»

Non so chi abbraccia per prima l'altra, ma so che un attimo dopo ci teniamo strette.

«Char.»

«Sì, Maleeka.»

«Mi manca mio padre. Ogni giorno. Ma non lo dico mai a nessuno.»

Lo scrivo sul foglio con un pastello: Io sento la mancanza di mio padre e di mia madre.

Lei mi racconta che nella sua nuova scuola le cose non stanno andando tanto bene. «Partecipo, studio, sto attenta, mi impegno un sacco. Ma a volte ho la sensazione che quel posto non sia per me.»

Le chiedo come mai non me l'ha mai detto prima.

«Non lo so, Char. Forse perché tu hai vissuto cose peggiori.»

«E che vuol dire? Niente. Comunque, se tieni le tue rogne per te e mi lasci parlare solo delle mie, significa che pensi di essere meglio di me.»

«No, non è vero. È solo che...»

«Coraggio, dillo, Maleeka.»

Lei scoppia a piangere e un attimo dopo corre verso la porta, ma io mi ci metto davanti. «Dimmelo, Maleeka.»

«È tornato, Char.»

«Che cosa è tornato?»

«Il cancro.»

«Oh, no!»

«Ma non ne voglio parlare.»

Mi faccio da parte. Lei esce e, senza dire niente, corre giù per le scale. Sento sbattere la porta di casa. Non sono arrabbiata. La capisco: a volte è impossibile trovare le parole.

13 aprile, 10.00

CAPITOLO OTTANTASEI

Quando vedo i ciondoli dondolare al suo polso mi metto a ridere. «Cavolo. Li porta ancora, signora Saunders?»

Lei sorride. «Allora, siamo pronte signorine?» chiede, entrando in cucina con la sua cartellina di pelle.

Maleeka è arrivata prima. Mi ha aiutato a spostare i mobili. Giovedì io e JuJu abbiamo ridipinto i muri della cucina color pesca, e per tutto il tempo non abbiamo parlato, nemmeno una parola. È stato bello stare insieme in silenzio. È stata la Saunders a suggerirci di dipingere una parete tutta di nero per usarla come lavagna. Il nostro computer è rotto e Maleeka non ne ha uno suo. È stata una buona idea.

«Abbiamo quattro ore da passare assieme, signorine. Vediamo di sfruttarle bene.» Posa un pacco di fogli davanti a ciascuna di noi, sul tavolo. «Mi occuperò delle vostre materie principali.»

«Vuole dire matematica, storia e tutto il resto?» chiedo sfogliando le pagine.

Maleeka dice che sono in debito con lei, poi si scusa. «Stavo solo scherzando.»

Ma ha ragione, sono davvero in debito con lei. E adesso prego per lei ogni sera. Prego anche per me, perché gli uomini come Anthony sono dappertutto. E non voglio che la madre di Maleeka muoia.

«Char?» La signora Saunders si china verso di me. «Tutto a posto?»

Io faccio di sì con la testa.

«Se hai bisogno di parlare o...»

«Stia zitta! Mi lasci in pace! Perché tutti mi trattano come se fossi pazza?» Scoppio in lacrime.

La Saunders incrocia lo sguardo di Maleeka. Le chiede di fare una pausa e di andare nell'altra stanza per un po'. Poi si siede al suo posto e mi dice di fare un respiro profondo. «Brava. Adesso un altro.»

Mi appoggio allo schienale e faccio quello che mi dice. Quando riprendo fiato riesco a calmarmi. «Questa è la prima volta che le do retta, eh?»

«Credo di sì.»

«Signora Saunders, so che sta cercando di aiutarmi, ma...»

«Ti dà fastidio se ti prendo la mano o ti tocco?»

Anche JuJu mi chiede il permesso per fare un sacco di cose ultimamente. «Va bene.»

Mi tiene la mano tra le sue come in un sandwich. Mi chiede se ho mai sentito parlare di *mindfulness*. Le dico di no. Mi spiega che significa solo fare del proprio meglio per concentrarsi su quello che succede ora, su quello che abbiamo davanti ai nostri occhi, non su quello che ci è capitato ieri o che potrebbe succedere domani.

«Oh.»

Dice che non mi sta chiedendo di dimenticare quello che ho passato, ma solo di provare a concentrarmi su quello che sto facendo e pensando un minuto alla volta, un'ora alla volta. «Se ti senti stressata, turbata o arrabbiata, fai un respiro profondo. E se non funziona dimmelo. Facciamo tutto questo per aiutarti. Procederemo al ritmo che ti sembrerà meglio.»

La fisso. La guardo negli occhi. È completamente diversa da come la ricordavo: a scuola parlava a voce alta, batteva le mani per richiamare la nostra attenzione e ci sommergeva di compiti. Ora la sua voce è dolce come l'acqua che scorre sopra le pietre o il vento tra gli alberi. «Signora Saunders, anche a lei è capitato qualcosa di così brutto?»

Non mi risponde. Alzandosi mi dice che, anche se l'insegnante è lei, può imparare molto da me.

«Io? Insegnare a lei?»

«Certo. Non sei l'unica ragazza a dover superare questo tipo di trauma. E io voglio essere una buona insegnante per tutti i miei studenti, non solo per quelli con il massimo dei voti, che hanno ancora tutti e due i genitori e se ne stanno seduti tranquilli in fondo alla classe.»

Dall'altra stanza arriva la voce di Maleeka. «Avete finito? Posso tornare?»

È il nostro primo giorno. Lavoriamo per tutte e quattro le ore, poi mangiamo assieme. Ha cucinato mia sorella. Mangiamo, chiacchieriamo e ridiamo. Da quando sono tornata a casa non mi ero mai divertita tanto.

CAPITOLO OTTANTASETTE

Quando abbiamo finito di cenare qualcuno bussa alla porta. «Apri tu» dice mia sorella.

Io faccio di no con la testa e rimango immobile dove sono, sulla mia sedia in sala da pranzo, rivolta alla porta.

«Coraggio. È lei.»

Sento il cuore battere forte, eppure mi sento paralizzata. «Lei?»

«Cricket.»

Mi muovo veloce come un treno, come se avessi le ali. Sbatto contro una sedia, inciampo quando arrivo al divano in soggiorno, gridando: «Arrivo!». Il catenaccio non vuole funzionare. Lo giro a destra e a sinistra, freneticamente. Alla fine arriva JuJu ad aiutarmi. Quando spalanca la porta mi metto a strillare, e un attimo dopo eccola qui tra le mie braccia, morbida e profumata. Mi tira i capelli e mi afferra le labbra. «Come sei diventata grande, Cricket!» Non riesco a smettere di abbracciarla. La sollevo in alto e vado nel portico. Poi mi fermo di colpo e corro di nuovo dentro. Cricket non smette di parlare con me, facendo le bave. «Sta mettendo i dentini?» chiedo all'amica di mia sorella.

«Fai attenzione alla saliva» risponde lei sugli scalini.

Sollevo le gambe di Cricket, poi un braccio alla volta, poi

controllo dietro la nuca. JuJu ha l'aria di essere dispiaciuta per me. Mi dice di portarla nella stanza sul retro e io ci vado prima ancora di ricordarmi che è la prima volta, dal mio ritorno.

Sediamo tutte e due per terra, su un tappeto a pelo lungo che aveva messo qui mio padre. La stanza è un portico finestrato da cui posso guardare fuori. Gli alberi in cortile mi ricordano quelli della casa, ma non gli permetto di disturbarmi. Nemmeno un po'. Sono qui, ed è una prima volta. Sto facendo progressi, direbbe Maleeka.

«Ti ricordi di me?»

Mi fa il più grande dei sorrisi. Poi si mette sulle ginocchia e cammina gattoni. Avrei voluto insegnarle io a gattonare e farle dei video mentre imparava. Dirle, un giorno, quanti anni aveva quando ha capito come si faceva.

Controllo nella sua borsa e grido a mia sorella: «Miss E non le ha portato nessun giocattolo».

JuJu mi dice che questa sarà una visita breve. Non più di un'ora. Io mi carico Cricket sul fianco e corro su in camera mia per prendere le cose che ho fatto comprare a JuJu non appena siamo tornate a casa: delle chiavi di plastica, un ciuccio, uno cubo di pezza, un anello per farsi i denti e dei libri. Cricket non è interessata. «Questi te li ricordi?» Le mostro un pastello. Lei me lo strappa di mano e se lo mette subito in bocca. Le spiego che i pastelli non si mangiano. Aveva fatto la stessa cosa la prima volta che gliene avevo mostrato uno. «Guarda a cosa servono.» Non riesco a trovare un foglio pulito. Così la porto alla mia scrivania e tiro fuori l'album da colorare che mi aveva dato Maleeka. «Vedi?» Ci mettiamo tutte e due sul pavimento. «Colora sempre dentro i contorni. Non abbandonare il tracciato.» Lascio che ci pensi un po' su. «Se lo fai non diventerai come me.»

Mi schiarisco la voce, dicendole che non sono davvero triste, poi torno ai pastelli. «Non usare colori noiosi, tipo bianco, rosa chiaro o beige. E ricordati, io sono stata la prima persona a insegnarti come si fa.» Le sollevo la mano, gliela tengo e l'aiuto a colorare la faccia di Maya. «Lei è marrone come te, ecco perché stiamo usando questo colore.» A Cricket non interessa. Quando le lascio la mano getta via il pastello. Quindici minuti più tardi stiamo tornando al piano di sotto. In quel momento ricordo che ha appena compiuto gli anni. Le chiedo scusa per non essermelo ricordato prima e non averle comprato un regalo. Vado in cucina, prendo una ciambella dalla scatola e metto una candela nel buco. E canto per lei, piangendo un po'. «Mamma ti vuole bene.»

Lei schiaccia la ciambella, ne mangia dei pezzetti. Devo ricordarmi di dire a Miss E di comprarle una candela a forma di uno e una torta di compleanno.

Un'ora dopo Cricket è in macchina, nel suo seggiolino e se ne sta andando. Io la saluto con la mano dal davanzale della finestra. JuJu mi stringe le braccia attorno alla vita e mi culla.

«Secondo te si è accorta che puzzo?»

«Char, scommetto che anche Gesù sa quanto puzzi.»

«La signora Saunders non sembra essersi accorta di niente.»

«L'ha fatto solo per educazione. La gente fa di queste cose quando sa che stai attraversando un brutto periodo.»

Le chiedo quanto pensa che ci metterò io ad attraversarlo.

«Non lo so, Char. Certa gente ci mette anni per arrivare dall'altra parte. E molti hanno bisogno di aiuto per farcela. Ma bisogna volerlo.» Per la novantanovesima volta mi chiede se mi sento pronta per la terapia, per vedere qualcuno, o anche solo parlargli al telefono.

«Sto bene, JuJu. Bene.»

Quando vado in bagno e rimango in piedi nella doccia è solo perché non voglio che Cricket si ricordi il mio cattivo odore. Solo che continuo a non lavarmi e mi bagno solo i piedi.

Vorrei tanto sapere perché.

CAPITOLO OTTANTOTTO

Maleeka mi fa visita domenica, a sorpresa. Siamo di nuovo in camera mia. Sta colorando seduta alla mia scrivania. Io la guardo, in piedi alle sue spalle.

«Non quel colore! Usa questo. E questo. Giallo raggio di sole.»

«Allora...» inizia lei mentre usa il pastello che le ho suggerito «domani sera ho un appuntamento.»

Corro dall'altra parte della scrivania. «Con chi? Cosa ti metterai?»

Tira fuori il telefono e mi mostra i vestiti che vuole mettersi e come vuole fare i capelli. È inutile, i nerd se ne intendono solo di libri e numeri. Le faccio fare conoscenza con uno dei miei pettini e un girocollo d'argento con braccialetto abbinato. Sto frugando nel primo cassetto in cerca di altra roba quando le chiedo se ha del profumo. Lei risponde che non lo usa, che non l'ha mai portato. Ma un profumo è come un massaggio alla schiena, come tenersi per mano, come una magia. Con il profumo giusto un ragazzo ti ricorderà anche quando te ne sei andata. Le passo una bottiglietta. «Tieni, annusa questo.»

Chiude gli occhi. Sorride e mi dice quello che so già. Che profuma di fiori, accarezza le narici, fa venire voglia di abbracciarti. Con questo potresti perfino strappare un bacio.

«Puoi tenerlo.»

«Davvero? Tutto?»

«Ti sembra che io abbia bisogno di un profumo?»

«Be', sì» apre la bottiglia e me la spruzza addosso. «Dovevo farlo, Char.»

La inseguo per la stanza, oltre l'armadio, faccio due volte il giro del letto, dietro alla scrivania, finché non metto le mani sulla scopa che mia sorella ha lasciato qui l'altro giorno quando ha pulito. Maleeka si chiude in bagno. Io riprendo fiato, seduta con la schiena contro la porta. Dentro mi sento calda come il profumo.

«Char?»

«Sì?»

«Tu sei come lei, sai?»

«Come chi?»

«Marguerite.»

Dice che siamo uguali perché entrambe abbiamo smesso di parlare. Che stupidaggine! Io parlo sempre, tutto il giorno. JuJu dice che parlo anche nel sonno. «Chi è Carolina?» mi ha chiesto una volta. Io ho finto di non saperlo.

Marguerite ha smesso di parlare perché pensava che qualcuno fosse stato ucciso per colpa delle sue parole e non voleva rischiare che succedesse ancora, dice Maleeka. «Anche tu pensi che le tue parole potrebbero fare male a qualcuno?»

I loro nomi mi restano in testa quando li dico ad alta voce: Roxanne, Earle, Kate, Gem, Kianna, Katrina, Rosalie, Cricket. Anche JuJu. Se io parlo, le ucciderà. Ha già ucciso April, no?

«Tu parleresti?» le chiedo. «Te lo dico io: non lo faresti. Pensi di sì solo perché non sai tutto. Non sai cosa potrebbe fare, cos'è capace di fare. Cosa mi ha fatto.»

«Hai ragione, Char. Io non so nulla, ma ti ascolterò se un giorno vorrai parlarmene. Promesso.»

«Hai mai detto ai tuoi nuovi amici quello che abbiamo fatto nell'aula della Saunders?»

«No, ma...»

«Ci sono cose che tieni per te. Tanto a che serve parlarne? Quel che è fatto è fatto, non puoi rimettere il latte nella bottiglia dopo che l'hai rovesciato.»

«Il cancro si è esteso.»

Mi rimetto in piedi.

«Non me l'ha detto lei. Ho trovato le carte dell'ospedale. Un paio di settimane fa.»

La maniglia è scivolosa nella mia mano, faccio fatica a girarla.

«Adesso...» Maleeka si alza in piedi quando entro in bagno. «Ce l'ha nei linfonodi. È al terzo stadio. È grave.»

Nel bagno prendo le sue mani e gliele tengo per un tempo che mi sembra infinito. «Tu stai bene?»

«Meglio, sì.»

«Ognuno ha i suoi problemi, eh?»

«La chemio le ha di nuovo fatto perdere i capelli.»

«È pelata?»

«Completamente.»

La cosa mi fa un po' ridere. Non so perché, ma è così. Poi mi viene in mente un'idea e decido di metterla in pratica. Come Maleeka, che sta frequentando le lezioni del sabato per me. Come April e Roxanne, che mi hanno aiutata. Corro alla mia scrivania prima di avere il tempo di ripensarci.

Con queste forbici affilate tagliarmi i capelli è facile e veloce. Nodi e ciuffi, capelli arruffati e ricci cadono sul pavimento. Li spazzo via dalle spalle e li lascio accumulare ai miei piedi.

A Maleeka si illuminano gli occhi. Accenna un sorriso, poi tende la mano. «Dammi, l'ho già fatto.»

Le passo le forbici. I nostri capelli finiscono assieme in un sacchetto. Rimarranno assieme per sempre, come noi due. Maleeka è in piedi dietro di me.

«Non eri obbligata a farlo» dice, ficcandomi il mento nella spalla.

«Lo so.»

«Abbiamo un aspetto... terribile.»

«Lo so, ma tanto io me ne resto in casa. Non mi vedrà nessuno. Tu...»

«Sono solo capelli. Ricresceranno.»

Sto quasi per dirle che adesso qualcuno potrebbe prenderla in giro per il suo aspetto. Ma non ho davanti la Maleeka di una volta. Magari non ci farà nemmeno caso. Saprebbe difendersi da un bullo, adesso.

La guardo e dico il nome di lui. «Anthony. È un tipo sveglio. Scommetto che era anche lui nella Honour Society come te. Ha ucciso una ragazza, April, la madre di Cricket. Se io rimango a casa, se tengo la bocca chiusa, mi lascerà in pace. Credo.»

«Ma che ne sarà di loro? Delle tue amiche?»

Resto in silenzio.

«E di te?»

«Di me?»

«Marguerite ha ritrovato la libertà quando ha aperto la bocca e ha parlato.»

7 maggio, ore 14.00

CAPITOLO OTTANTANOVE

«Nessuno gioca più ad aliossi» dico alla signora Saunders. Ma lei non ha mai fatto le cose come gli altri. Vuole provare qualcosa di diverso, dice. Qualcosa un po' «vecchia scuola».

Io e Maleeka scoppiamo a ridere. Per un minuto vorrei che John-John e Caleb fossero qui con noi. Non la riconoscerebbero, vedendola così seduta per terra. Lancia la palla in aria e prende sei aliossi. Poi li rimette a terra per prenderne degli altri. Sta vincendo lei. Perché è la più vecchia, le dico, e questo è un gioco vecchio, sorpassato. Quando alla fine vinco io lei commenta: «Perché capisci le cose al volo».

Quando non toccava a noi dovevamo scrivere su un foglio quanti aliossi prendeva il giocatore di turno, poi dovevamo usare quei numeri per inventare dei problemi di algebra. «Dovete trovare una soluzione con x e una con x al quadrato.»

La settimana prossima ci farà inventare i nostri problemi matematici verbali. Due a testa.

«Allora? Che ne dite?» chiede alla fine la signora Saunders.

«È stato divertente.»

«Imparare dovrebbe essere divertente.» Ci chiede di portarle i nostri fogli. JuJu intanto sta studiando seduta al tavolo della cucina. Anche lei ha dei compiti a casa. Una volta le avevo chiesto se era ancora amica della Saunders, se parlavano ancora al telefono. Aveva risposto di no. È per causa mia, lo so.

«La prossima volta porterò la corda per saltare.» La signora Saunders sistema tutte le sue cose nella valigetta.

«Sì, come se lei sapesse saltare!» rispondo ridendo.

La Saunders fa qualche salto sul posto. Il pavimento trema e Maleeka le dice di stare attenta a non fare un buco per terra. È il genere di cosa che avrebbe potuto dire in seconda media. Anche senza nessuno a costringerla.

È tipico della Saunders mettersi a sfilare per la stanza come una modella. Una volta l'aveva fatto anche a scuola. Ricordo tutte le cose che avevo detto sulla sua faccia. Era per colpa di quella voglia sulla guancia. Ma sembrava che l'unico effetto delle mie parole fosse che lei si piacesse ancora di più. Ora a quella voglia sulla guancia non ci bado nemmeno.

Io applaudo e Maleeka, con le mani sui fianchi, si mette a seguire la Saunders, che adesso ha tutte e due le braccia in aria e fa schioccare le dita. Quando tornano indietro mi unisco a loro, ballo, faccio la ruota e finisco a terra di schiena. Maleeka mi aiuta a rialzarmi, poi la Saunders comincia a ballare come nelle sfilate del programma *Soul Train*.

«Okay. Avete vinto voi due» dice alla fine con il fiatone. Si siede al tavolo, beve un sorso d'acqua, poi ci dice che è arrivato il momento Tai. Tai era la nostra insegnante di matematica. Era stramba, faceva esercizi di yoga anche in classe, proprio davanti alla lavagna. Si stirava le braccia o stava in equilibrio su una gamba sola. La Saunders si è fatta insegnare una sequenza di yoga pensata apposta per noi. La giornata di lezione termina così e con degli esercizi di respirazione.

«Ti avevo detto che non è più la stessa» sussurra Maleeka.

La Saunders vuole assicurarsi che abbiamo ogni strumento possibile nella nostra personale cassetta degli attrezzi. Così ha detto. Strumenti per calmarci, prenderci cura di noi stesse, guarire e imparare. È strano sentirla parlare così, come se avesse aggiustato qualcosa dentro di sé.

«Signora Saunders, lei è cambiata» le dico quando ho la sensazione di stare per addormentarmi.

«Spero di sì.»

«Anche tu sei cambiata, Maleeka.»

Mi dicono entrambe che lo sono anch'io.

«No. Io no.» Ma è una bugia, e nel dirla mi viene da piangere. Sono cambiata, sì, ma non in meglio. Vorrei tanto poter cancellare completamente quel viaggio mai completato verso l'Alabama. Comincerei tutto da capo. Mi siederei in classe e farei tutto quello che mi dicono di fare, tutto.

«La vecchia Char era troppo spaventata per provare a fare qualcosa di nuovo» dice la signora Saunders con voce morbida.

«Era anche cattiva.» Maleeka si scusa subito per averlo detto, ma lo pensa davvero. «Ma anch'io sono stata cattiva con Caleb, a volte.»

«Ora basta, ragazze. Silenzio.»

«Signora Saunders, le piacciono i nostri capelli?» chiede Maleeka.

Non siamo completamente rapate. Abbiamo solo i capelli molto corti, naturali. Io ho perfino lasciato che Maleeka me li lavasse. Erano così sporchi che credevo di avere i pidocchi. Quando mi ha massaggiato la testa con l'olio stavo quasi per piangere. Era quello che faceva sempre mia madre.

«Certo. Siete tutte e due bellissime.»

Mi fiuto le ascelle. La Saunders se ne accorge. Mi chiedo come mai parla apertamente di certe cose e non di altre, ma non glielo dico. Ci dice di nuovo di fare silenzio. Chiudiamo gli occhi e respiriamo.

Quando mi sveglio se ne sono andate.

CAPITOLO NOVANTA

È una vecchia lista. Non ho fatto molte delle cose in elenco, ma almeno le ho scritte. La rileggo mentre sono seduta nella doccia con l'acqua che scorre.

Lunedì: fare la doccia. Sterilizzare i biberon di Cricket.
Martedì: cucinare qualcosa.
Mercoledì: fare il bagno a Cricket e lavare le sue cose.
Giovedì: cercare di mangiare.
Venerdì: non infilarsi le dita in gola.
Sabato: smettere di guardare fuori dalla finestra per controllare se lui è qui.
Domenica: smettere di sognarlo.
Lunedì: chiamare la contea per dire che vengano a prendersi Cricket, se le cose non migliorano.

La strappo e ne scrivo una nuova. Il vapore bagna la carta e scrivere è difficile, ma lo faccio lo stesso.

Lunedì: fare la doccia. Per davvero, questa volta.

18 maggio, ore 12.00

CAPITOLO NOVANTUNO

È la prima volta che torno nel portico sul retro dopo quella con Cricket. Maleeka dà le spalle alla porta, io no. È quasi arrivata alla fine del libro di Maya. Io devo scegliere il prossimo. Abbiamo concordato che preferiamo non leggere a voce alta, e in ogni caso io non sarei brava quanto lei a fare le voci dei personaggi. A volte mi chiedo se sarò mai intelligente come lei o Maya.

«Ti piacciono le parole? Ad Anthony piacevano.» Le racconto dei suoi dizionari e dell'università.

«Un pappone così istruito?»

Salto in piedi. «Non era affatto un pappone. Lui era...» Non riesco a trovare la parola giusta nella mia testa. «Era...»

Maleeka mi chiede scusa, mi dice di ignorarla. «Rimettiamoci a leggere» dice. Solo che io adesso non ho più voglia di ascoltarla. «No, non è così facile, Maleeka. E poi cosa vuoi saperne, tu? Anthony era buono con me.»

Pappone. Quella parola continua a girarmi per la testa. Sono gli uomini che fanno lavorare le ragazze sulla strada, lo sapevo anche prima di conoscere Anthony. Ma lui è diverso. Lancio un'occhiataccia a Maleeka e per una volta vorrei tanto darle uno schiaffo. «Se lui è un pappone, allora io cosa sono?»

Vado a una delle finestre e guardo al di là degli alberi, oltre le case sulle colline e gli edifici del centro. Penso alle ragazze della casa. A Carolina che ci faceva marciare attraverso il bosco. A tutti i vestiti che avevo. Al buon cibo. «Daddy...» Mi mordo il labbro inferiore. «Lui...» Cerco la parola giusta per definirlo, ma me ne viene in mente una sola. «Daddy era Daddy. È tutto quel che so.»

Solo in quel momento mi accorgo che JuJu è qui con noi. «Uomini come lui si approfittano di ragazze giovani come te e Maleeka» dice.

Io la fulmino con gli occhi.

«Non m'interessa se lo chiami pappone, Daddy o uomo della porta accanto, Char. Quello che ha fatto a te e alle altre ragazze è sbagliato, è un crimine.»

Cerco di tornare verso le scale, ma lei si mette davanti a me, bloccandomi la strada. Mi costringe a tornare indietro. Passo accanto alle finestre e raggiungo la porta che ha sempre la chiave nella serratura. La sento parlare di traffico sessuale, stupro, abuso. Dice che la gente che fa cose del genere dovrebbe essere chiusa in galera per sempre, o peggio. E alla fine urla: «Se solo tu mi ascoltassi, per una volta!».

La chiave gira nella serratura.

Maleeka grida il mio nome.

JuJu dice qualcosa a proposito della polizia ma non capisco bene perché sono già fuori dalla porta e sto correndo a piedi nudi nella pioggia, come quando sono scappata da Anthony. Le lacrime si mescolano alla pioggia, impedendomi di vedere bene. Sento JuJu e Maleeka corrermi dietro, non tanto distanti. Gridano il mio nome. Non è Char, e nemmeno Charlie. «Charlese Katherine Jones» grida mia sorella. «Non mi lascerai sola un'altra volta!»

CAPITOLO NOVANTADUE

La pioggia ha provato a lavarmi, ma non ha finito il lavoro. A quello ci ha pensato JuJu. Mi ha portato al piano di sopra e mi ha tolto i vestiti, poi ha detto a Maleeka di riempire la vasca. Quando ci sono entrata mi sono sentita rotta dentro, a pezzi. Ero io, ma non mi riconoscevo. Seduta con le braccia attorno alle ginocchia, per una volta ho ascoltato mia sorella. «Andremo alla stazione di polizia a sporgere denuncia. Tu gli dirai il nome completo e l'indirizzo di quel tipo e riferirai delle altre ragazze. Hanno detto che ci sono delle agenti donna pronte a incontrarti, che ti daranno tutto il tempo che ti serve e ascolteranno senza giudicare. C'è una clinica per le vittime di trauma, in centro, Char. Me l'ero già segnata appena sei tornata a casa. Hanno dei gruppi, ma parleranno con te da sola. Finora abbiamo affrontato questa storia a modo tuo, ma è ora di provare un'altra strada.»

Sono rimasta a guardare l'acqua diventare nera e la vasca vuotarsi, l'acqua successiva diventare marrone e quella dopo ancora grigiastra. Alla fine era trasparente come la pioggia sotto cui avevo corso. Ogni volta che JuJu riempiva la vasca, l'acqua si faceva un po' più fredda, così lei ne portava dell'altra bollente che aveva scaldato in cucina.

Quando Maleeka se n'è andata, fuori faceva già buio. Sua

madre guida, adesso. È venuta a prenderla in macchina per riportarla a casa. Mia sorella mi ha messa a letto ed è rimasta tutta la notte accanto a me, come quando eravamo più piccole e i nostri genitori erano morti da poco. I miei pensieri andavano a Marguerite, a me, e alle ragazze della casa. Nessuna di noi era al sicuro, là. E nessuno avrebbe potuto proteggerci. E anche adesso non è molto diverso.

CAPITOLO NOVANTATRÉ

Per prima cosa JuJu aveva chiamato la polizia. Non aveva dato né il suo nome né il mio, mi aveva solo messo il telefono in mano. Ma io ero rimasta muta. Non riuscivo a fare altro. Da quanto hanno detto a mia sorella, non possono farmi parlare o obbligarmi a sporgere denuncia, se io non racconto cos'è successo. Il giorno dopo è venuta a casa una delle amiche di Miss E. Ora è in pensione, ma prima lavorava come infermiera in un carcere o roba del genere. Durante la sua visita sono rimasta seduta ad ascoltare e piangere, ma almeno ora non ho più un cattivo odore. JuJu dice che tornerò a puzzare se rimarrò di nuovo tanto tempo lontano dall'acqua. Non faccio un bagno da due settimane, ormai, ma proprio non ce la faccio. La signora ha spiegato perché a mia sorella. «Sta alzando una barriera per tenere a distanza gli altri e riappropriarsi del proprio corpo, nascondendosi in bella vista.» Lei e JuJu erano in cucina, ma io le ho sentite lo stesso. «Succede spesso alle ragazze che hanno subito violenza. Alcune mettono su peso, altre cercano di apparire meno attraenti e scoraggiare attenzioni indesiderate. E poi ci sono quelle come tua sorella che usano la scarsa igiene come un'arma e una forma di difesa.»

JuJu le ha chiesto che cosa doveva fare.

«Dalle tempo» è stata la risposta.

CAPITOLO NOVANTAQUATTRO

Oggi facciamo una verifica scritta. Possiamo metterci tutto il tempo che vogliamo, ma per me non ha senso. Abbiamo fatto lezione solo sei volte e io non ho neppure finito tutti i compiti che la prof aveva assegnato. La signora Saunders dice che possiamo usare i nostri appunti e i libri di testo. In quelli che mi ha portato c'è il timbro della scuola media McClenton. Mentre leggo le domande sulla lavagna mi chiedo che cosa sa la Saunders, quanto le ha detto mia sorella. Magari proprio niente.

Iniziamo con la prova di matematica. Per una volta finisco insieme a Maleeka. In quella di storia ci metto più tempo. Per letteratura dobbiamo scrivere una poesia su un argomento a piacere seguendo solo tre regole.

1. Usare metafore e/o similitudini. («Che cosa sono?» chiedo. «Me lo sono dimenticato.»)

2. Prendere ispirazione dalla natura. Usare un sacco di immagini.

3. Adoperare il dizionario. Gli errori di ortografia verranno contati.

Sembra quasi che questa poesia sia dentro di me dal giorno in cui ho incontrato Anthony. La butto giù velocemente a matita. Cancello alcuni versi, su altri ci faccio una riga sopra, riscrivo tutto e poi appallottolo il foglio di carta su cui ho pasticciato. Lo trasformo in una palla da basket che lancio nel cestino della mia scrivania. E ricomincio da capo.

La notte
È un lago
Pieno di serpenti
Non li vedi, ma sono lì
Pronti a mordere
Colpire
Ingoiare
Bambini
Troppo lenti
O stupidi
Per sapere
Che questo non è
Il tipo di posto
Per rane e ninfee
Non c'è nemmeno Dio.

25 maggio, ore 17.30

CAPITOLO NOVANTACINQUE

JuJu mi ha portato un libro dalla biblioteca. Gliel'ho chiesto io. È più moderno di quello di Maya, ma non dimenticherò mai Marguerite e Bailey. Se avessi un fratello lo vorrei proprio come lui. Lo dico a Maleeka. Di solito lei sarebbe d'accordo con me, ma oggi è come se avesse delle pietre al posto dei piedi. Da quando è entrata, dieci minuti fa, non si è più mossa. Fissa fuori dalla finestra, ma si vede che ha la testa da un'altra parte.

«Siediti sul mio letto. Io mi metto sul pavimento.»

Maleeka si lascia cadere a terra sul posto e molla la borsa con i libri. Stavolta vado io da lei. «Sei triste?» L'espressione sulla sua faccia non cambia. «Arrabbiata? Ce l'hai con me? Che cosa ho fatto? Combino sempre qualcosa di sbagliato, lo so. Guarda, te lo dico già in anticipo: scusa.»

«Non è colpa tua.» Lascia penzolare la testa in avanti.

«Caleb. È stato lui. Che cos'ha fatto? Ti ha lasciato?»

Lei fa cenno di no.

Apro il libro e glielo leggo a voce alta, anche se eravamo d'accordo che non l'avremmo fatto. Tra una frase e l'altra Maleeka sussurra. «Credevo che fosse al terzo stadio. Invece è al quarto.»

L'abbraccio come abbracciavo Cricket. «Siamo amiche, sei come una sorella per me. Di qualsiasi cosa hai bisogno...»

Quello di cui ha bisogno è piangere, lo capisco. Deve sfogarsi.

«Tua madre è forte, proprio come lo era la mia. Si riprenderà.» Dico quello che dicono tutti, ma so che ci sono persone che muoiono di cancro... Nella mia mente chiedo a Roxanne di pregare Dio per lei.

Prendo Maleeka per mano e la porto in bagno. Faccio scorrere l'acqua nel lavandino finché non diventa tiepida, poi bagno un asciugamano per la faccia. È grazie a Cricket che ho imparato come farlo: lentamente e delicatamente, soprattutto attorno agli occhi. Mentre le pulisco e tampono il viso le chiedo se vuole colorare.

Lei fa di sì con la testa.

Torno in camera, tenendola di nuovo per mano, e vado al mio armadio. Mi alzo in punta di piedi per prendere la cappelliera di mia madre. Quando l'ho ereditata era vuota, ma mi piaceva il colore. Un bel fucsia. La svuoto sul letto e guardo i pastelli rotolare fuori. «Scegli.»

Li avevo nascosti prima di andarmene perché questi sono davvero speciali, per me. Sono di quando ero piccola, quando mia madre mi portava al negozio con lei. Alcuni non li ho mai usati.

Fianco a fianco, stese con la pancia a terra e i piedi in aria, non diciamo una parola. Io disegno un cuore con delle linee scure all'interno. Poi faccio diversi quadrati che riempio con i miei colori preferiti. Non vado mai fuori dai margini, ma sono più veloce del solito. Maleeka se la prende comoda. Si muove al rallentatore. Comincia con un sole nel cielo. Nuvole di un blu Caraibi. Le sue figurine sembrano sui trampoli, ma so che rappresentano lei e sua madre. Sono in spiaggia, sulla sabbia, e si tengono per mano.

I pastelli filano lisci sulla carta come pattini sul ghiaccio. I nostri gomiti si toccano. Il sole mi fa stringere gli occhi quando di tanto in tanto lo guardo. Però le mie dita sono felici. E anche le sue. Si muovono da sole, lente o veloci, scegliendo colori e lasciandosi dietro qualcosa di bello. Lei inizia a respirare più piano. Mi dice che sono fortunata ad avere una sorella. «Se succede qualcosa a mia madre...» Maleeka prende il rosa chiaro, poi il grigio perla. Il suo nuovo disegno è una casa con le pareti e i mobili di questi due colori. «Mia madre dice che non è grave come penso, ma i genitori mentono.»

«È vero.» Disegno un fiocco. È il simbolo del tumore al seno. Occupa tutta la pagina. Maleeka mi aiuta a riempirlo. L'abbiamo fatto rosa shocking. Quando abbiamo finito, lo firmo.

Guardando la luna che spunta, stese con la schiena a terra, parliamo delle nostre madri. Non come persone già morte o che stanno per morire, ma ricordando le cose che facevamo con loro quando eravamo piccole. Corro al piano di sotto e torno su più veloce che posso, portandomi dietro un album di fotografie per farle vedere com'ero con mamma e papà, quanto somiglio a tutti e due, i vestiti che portavo da piccola e come avevo i capelli. All'improvviso mi prende tutte e due le mani, stringendole forte.

«Hai paura?» chiedo.

Lei fa di sì con la testa.

«Io ho sempre paura, adesso. Tutto il tempo.»

«Anche mamma è così. Cerca di nasconderlo, ma io lo vedo lo stesso.» Sua madre non vuole parlare dei trattamenti. Arriva a casa. Vomita. Perde i capelli. Si è comprata una parrucca e, quando Maleeka le chiede come sta, dice che va tutto bene. «Ma ora...» Le gambe le tremano così forte che dal rumore sembra un cane che batte la coda per terra. «Devo smettere di venire qui, Char? Abbandonare tutto a parte la scuola?»

«Tua madre ti ha chiesto di farlo?»

«No, ma...» resta un momento in silenzio, poi riprende «... È la cosa giusta da fare.»

Lo so, ma non voglio che smetta di venire, e scommetto che non lo vuole neppure lei. Quello che le dico, però, è molto diverso.

«È tua madre, Maleeka. Fai quello che devi fare.»

CAPITOLO NOVANTASEI

Oggi Maleeka non è venuta, siamo solo io e la signora Saunders. Ho preso B in storia e letteratura e B- in matematica. La prof vuole ripassare con me le cose che non ho capito bene. Non so che pensare di me e di lei senza nessun altro attorno. C'è il rischio che diventiamo quelle che eravamo una volta, mettendoci a discutere e litigare. Lo dico anche a lei.

«Be', proviamoci lo stesso» risponde.

Rivediamo le mie prove una riga alla volta. Io mi mordo il labbro, mi chiedo quando finirà e se pensa che sono ancora stupida come un volta. Si alza, scrive alla lavagna uno dei problemi e mi chiede di risolverlo. La raggiungo e scrivo la soluzione con un gessetto rosa fluo. Passo dopo passo mi spiega dove ho fatto degli errori e come non ripeterli più. Dopodiché mi rispiega nomi, verbi e predicati. Ci vuole un po', ma mi aiuta a capire come si usano e che non svolgono tutti la stessa funzione in una frase. Ci mettiamo quasi un'ora a rivedere tutte le prove. Vuole essere sicura che ho capito cosa ho sbagliato e che so molto di più di quanto penso di sapere.

«Vedi che puoi migliorare?» dice. «E quanto sei già migliorata?» Quando la ringrazio per il suo aiuto non mento. Per una volta lo penso davvero.

Mentre cancella la lavagna le chiedo: «Crede che riuscirò a diplomarmi, un giorno?».

«Mi piacerebbe vederti a scuola a tempo pieno. Con ragazzi della tua età. E andare al ballo di fine anno.»

Sono già tre anni indietro rispetto ai ragazzi della mia età. Sono cresciuta in modi che spero che i miei compagni di scuola non conosceranno mai. E comunque, se adesso fossi in classe con loro, di cosa potremmo parlare? Di come farlo in un vicolo? Delle posizioni preferite dai vecchi? Vorrei poterlo chiedere alla professoressa Saunders, ma gli insegnanti non capiscono mai quello che provano i ragazzi.

Mi fa i complimenti per la poesia che ho scritto nella verifica, poi va a prendere la sua cartella sulla sedia accanto al tavolo. È chiusa con il lucchetto, come al solito. Tira fuori un quaderno rosa legato con un nastro argentato, largo come il mio telefono. Vuole che io continui a scrivere, dice.

«Come Maleeka?»

«Scrivere può essere catartico.»

«Ca... che?»

Mi chiede il permesso di andare ai fornelli e di mettere su il bollitore per il tè. Intanto io prendo le tazze e il tè verde dall'armadietto accanto al lavello. A tavola versa l'acqua bollente sopra le bustine triangolari. JuJu le ha comprate per me. Dice che devo guarire dentro e fuori.

La signora Saunders rimane seduta a mescolare il tè in silenzio per un po'. Anch'io non dico niente. Aggiungo altro zucchero e guardo fuori dalla finestra alle sue spalle. Proprio in quel momento arriva la telefonata di Maleeka. Dice che oggi proprio non ce la poteva fare. Le chiedo se ci sarà la settimana prossima, ma risponde che non ne è sicura. «Mia madre ha bisogno di me.»

La Saunders mi chiede cosa voglio fare. «Vuoi finire il nostro tè? Parlare di che effetto ti fa l'assenza di Maleeka? O di come il cancro di sua madre potrebbe cambiare le cose per lei?» Con gli occhi lucidi aggiunge: «Possiamo parlare di qualsiasi cosa».

Quando incrocio le gambe mi accorgo che la caviglia sinistra è sporca. Parlo della mamma di Maleeka. «È sempre gentile. Perché una cosa così brutta doveva capitare proprio a lei?»

La Saunders dice quello che dicono sempre gli adulti. «Il mondo può essere un posto terribile.»

Le chiedo che cosa ne sa, lei, delle cose terribili che succedono nel mondo, a parte quelle che vede in televisione o legge sui giornali. Lei resta in silenzio. Io penso a Cricket, che mi è stata tolta, alle amiche che ho abbandonato. E a lui. «Anthony ha detto che era colpa mia.»

La Saunders non sa chi è Anthony e nemmeno me lo domanda.

«Che cosa pensava che fosse colpa tua?»

«Tutto.» Mi gratto la forfora in testa. E mi annuso le dita. Puzzano. «Lasciamo stare. Lei non capirebbe.»

«Va bene.» Tiene le mani giunte sul tavolo come se fosse una scolara e non un'insegnante. Dopo un po' il suo tè non fuma più. Io vado ai fornelli per versare nella tazza altra acqua bollente, poi aggiungo troppo zucchero. Vorrei tanto che se ne andasse. La Saunders mette la sua tazza col piattino nel lavello e torna a sedere accanto a me. Si lecca le labbra, si schiarisce la gola, continua a sbattere le palpebre come se volesse liberarsi di qualcosa che ha negli occhi. «Se ti dico qualcosa di personale, credi che potrai tenertelo per te?»

Ho così tanti segreti che quasi non ce ne stanno più, ma le dico comunque di sì.

«Ero un po' più giovane di te quando un membro della mia famiglia...» S'interrompe. Riempie di nuovo la tazza, ci mette tre cucchiaini di zucchero di canna e mescola. «Sono sempre stata una ragazza corpulenta, Char. Alta e grossa.» Si dà dei colpetti sulla pancia. «E naturalmente sono nata con questa.» Sfiora la voglia sulla faccia. Io l'ho derisa per quella macchia, le ho detto cose crudeli. Ma allora credevo di non piacerle e volevo che sapesse che la cosa era reciproca.

Mi racconta quello che so già. Che quando era piccola studiava un sacco. Che era sempre la prima della classe, che faceva tutto il possibile per distinguersi e per eccellere, così la gente era costretta a pensare ad altro oltre al suo aspetto. Ma alcuni bulli a scuola l'hanno maltrattata lo stesso. Come io facevo con Maleeka.

«La prima persona che mi ha detto che ero carina aveva venti anni più di me.» Mi racconta che l'aveva fatta sentire attraente e speciale. E poi, di punto in bianco, la stava già invitando a pranzo e le chiedeva di poterle tenere la mano. «Avevo la sensazione che non fosse una cosa giusta, ed era proprio così. Gli adulti dovrebbero proteggere i più giovani, ma alcuni di loro...» Sorride, ma i suoi occhi dicono quello che tace, e cioè che ci pensa ancora. Si schiarisce la voce, poi prosegue: «Quello che mi ha fatto non è stato colpa mia. Io avevo quindici anni, lui invece...». Mi prende le mani tra le sue. «Non è stata colpa tua, ed Anthony lo sa. Riesci a capirlo?»

Io faccio di sì con la testa.

Non aggiunge molto altro, ma quando ha finito mi rendo conto che alcune parti della sua storia sono simili alla mia e a quella di Marguerite. Un adulto le ha fatto qualcosa. Non l'ha rapita o picchiata, ma l'ha comunque violentata, molestata, cambiando la sua vita per sempre. «Quel tipo di gente vuole sempre farti credere che è colpa tua» dice. «Ti tengono la mano sulla spalla, o sulla bocca, e se stai zitta, Charlese, gliela dai vinta.»

Divarico le gambe, come una porta che si spalanca, ma

dentro di me è il contrario. Mi sento piccola, sporca. Mi vergogno di quello che ho fatto. Volto la faccia dall'altra parte. «Per me è diverso. Non è affatto la stessa cosa che è capitata a lei. Nel suo caso lei non ha colpa.»

Fa scorrere la sua tazza accanto alla mia. Si alza e stavolta non mi chiede il permesso di aprire i nostri armadietti. Li spalanca uno alla volta e torna indietro con in mano una grossa tazza da zuppa, una tazzina da tè di porcellana che è sempre stata spaiata, scodelle, tazze con scritto North Carolina, Maryland, Philadelphia, Repubblica Dominicana e Pittsburgh. Le mette tutte in fila sul tavolo. «Queste tazze sono tutte uguali?»

«Sono tutte tazze, ma non sono uguali.»

«Giusto. Alcune contengono un quarto di litro.» Solleva la tazza da tè. «Ma sembra che questa sia meno capiente.»

Alcune sono di plastica, poi ci sono i boccali, e quelli con i nomi dei posti che i miei genitori hanno visitato prima che nascessi.

«Sono simili, non uguali» dice.

In piedi accanto a me mi chiede il permesso di toccarmi. Mi solleva il mento con le dita morbide e per una volta ci guardiamo negli occhi. «Non abbiamo vissuto la stessa esperienza» dice. «Ma per molti versi è stata simile. E questo non rende quello che hai dovuto passare meno tragico, orribile o violento di quello che è successo a me o a qualsiasi altra vittima di abusi sessuali.»

Io prendo una tazza e la poso sul palmo della mia mano. «È la stessa cosa, ma è diversa.»

«Esattamente.»

Rimetto la tazza da tè in porcellana di mia madre dov'era. «E lei ha mai raccontato… quello che le hanno fatto?»

«Sì, l'ho detto.»

Non è rimasta in silenzio. E dopo un po' è riuscita a fare

qualcosa di buono con la sua vita. JuJu dice che posso riuscirci anch'io, ma che prima devo uscire da questa casa. Vado ai fornelli e accendo il fuoco sotto il bollitore. Dopo aver riempito di nuovo le nostre tazze, le racconto un po' di quello che mi è successo, poi ancora un altro po', fino a dirle il tipo di lavoro che facevo, dove e con chi. Mi sento sporca dentro, ma allo stesso tempo più pulita di prima, e piena. Non vuota come mi sono sentita in tutti questi mesi.

1° giugno, ore 23.00

CAPITOLO NOVANTASETTE

Sento la luce del sole fin dentro le ossa. Nella mia mente le buone idee si riversano come cereali dalla loro scatola. JuJu dice che non mi ha mai visto così felice da quando sono tornata a casa. Mi sono fatta la doccia, lavandomi dalla testa ai piedi. JuJu è talmente orgogliosa di me che ha chiesto alla sua amica di farmi visita con Cricket. La porterà qui domani a mezzogiorno. Ha detto che me la può lasciare per il pomeriggio mentre lei accompagna sua nonna dal dottore. È dura dover gestire anziani e bambini allo stesso tempo, dice.

Mi stendo sul letto e chiamo Maleeka. Ma lei fa quello che facevo io una volta: ignora la chiamata o riattacca. Ieri ho chiesto a JuJu di spedirle una lettera e una foto di noi due assieme. Era stata fatta alla McClenton Middle. Ho tagliato via le gemelle e l'ho incollata al centro di un cartoncino bianco. Poi ho disegnato una stella tutt'attorno a noi, grande abbastanza da occupare il resto del foglio, l'ho riempita con i miei colori preferiti e l'ho decorata con razzi e fuochi d'artificio. Prima di metterla nella busta ho scritto sul retro: *Tenete duro, tu e tua madre*. Lei avrebbe fatto lo stesso per me.

3 giugno, ore 11.00

CAPITOLO NOVANTOTTO

JuJu ha detto che magari era il caso di procedere per gradi, arrivare alla fine dell'isolato e poi tornare indietro. Ma dopo il mio discorso con la Saunders so che non posso più starmene qui ferma a sedere. Volevo uscire ieri, ma Miss E aveva sbagliato giorno: l'appuntamento della nonna con il dottore era oggi. E così ho aspettato. Volevo un po' di compagnia, portarmi dietro Cricket, in caso andassi in crisi.

Mentre guardo fuori dalla finestra tenendo Cricket appoggiata all'anca cerco il suo ciuccio in tasca. Lei se lo mette subito in bocca. Poi guardo i jeans che ho addosso. Sono così larghi che potrei entrarci due volte. E con la mia maglietta è lo stesso. Prima di uscire sciolgo il foulard che avevo in testa e lo lascio sul letto, poi mi metto un cappello da baseball. Quando sono al piano di sotto sento una voragine nello stomaco e la gola secca, ma continuo a camminare. Penso che, se la signora Saunders è riuscita a fare qualcosa di buono con la sua vita, forse ce la posso fare anch'io.

Chiudo la porta, girando la maniglia. Cricket è fasciata alla mia pancia con la faccia rivolta all'esterno. Mugola, scalcia, rovescia la testa all'indietro e non protesta quando la bacio sulle labbra. Siamo di nuovo una squadra. Forse, se riesco a riprendermi, posso riaverla indietro. Essere sua madre, come avrebbe voluto April.

Guardo avanti e indietro lungo l'isolato, controllo ogni auto che vedo. Mi fermo in mezzo alla strada per lasciar passare uno scuolabus. Il cuore mi batte due volte più veloce del normale. Così respiro profondamente, dentro e fuori, dentro e fuori, come mi hanno insegnato JuJu e la Saunders. Ma la voglia di correre subito a casa rimane.

Maleeka abita a dieci isolati di distanza. Non è poi così lontano. Scommetto che, se vado a trovarla, vorrà colorare assieme o farsi mettere lo smalto sulle unghie. Ho tutto il necessario nello zaino, più una dozzina di ciambelle con la glassa. Cammino in fretta, inghiottendo la saliva, ma non vado molto lontano. Dopo un isolato mi sento i piedi pesanti come secchi. Dentro, sento la tristezza che arriva. È per questo che mi fermo davanti a un asilo nido. Io e Cricket siamo appiccicate al muro come l'intonaco. «Coraggio» le prendo la mano. «Puoi farlo.» Tocca il cerchio verde. Passa le dita sul triangolo giallo e sulle mele rosse. Le dico i nomi di tutti i colori. Mi volto a guardare indietro. Le mostro le foche e i trichechi, l'orso polare e i pinguini e poi mi giro a controllare dall'altra parte. Aiuto Cricket a tracciare alcuni numeri con le dita: tre, cinque, dieci, otto. «La mia mamma era brava in matematica, magari lo sarai anche tu.» Mi volto verso la strada, perché non mi sento a mio agio con la gente alle spalle. Poi mi picchio la fronte con la mano per aver permesso ad Anthony di entrare nella mia testa.

CAPITOLO NOVANTANOVE

La spingo sempre più in alto e resto a guardarla mentre scalcia con i piedini. La sento ridacchiare. Quando posso vado all'altalena accanto e faccio quello che fa lei, dondolo con la testa rovesciata all'indietro, rido nel cielo. Non per molto, però, perché a Cricket non piace star seduta ferma. Torno a terra con un salto, corro da lei, la spingo, le faccio il solletico e la bacio. Le dico quanto mi manca stare con lei.

È passata un'ora quando la porto su una panchina e le do un biberon con del succo e dei cereali. Cricket non poteva mangiare nulla del genere quando stava con me. Era troppo piccola. Adesso ha dei rotolini di ciccia dietro le ginocchia e il doppio mento. «Ti ricordi la nostra casa?» Non se la ricorda, lo so, ma vorrei tanto che lo facesse. Chiudo gli occhi e torno al motel *Flotta Stellare*. Siamo sul pavimento, giochiamo con i mattoncini e leggiamo *Buonanotte Luna*. «Cricket.» Apro gli occhi mentre la faccio rimbalzare sulle ginocchia. «Se succede anche a te, dillo a qualcuno.»

Me la fascio di nuovo addosso e cammino più veloce che posso. Con una matita traccio una linea sopra *portarla al parco* nella lista. Se non l'avessi fatto, mi sarei accorta delle ragazze che stavano venendo verso di me. Oggi non sono vestita molto bene, così mi volto e m'incammino nell'altra direzione.

«Char? Sei tu?»

Mi giro a guardare. Lei mi raggiunge. Nei suoi occhi leggo un sacco di domande.

«Ehi, India» la saluto. «Come va?»

È con un'altra ragazza che all'inizio non alza nemmeno lo sguardo dal suo telefono.

Io e India non siamo mai state molto amiche, ma facevamo assieme la strada per andare alle elementari e a volte ci vedevamo al parco. Mi chiede come me la passo. Quando rispondo «Bene» lei storce il naso come se avesse sentito un odore disgustoso. Non so perché. Oggi ho fatto il bagno.

Mi sono già rimessa a camminare quando mi chiede di Cricket. Mento e le dico che è mia. Mente anche lei e dice che è proprio uguale a me. Poi dà un buffetto a Cricket sulla guancia paffuta. In quel momento abbasso la guardia e le chiedo cosa sta facendo ultimamente.

«Sei scappata di casa, vero?» mi dice.

«Come?»

India guarda la sua amica, poi Cricket, poi me. «Ho sentito dire che fai quella vita.»

«Eh?»

«Hai un protettore, no?»

Faccio qualche passo indietro.

«Ce l'aspettavamo tutti, Charlese Jones.»

Mi volto e comincio a correre.

«Spero che tu sia tornata indietro ricca!»

CAPITOLO CENTO

Accendo la televisione in soggiorno, apro una bottiglia di gin e mi siedo appoggiando i piedi in alto. Più bevo, più penso a lui. Vado al piano di sopra con la bottiglia in mano. Bevo un sorso e fisso la porta della camera dei miei. Bevo dalla bottiglia, versandomi il gin sulla maglietta e sul braccio. Entro in camera loro e scoppio a ridere.

Le foto di mio padre e mia madre sono dappertutto. Il loro letto è ancora esattamente come l'hanno lasciato, con le lenzuola rimboccate e il copriletto. Mentre vado verso l'armadio di papà cerco di ricordare il numero di Anthony. È comparso sul cellulare di JuJu subito dopo il mio ritorno a casa. Lei l'ha cancellato, e il giorno dopo ha cambiato numero. Da quella volta ne ha cambiati altri tre. Anthony ha smesso di chiamare quando mia sorella gli ha detto che avrebbe dato il suo numero all'FBI.

Lo sportello dell'armadio di mio padre si è sempre aperto facilmente. Aveva solo tre completi, ma un sacco di camicie, tutte bianche. Affondo il naso in ogni camicia, una alla volta. Poi mi siedo sul letto, bevo finché non mi bruciano la gola e la pancia. Quando torno in corridoio tiro fuori il telefono nuovo e digito il suo numero. La prima volta non risponde. Apposta, lo so. Allora lo richiamo, e poi ancora e ancora. Mi risponde solo quando sono ormai disperata.

«Daddy...»

«Chiedi scusa!»

«Mi dispiace, Daddy.»

«Te l'ho detto che non ti vuole nessuno, che nessuno ti vuole bene a parte me.»

Prenota un biglietto della corriera senza chiedermi niente. Verrà a prendermi alla stazione della Greyhound domani sera. Ma devo partire adesso, così posso prendere l'ultima corriera della giornata. «Se dici qualcosa a qualcuno, io ti...»

«Lo so, Daddy, tanto io non voglio più stare qui.» Mi guardo intorno nella stanza. Ripenso a India e alla sua amica. «Tutti sanno quello che ho fatto.»

«E, Charlie... questa è la tua ultima possibilità.»

CHIAMAMI
CON IL MIO NOME

CAPITOLO CENTOUNO

Lascio Cricket alla vicina di Miss E, quella della casa accanto. Una volta ho sentito Miss E dire che è un supporto importante, l'unica adulta di cui si fida e a cui permette di badare ai bambini che ha in affidamento. Quella scuote la testa, ma prende Cricket lo stesso. Dopo che l'ho baciata e abbracciata sono di nuovo sul taxi.

Ho un'ultima tappa. Se Maleeka non è in casa, almeno saprò di averci provato. E per lo meno avrò spuntato tutto quello che avevo nella mia lista di oggi. Quando l'autista svolta l'angolo ho un capogiro. Non sono ubriaca, ma neppure completamente sobria. Mi sono infilata un dito in gola e ho vomitato tutto quello che potevo, poi ho preso delle aspirine e ho bevuto un litro e mezzo d'acqua prima di farmi la doccia.

Il tassista non si lamenta. Ferma la macchina davanti alla casa. «Maleeka!» Picchio un po' di volte alla porta d'ingresso. Ma credo che ci sto mettendo troppo, perché l'autista comincia a suonare il clacson. Con la mano gli faccio il gesto di aspettare un attimo, poi corro sul fianco della casa, dove c'è la cucina. Le tende alle finestre sono trasparenti, qui non può nascondersi.

«Maleeka! Andiamo, apri questa porta!»

Sono quasi le tre del pomeriggio e vedo che è ancora in

vestaglia e pantofole. I suoi capelli non sembrano sporchi ma sono comunque in disordine. Stavolta prendo la porta a pugni.

«Char! Smettila.» Appena apre mi dice: «Ti ho vista, sai?».

«Stai bene?»

Mi guarda come io guardo quelli che mi fanno domande stupide. La supero, attraverso in fretta il soggiorno e poi la sala da pranzo. Quando le persone diventano tristi, a volte le loro case diventano tristi con loro; altre case mentono, mostrandosi ordinate e felici e con un buon profumo. La casa di Maleeka è così. E anche la sua camera, quando andiamo al piano di sopra. Le chiedo se ha ricevuto la lettera che le ho spedito. Lei si siede sul letto e non dice una parola.

«Parlami. Dimmi qualcosa.»

Il clacson suona di nuovo. Poi l'autista picchia alla porta. Non gli rispondo, perché Maleeka sta piangendo tra le mie braccia. Guardo fuori dalla finestra e vedo che il tassista mette la mia valigia sul marciapiede. «Non se ne vada!» dico, come se potesse sentirmi. «Maleeka, devo andare.»

La lascio. Corro giù per le scale e fuori dalla porta d'ingresso, ma il taxi se n'è già andato. Mi picchio la testa con la mano. «Stupida, stupida, stupida.» Quando il mio telefono suona, stavolta rispondo. Lui grida, urla e descrive quello che mi farà quando sarò tornata. Poi usa il mio vero nome e ripete qualcosa che ha già detto.

«Questa è la tua ultima possibilità, Char.»

Le sue parole mi gelano il sangue. E se non ne avessi altre? Se avessi usato la mia ultima possibilità quando sono scappata da lui?

«Charlie? Charlie? Rispondimi.»

Tolgo la batteria dal telefono. Afferro la mia valigia e corro dentro casa. Mollo a terra le mie cose e dico a Maleeka di fare le valigie in fretta.

«Perché?»

«Vieni a vivere da me e JuJu.»

«Ma, Char...»

«Sbrigati. A volte hai solo una possibilità.»

Maleeka mi abbraccia così a lungo da farmi male. «Siamo sempre state noi due da sole, io e mamma. Ogni volta che qualcosa non va...»

Non finisce la frase perché ha un nodo alla gola, ma io capisco lo stesso: ogni volta che qualcosa non va, c'è solo lei ad aiutare sua madre.

Apro gli sportelli del suo armadio e le chiedo cosa vuole portarsi via.

Maleeka ha le mani nella cassettiera e sembra pronta a mettere in valigia tutto quello che contiene.

«Maleeka.»

«Sì.»

«Ho paura.»

«Anch'io.»

«Cosa succede se viene in macchina fino a qui e mi costringe a tornare con lui?»

Lei continua a fare i bagagli.

«Nessuno può fermarlo, se decide di farlo.»

Tremo, seduta sul letto di Maleeka. Lei riempie la sua valigia e io la guardo. Ha quasi finito quando tiro fuori il cellulare. Per due volte metto la batteria nel verso sbagliato, poi lo faccio cadere a terra. Lo raccolgo e mi metto a cercare il numero di un centro che aiuta ragazze come me. Lo sbaglio tre volte, ma la quarta volta ce la faccio. Sussurro: «Posso venire lì e parlare con qualcuno? Adesso?».

Maleeka dice che vuole accompagnarmi, così andiamo a prendere l'autobus insieme. JuJu voleva venire a prenderci qui ma le ho detto no: devo andarci subito, ora, finché ne ho il coraggio, altrimenti rischio di non andarci mai più. E tornerò al punto di partenza. O finirò come April ed Earle.

«Al centro Roberta Henry» sussurro al tassista. Guardo lo sportello che si chiude e torno a respirare normalmente solo quando salgo gli scalini del centro. Poi, tutto d'un tratto, non sono più così sicura. «Non voglio andare in prigione. È stato lui a farmi fare quelle cose.»

La signora accanto alla reception mi ha sentito. «Non è stata colpa tua, mi hai capito? Neanche un po'. E non sei nei guai, adesso. Ci vuole coraggio a venire qui.» Viene verso di noi sorridendo e si presenta. «Sono Miss Cassandra e sono una delle psicologhe del centro.»

Maleeka mi prende la mano, stringendola forte. Io fisso il pavimento e dico che Anthony era il mio protettore. Miss Cassandra mi interrompe per dirmi che per legge è tenuta a fare una denuncia d'ufficio.

«Una che?» alzo gli occhi.

Mi spiega che, quando una persona minorenne le dice che è stata violentata, lei deve denunciarlo al servizio protezione dell'infanzia.

Faccio un passo indietro. Poi un altro, e un altro ancora.

Proprio in quel momento JuJu si precipita dentro. Un attimo dopo la sto già abbracciando e anche lei mi stringe a sé. Parlo in fretta, incespicando nelle parole, ma quando le ripeto quello che ha appena detto Miss Cassandra lei spalanca gli occhi. «Volevo parlartene anch'io, Char, perché anche la signora Saunders, essendo un'insegnante, ha lo stesso obbligo di denuncia.»

«Davvero?»

Mia sorella dice di averlo scoperto dopo che ho parlato con la Saunders. «La legge obbliga gli insegnanti a denunciare gli abusi di cui vengono a conoscenza.» Mi abbraccia più stretta. «Quel giorno eri così felice, Char. Ho pensato che, se te l'avessi detto, saresti scappata di nuovo.»

Probabilmente l'avrei fatto.

«Così negli ultimi giorni non ho detto niente, sperando che...»

Miss Cassandra si avvicina a una porta e la apre. «Quando sei in una seduta con uno psicologo in questa stanza,» mi dice «tutto quello che dici è confidenziale. Vuol dire che nemmeno la polizia o un giudice possono costringerci a rivelare quello che hai detto, a meno che tu non ci dia il permesso. È la legge.»

Faccio di sì con la testa. Maleeka si siede all'ingresso mentre io e mia sorella camminiamo lentamente per il corridoio, allontanandoci con Miss Cassandra.

«JuJu, come mai non hai mai denunciato la mia scomparsa? Perché non hai mandato la polizia a cercarmi, anche se ti avevo detto che non volevo?»

JuJu si ferma e scoppia a piangere. I singhiozzi le squassano le spalle e poi tutto il corpo. «Volevo farlo, Char. Volevo. Ma continuavo a pensare... E se invece la polizia peggiora le cose? Se sparano a te, invece che a lui?» Dice che mi aveva già fatto abbastanza male. «Ti ho esposto a cose che una ragazzina non dovrebbe vedere, non dovrebbe conoscere. E così ho pensato... Se solo riesco ad averla indietro viva, l'aiuterò... farò in modo che stia meglio e mi assicurerò di comportarmi meglio con lei.»

Prendo la sua mano. «Lo so che vuoi il meglio per me, JuJu.»

Lei mi strizza l'occhio, poi sussurra: «Credi che potrei fare anch'io qualche seduta qui?».

«Forse.» Giriamo l'angolo e vediamo Miss Cassandra entrare in una stanza.

«JuJu?»

«Sì?»

«Ti voglio bene.»

«Anch'io ti voglio bene, Char. Te ne ho sempre voluto.»

L'INIZIO DELL'ANNO SCOLASTICO

3 settembre, ore 9.00

CAPITOLO CENTODUE

«Charlese Jones» chiama l'insegnante.

«Presente.»

Alcuni ragazzi si voltano a guardarmi. Sanno parte di quello che ho passato perché la mia faccia è diventata famosa. Non importa. Io sono fiera di me stessa. Lui è in prigione per merito mio, in attesa di processo.

«Signorina Jones, sei nuova in questa scuola. Conosci già qualcuno dei presenti?»

Indico una ragazza in fondo all'aula. Me l'ha presentata la signora Saunders. Si chiama Myra Grace. Sua madre ha cominciato a insegnare alla McClenton l'anno scorso. È una secchiona un po' timida, mi ricorda Maleeka, solo che non è né alta né nera. Ha difficoltà a farsi degli amici. La Saunders ha pensato che, visto che invece io sono brava a fare amicizia, insieme potremmo essere una buona squadra. E siccome Myra va bene in matematica e letteratura, consegna i compiti in tempo e obbedisce alle regole, Miss Saunders ha pensato che sarebbe stata una buona influenza. Sinceramente lo penso anch'io.

Alzo la mano e comincio a parlare prima che l'insegnante mi dia il permesso. «Sta arrivando un'altra ragazza nuova» dico. «Adesso è in ufficio con la madre affidataria. I documenti...»

L'insegnante guarda il suo registro. «Nessun problema. Vedo qui il suo nome. È una tua amica?»

Faccio di sì con la testa. I compagni mi fissano. Immagino che faranno lo stesso con Roxanne.

Miss Evans elenca le cose che mi serviranno per questo corso, e io prendo nota con la penna nuova che mi ha regalato Maleeka. Era in una scatola bianca, lunga e stretta, ed è costata venti dollari. L'ha comprata con i soldi che guadagna dando ripetizioni ai ragazzini delle elementari. È orgogliosa di me, me lo dice sempre. E io sono orgogliosa di lei, e felice che sua madre stia migliorando. Il cancro è in remissione grazie a una nuova cura che sta facendo all'ospedale dell'università. Entrambe incrociamo le dita e preghiamo per lei, e lo stesso fanno JuJu e la signora Saunders.

Per un attimo la mia mente comincia a vagare, e senza accorgermene sto già pensando a lui.

Va tutto bene, penso. *Anthony non ha vinto*. Chiudo gli occhi. Ha avuto quello che si meritava. Ci è voluto un po' ma l'hanno incriminato per stupro, abuso di minori, traffico di persone, omicidio e altri reati.

«Quando ci sarà il processo?» mi ha chiesto Mr. Bobbie l'altro giorno.

«Potrebbe essere tra un anno, forse due. Dipende» ho risposto.

Di sicuro io sarò in quell'aula di tribunale. Proprio lì, al banco dei testimoni. La gente dice che non mi sarà facile affrontare una cosa del genere. Gli avvocati di Anthony cercheranno di mettere in cattiva luce me e le altre ragazze, diranno che ce la siamo cercata, che eravamo noi a voler fare quelle cose. Ma io non ho paura di far sentire la mia voce e difendermi. Non sempre, almeno. Inoltre, il centro mi ha fornito il supporto di una consulente legale. È in gamba. Preparerò la mia testimonianza con lei e la mia psicologa, così saprò cosa aspettarmi in tribunale. Potrò anche scrivere una dichiarazione, se voglio, e leggerla a voce alta in aula davanti a tutti. Così sarò in grado di spiegare con parole mie quello che ho passato, come mi ha fatto sentire, come ha cambiato tutta la mia vita, e cosa penso che dovrebbero fare ad Anthony.

Quando ho cominciato le sedute con la psicologa del centro mi hanno lasciato dare forma alla mia tristezza disegnando e colorando. Ho persino potuto rompere dei piatti quando non riuscivo a trovare le parole per quello che mi succedeva o che stavo provando. Niente di quel che mi è capitato è stato colpa mia. Me l'hanno ripetuto un sacco di volte, al centro. Me lo diceva sempre anche mia sorella. Adesso l'ho capito pure io.

«Charlese Jones.»

Alzo gli occhi sperando che la professoressa non mi abbia chiesto qualcosa mentre la mia mente era altrove. «Sì, signora.»

I compagni si mettono a ridere.

«Preferisci essere chiamata con il tuo nome di battesimo, un soprannome o qualcos'altro?»

«Mi chiami con il mio nome! Charlese.» Scandisco ogni lettera, così tutti sanno come si scrive.

Un ragazzo dietro di me dice che non c'era bisogno di gridarlo. Solo che ha torto. Anthony mi aveva cambiato nome per farmi dimenticare chi ero. C'era andato vicino. L'ho detto a Maleeka quando mi sono scusata con lei per tutte le volte in cui l'avevo insultata, maltrattata, presa in giro. Le avevo fatto un sacco di cose cattive. Adesso so cosa si prova quando qualcuno cerca di farti a pezzi, strapparti il rispetto di te stessa, annientarti.

«Noi due siamo uguali, Char» mi ha risposto Maleeka. «Ne abbiamo passate tante, ma siamo ancora qui, giusto? E guardiamo avanti, non ce ne stiamo ferme ad aspettare.»

Su questo ha ragione. Nemmeno le altre ragazze della casa

sono rimaste ferme. Gem è in una casa famiglia, anche se non avrebbe voluto andarsene. Non ha ancora detto una parola contro Anthony. Earle è di nuovo per la strada; Gemini mi ha detto di averla vista mentre lavorava in un vicolo con addosso un costume da gatto. A volte prego per lei. Kate, Katrina e Kianna sono tornate dalle loro famiglie. Ora frequentano la scuola, fanno attività ricreative, si vedono con dei ragazzi e mi scrivono messaggi. Carolina è fuori sotto cauzione. Ovviamente ha fatto la spia su Anthony. Ha spifferato di April alla polizia e all'FBI per evitare il carcere, ma dovrà comunque scontare degli anni e io ne sono felice.

Apro il mio nuovo quaderno e sorrido vedendo l'appunto che ho scritto: *io non mi arrendo*. L'ho scritto sulla prima pagina di tutti i miei libri, anche quelli di scuola. È una specie di promessa che faccio a me stessa, un promemoria per quando le cose si fanno difficili, quando mi sento spaventata o depressa. Ho disegnato le parole, le ho messe in una busta e le ho spedite a Cricket. Ora vive con Mr. Mike, il conducente della corriera. Lui e sua moglie l'adotteranno, ma per ora ce l'hanno in affidamento. Solomon ha detto che le farà da fratello maggiore.

Il mese scorso Mr. Mike e sua moglie hanno portato Cricket nel nostro quartiere. Abbiamo fatto una bella cerimonia nel parco per April. È stata una mia idea. Sono venute anche Miss Saunders, Maleeka e sua madre. Mia sorella mi ha chiesto se volevo dire qualcosa. All'inizio ho detto di no perché pensavo che io e Maleeka avevamo già fatto abbastanza per rendere speciale quella giornata, non serviva altro. Ma poi le parole sono uscite da sole, lente e belle. «April valeva qualcosa, indipendentemente dal suo aspetto, da come si vestiva o si comportava. E non meritava quello che le è capitato. Nessuno lo merita. Sono felice che siamo state amiche, anche se solo per un po'.»

Quando Mr. Mike ha aperto la scatola che teneva in mano, ne sono volate fuori sette farfalle. Una si è posata sulla mano di Cricket, rimanendoci per un po'. Il vento soffiava e sembrava che lo striscione che io e Maleeka avevamo appeso al recinto potesse strapparsi. Ma ha resistito, mostrando a tutti il nostro lavoro. Miss Saunders ha detto: «Sono fiera di te, Charlese. E anche di te, Maleeka». Anche noi eravamo fiere di noi stesse.

Sapevo di colorare bene, ma non sapevo di essere anche capace di disegnare, fino a quando Maleeka non mi ha detto di provarci. Lo striscione ne era la prova. E testimoniava pure il duro lavoro di Maleeka. Sul grande foglio di carta erano disegnate ragazze che camminavano, facevano la ruota, sedevano al loro banco in aula, giocavano sul pavimento, saltavano la corda con le amiche, andavano a scuola in gruppo, fumavano in bagno, si baciavano sotto le tribune, attraversavano la strada col rosso e facevano tutto quello che fanno le ragazzine. E c'era anche April, su una corriera. Teneva in braccio Cricket ed era felice.

Noi, c'era scritto in cima allo striscione. Ce l'avevo messo io per ricordare a noi tutte che dobbiamo stare unite, combattere assieme, prenderci cura l'una dell'altra e non dimenticare mai, qualsiasi cosa dica la gente, che non siamo proprietà di nessuno, che nessuno ha il diritto di picchiarci o abusare di noi. Ho guardato Maleeka e c'è mancato poco che mi scusassi ancora. Ma l'avevo già fatto tante volte, e così le ho messo un braccio attorno alle spalle, e lei ha fatto lo stesso. Siamo uscite dal parco così, sorridendo, silenziose come il sole che tramonta.

Roxanne non è potuta venire alla cerimonia per April, i documenti dei servizi sociali non erano ancora pronti. JuJu aveva pensato di chiederne l'affidamento, ma è già impegnata con il nuovo lavoro e con me. Ecco perché ho chiesto alla signora Saunders se poteva prenderla lei. «Non ha nessuno» avevo detto. «E questo non è giusto.» Per fortuna il giudice e la polizia l'hanno presa subito in simpatia. Roxanne è quel tipo di ragazza: ti piace anche se non sai bene perché.

Roxanne entra sorridendo nell'aula della signora Evans e mi saluta con la mano. «Ehi, Char.» Io ricambio il saluto. Lei consegna i suoi documenti all'insegnante, poi le chiede se può sedersi accanto a me per il resto dell'anno. Quando arriva alla mia fila, mi alzo. Roxanne mi stringe forte. «Lo sapevo che non ti saresti dimenticata di me. Dio non l'avrebbe permesso» dice. Poi le brillano gli occhi come se stesse per piangere.

Anch'io sto per mettermi a piangere, ma mi trattengo. Ultimamente ho l'impressione di non aver fatto altro. Basta così. Adesso sono pronta perché mi succedano cose belle. Tipo andare ai balli della scuola, alle partite di basket, iscrivermi al club di scrittura o a quello d'arte. O frequentare l'università, un giorno. Miss Saunders ha detto che se lavoro sodo ce la posso fare.

Lo so che ho ancora tanta strada davanti, lo so che ho ancora bisogno della psicologa, ma uso lo stesso i colori della felicità per disegnare me stessa, perché sono felice.

COME SONO ARRIVATA A CHAR

Charlese Jones non mi è mai piaciuta molto. Nel mio primo romanzo, *The Skin I'm In*, la tredicenne Maleeka Madison era la ragazza che più somigliava a me da giovane e Charlese la bulla prepotente che la tormentava. E quindi perché mai scrivere un romanzo su un personaggio del genere? Per molti versi la risposta è quasi scontata: Char è indimenticabile.

Con grande forza di volontà e un estremo bisogno di qualcuno che la ami e la guidi, Char tratta malissimo proprio quelli che le stanno più vicino. E tuttavia i lettori, sia insegnanti che studenti, insistono per sapere come mai si comporta così. L'interesse che hanno per lei va oltre le pagine del mio libro. Mi chiedono se la vita di Char è migliorata, come se fosse una persona in carne e ossa. Andrà mai a vivere dai suoi nonni? Sta ancora ripetendo la seconda media? La mia risposta è sempre stata la stessa: non lo so. Come autrice, dopo aver portato a termine un romanzo, non continuo a comunicare con i personaggi, né pianifico le loro prossime mosse. Ma, come molti dei miei lettori, non sono mai riuscita a togliermi del tutto Char dalla testa.

The Skin I'm In ha segnato una generazione. Lettori e lettrici mi dicono che li ha aiutati a trovare la loro voce e sentirsi orgogliosi di come erano e di come si presentavano al mondo. Prima di scriverlo credo che non avessi ancora capito veramente il potere trasformativo dei libri. Quanto possono cambiare le cose. Ora so che la letteratura può essere anche uno strumento di sopravvivenza. In molti casi ci arma e ci equipaggia. Ci può aiutare a dipanare i fili delle nostre vite e a meglio comunicare con noi stessi, come pure con il mondo in generale. I giovani lo capiscono bene. E questa è la ragione per cui molti adolescenti e ventenni rileggono lo stesso libro anche sei o sette volte. Non so dirvi quante persone hanno letto il mio lavoro, ma posso dirvi che milioni di loro sono giovani.

Oggi i giovani di tutto il mondo hanno bisogno di noi più che mai. Ed è proprio per questo che ho scritto *The Life I'm In*. Ed è per questo che Charlese Jones è la protagonista perfetta per raccontare questa storia e gettare luce sul traffico di esseri umani, una piaga globale che riguarda in modo sproporzionato donne e bambini.

Contro tutti i pronostici, Char resiste e sopravvive al mondo insidioso e inumano del traffico di persone. Nel corso del romanzo i lettori assistono al precipitare fuori controllo della sua vita. Char non frequenta più la scuola. Continua a soffrire per la morte dei suoi genitori. Sua sorella insiste perché se ne vada di casa. Indipendente ma ingenua, Char decide di vivere da sola. Le sfide si moltiplicano. I soldi e altre risorse finiscono in fretta. Quando è agli sgoccioli, incontra un adulto che ha fatto centinaia di migliaia di dollari sfruttando ragazzine come lei.

Questo libro è stato un viaggio particolarmente difficile per me. Per prima cosa dovevo sviluppare una vera relazione con Char, farmela piacere, entrare in empatia con lei. E poi c'era il tema stesso del romanzo. Lo confesso, ci sono state settimane intere in cui non sono riuscita a leggere gli articoli e i reportage che avevo cercato o rivedere le interviste che avevo fatto. Il traffico di persone è un crimine orribile, immorale, commesso a spese di alcuni degli individui più deboli e indifesi del pianeta, specialmente nel caso dei nostri giovani. Per raccontare questa storia non potevo tenermi a distanza. Per scrivere questo romanzo dovevo entrare nella vita e nella mente di questi giovani per ricordare al lettore che questi sono i nostri bambini, esseri umani di valore, e allo stesso tempo dovevo mostrare la brutalità e la crudeltà cui sono soggetti notte e giorno. È un equilibrio delicato, ma necessario. Ringrazio la mia editor, Andrea Davis Pinkney, che mi ha aiutato a trovarlo.

Nel 2000 il Protocollo di Palermo delle Nazioni Unite sulla prevenzione, soppressione e persecuzione del traffico di esseri umani ha stabilito una definizione comune di traffico. In breve, il traffico comporta lo sfruttamento di individui vulnerabili a fini di profitto, per mezzo di frode, forza o coercizione, nel tentativo di coinvolgerli nel sesso a pagamento, di acquisirli, reclutarli, nasconderli o trasportarli per lavori di fatica o servizi forzati. Il traffico di persone è la seconda attività illegale più redditizia dopo quello di droga.

Il traffico di esseri umani può avere luogo nel tuo quartiere, in ufficio, nelle fattorie, nelle fabbriche, nei ristoranti, fuori dalle scuole, nelle case famiglia e altre istituzioni al servizio dei giovani. I trafficanti possono essere uomini o donne, i nostri vicini, estranei, datori di lavoro o persino parenti. Secondo il Protocollo di Palermo e l'americano *Victims Protection Act*, perché ci sia traffico non è necessario che una persona sia trasportata da un posto all'altro.

Secondo Polaris, l'organizzazione che negli Stati Uniti gestisce il numero di emergenza contro il traffico di esseri umani (National Trafficking Hotline), «la tratta degli esseri umani è un affare globale da 150 miliardi di dollari che priva 25 milioni di individui in tutto il mondo della loro libertà».

I sopravvissuti al traffico sono tra le persone più coraggiose e autonome del mondo. Per superare il trauma possono metterci anni, eppure rappresentano un filo di speranza per molti.

Numerose organizzazioni e individui in tutto il mondo si sono schierati con loro per aiutarli a combattere e sradicare questa piaga. Alcuni di questi gruppi includono rappresentanti e difensori delle vittime, organizzazioni governative e non governative, centri di formazione, servizi sociali per l'infanzia, organizzazioni religiose, forze dell'ordine, le Nazioni Unite e cittadini comuni come me e te.

Nessuna città o centro è troppo piccolo per unirsi alla lotta. Facendo delle ricerche sono venuta a conoscenza di diverse iniziative che si svolgono a Erie in Pennsylvania, una cittadina vicina a Pittsburgh, dove vivo. Mentre scrivo, le suore di San Giuseppe della Pennsylvania nordoccidentale stanno cercando di far approvare una legge che renda più facile per le vittime trovare informazioni negli spazi pubblici sul traffico degli umani e su come ottenere aiuto. La legge ha anche lo scopo di istruire e informare i viaggiatori, molti dei quali potrebbero ignorare cos'è il traffico di esseri umani. Il Centro per le vittime di crimini di Erie offre sedute con psicologi esperti in trauma, prepara i sopravvissuti che devono comparire in tribunale e lavora con le forze dell'ordine. Nel 2018 ha aiutato più di cinquemila vittime. Un gruppo di trentotto membri a Erie ha adottato un approccio olistico per affrontare il tema del traffico di esseri umani, riunendo sopravvissuti, esperti di giustizia sociale, forze dell'ordine, funzionari governativi, sovrintendenti scolastici e molti altri.

RINGRAZIAMENTI

Diverse persone sono state di grande aiuto durante il processo di scrittura di questo libro. Vorrei ringraziare specialmente Rebecca Mackenzie, una sopravvissuta al traffico di esseri umani, che ha condiviso con me la sua storia e ha fornito delle critiche al mio romanzo in parecchie occasioni. È una testimone che lavora instancabilmente per altri sopravvissuti, come pure per i senzatetto, oltre a mantenere la sua famiglia e a lavorare a tempo pieno in campo scientifico. Grazie anche a Joseph Ryczaj della sezione narcotici e buoncostume della polizia di Pittsburgh. Il detective Ryczaj ha accettato di incontrarmi all'inizio del mio viaggio e ha condiviso con me contatti e risorse. Infine vorrei ringraziare Paul Lukach, del Centro per le vittime di Crimini di Erie, e Betsy Wiest, coordinatrice della giustizia sociale della comunità delle suore di San Giuseppe della Pennsylvania nordoccidentale. Ognuno di loro mi ha aiutato a comprendere meglio il ruolo importante che le organizzazioni svolgono nel supportare i sopravvissuti a superare il trauma e ottenere l'aiuto che cercano e di cui hanno bisogno.

Ringrazio sentitamente Amanda Lewis, MSSW, organizzatrice della comunità a livello statale della Texas Association Against Sexual Assault (Associazione contro le aggressioni sessuali del Texas), per la sua attenta lettura del libro e i suoi approfondimenti sul mondo del traffico di esseri umani. Tutto il mio amore, un abbraccio e un grazie speciale a mia figlia

Brittney e alle mie amiche Yolanda Harris, Kathy Payne e Ty Greenwood: apprezzo moltissimo che tutte voi abbiate letto il manoscritto e mi abbiate dato i feedback che servivano.

Leah Pileggi, grazie per il titolo; Leigh Skvarla, sei incredibile, grazie; Jennifer Lyons, mia agente e amica, ben fatto. Brindo alla nostra lunga e proficua relazione di lavoro.

Tonya Bolden, che posso dire? Per me sei stata così importante sia come autrice che come amica. Mi hai accompagnata lungo la strada, mi hai tenuto la mano e mi hai incoraggiato mentre lottavo per dare vita ai miei romanzi negli ultimi anni. Vederti sbocciare, poter discutere di politica con te e ridere insieme è stata una medicina di cui avevo proprio bisogno, grazie. Sono veramente grata per la nostra amicizia.

In ultimo, un grande e sentito grazie alla mia famiglia della casa editrice Scholastic. Avete fatto un lavoro incredibile che apprezzo veramente. Ringrazio soprattutto la mia editor, Andrea Davis Pinkney (sei meravigliosa); la vice presidente alla direzione creativa Elizabeth Parisi, che ha creato una copertina così potente; l'assistente editoriale Jess Harold; la redattrice di produzione Melissa Schirmer; il redattore di testi Holland Baker; e Lizette Serrano, vice presidente dell'Educational Marketing, per aver fatto arrivare questo libro in così tante mani.

INDICE

A tredici anni Maleeka sa già che non importa cosa indossi, come ti pettini, quanto ci provi: a scuola qualcuno troverà comunque il modo di farti sentire diversa e sbagliata. Ecco perché ormai si lascia comandare a bacchetta da Char, la bulletta peggiore dell'istituto. Fino all'arrivo della professoressa Saunders, con i suoi completi di marca e la voglia sul viso che la renderà subito oggetto di scherno. Sarà lei a vedere il potenziale di Maleeka, aiutandola ad affrontare i pregiudizi dei compagni e a scoprire la passione per la scrittura.

MISTO
Carta da fonti gestite
in maniera responsabile
FSC® C115118

Stampato presso Elcograf – Stabilimento di Cles